A. ASSOLLANT

MONTLUC LE ROUGE

PREMIÈRE PARTIE

8031

OUVRAGE

Illustré de 63 gravures dessinées sur bois

Par SAHIB

Couverte la Couverture

PARIS

LIBRAIRIE HACHETTE ET Cᴵᴱ

79, BOULEVARD SAINT-GERMAIN, 79

MONTLUC LE ROUGE

PREMIÈRE PARTIE

PARIS. — IMPRIMERIE DE E. MARTINET, RUE MIGNON, 2

A. ASSOLLANT

MONTLUC LE ROUGE

PREMIÈRE PARTIE

OUVRAGE

Illustré de 63 gravures dessinées sur bois

Par SAHIB

PARIS

LIBRAIRIE HACHETTE ET Cᴵᴱ

79, BOULEVARD SAINT-GERMAIN, 79

1878

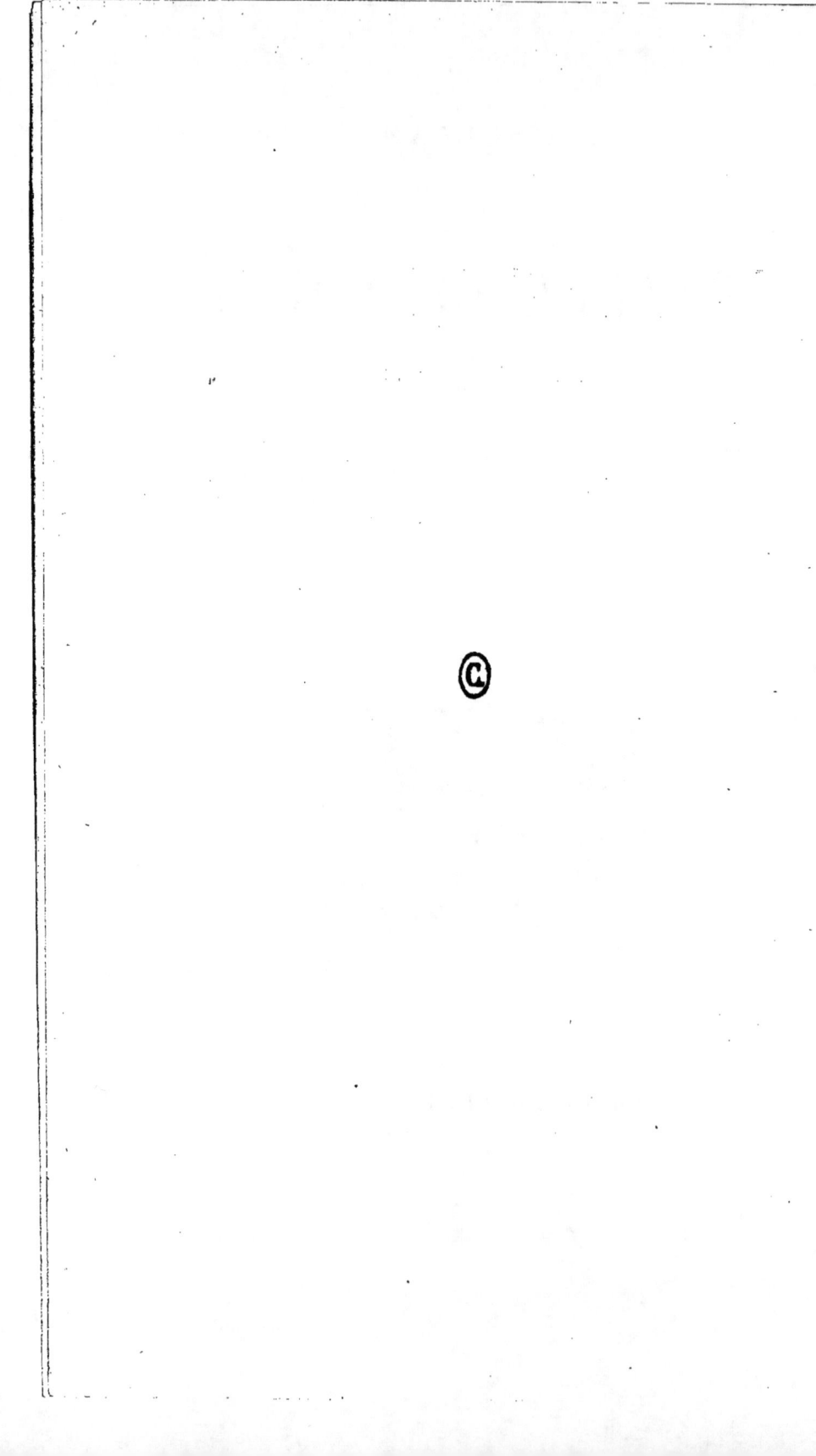

Beaupoil s'avança au milieu de la chambre.

MONTLUC LE ROUGE

PREMIÈRE PARTIE

CHAPITRE PREMIER

Où le curé de Gimel reçoit des hôtes inattendus.

C'est le 26 décembre de l'an 1696, vers six heures du soir, que je fis l'heureuse rencontre qui devait changer le cours de ma vie.

J'étais assis dans mon fauteuil au coin de la cheminée où flambait un joyeux feu d'hiver, quand une voix retentissante se fit entendre au bas de l'escalier, et, grossissant et se rapprochant toujours, m'avertit que Marion et Beaupoil allaient entrer dans ma chambre.

Marion, c'était ma servante, gouvernante, femme de charge et cuisinière. Beaupoil était son lieutenant, son mari et son souffre-douleur. C'est lui qui bêchait le jardin, qui pansait le cheval, qui portait le fumier, qui pelait les carottes et les oignons, qui saignait les poulets, qui coupait le cou aux canards, qui menait les vaches au

pré, qui taillait la vigne, qui balayait la cuisine et l'escalier, qui
faisait les commissions, qui allait à Tulle les jours de marché, qui
semait, qui fauchait, qui sarclait, qui moissonnait, qui battait le
blé en grange; mais la plus pénible de ses occupations était sans
contredit de subir toute la journée les ordres, les cris, les reproches, la conversation et les lamentations de Marion. « Monsieur le
curé, me disait-il souvent, je fais mon purgatoire en ce monde. »

Beaupoil était un garçon de taille moyenne, bien constitué, avec
des cheveux blonds, des yeux gris et une démarche indolente
comme celle d'un bœuf qui revient du pâturage. Son humeur toujours égale et toujours calme aurait fait honneur à un philosophe.

Beaupoil n'était pas bavard; en général, il préférait se taire,
ayant remarqué, comme les Arabes, que si la parole est d'argent, le
silence est d'or. Tout au plus, à bout de patience, levait-il quelquefois les épaules, en prenant soin cependant que sa femme ne le vît
pas, car il n'était pas moins prudent que flegmatique. Du reste bon
enfant, facile à vivre et qui n'avait commis qu'une faute en sa vie,
— une seule, mais irréparable ! — c'était d'épouser à vingt ans ma
servante Marion qui en avait trente-trois. Quand ils vinrent me
demander mon consentement, car Marion ne faisait rien sans me
consulter, je lui dis : « Beaupoil, tu es bien jeune pour te marier. »
Il me répondit : « Monsieur le curé, si je me marie, c'est pour
échapper à la milice... »

Je lui dis encore : « Beaupoil, les opinions sont libres en tout ce
qui ne concerne pas les commandements de Dieu et de l'Église et
les ordonnances de Sa Majesté ; marie-toi donc, si c'est ta fantaisie ;
mais pourquoi choisir Marion, qui n'est pas belle et qui a dix ans
de plus que toi? Pourquoi n'épouses-tu pas une fille de ton âge?

— Monsieur le curé, me répliqua-t-il, Marion est petite, nabote
et grognon, c'est vrai ; mais d'abord elle fait la soupe mieux que
personne, et dans la famille des Beaupoil on a toujours aimé la soupe.
Ensuite, elle m'a promis et juré par serment de rester toujours au
service de M. le curé qui est la bonté même (excusez, monsieur, ce
sont les propres paroles de Marion), et de vivre toujours d'accord
avec ma pauvre vieille mère qui est un peu criarde, sauf le respect
que je lui dois, mais qui n'est plus d'âge à travailler, et qui n'a
personne que moi pour la nourrir et prendre soin d'elle. Ça, voyez-
vous, monsieur le curé, ça m'a décidé tout de suite... Ça et la
soupe. »

Voilà comment, ayant déjà Marion à mon service, je fus obligé d'y ajouter Beaupoil d'abord, et ensuite sa mère, la vieille Jeanneton Beaupoil, sans compter un vieux chien de chasse qu'elle avait adopté neuf ans auparavant et dont les querelles avec la chatte de Marion faisaient un affreux tapage dans tout le presbytère.

Malgré tout, j'étais aussi heureux qu'on peut l'être dans cette vallée de misère lorsqu'on est arrivé sans maladie à l'âge de trente-cinq ans, qu'on est curé de la paroisse de Gimel, près de Tulle en Limousin, aimé de ses paroissiens, bien vu de ses confrères et de son évêque, et que, outre le revenu de la cure, qui n'est pas moindre de cinq cents écus, on a été mis depuis sept ans par la mort d'un oncle, avocat à Périgueux, en possession d'un héritage de cent soixante-dix mille livres tournois.

Maintenant, ami lecteur, vous connaissez mon presbytère et ses habitants; je reviens donc aux cris que poussait Marion et dont j'aurais pu m'inquiéter si j'avais moins connu la bonne femme.

« Ah! mon Dieu! dit-elle en ouvrant la porte de ma chambre, il ne nous manquait plus que cela. »

Puis se tournant du côté du corridor, vers le malheureux Beaupoil qui n'osait se montrer :

« Tu ne pouvais pas les laisser où ils étaient, grand nigaud! Mais Beaupoil veut faire le généreux. Beaupoil offre ses services. Beaupoil amène les gens dans la maison de M. le curé comme si c'était la sienne... Et avec quoi les nourriras-tu, je te le demande? Où les feras-tu coucher? Ça ne te coûte rien à toi, ni peine, ni argent. C'est M. le curé qui donne l'argent; c'est moi qui prends la peine; mais toi, qu'est-ce que tu fais ici, réponds?... mais réponds donc! »

Ici je coupai la parole à Marion, moitié pour venir au secours de son mari, moitié pour connaître le motif d'une si grande colère.

« Qu'est-ce qui est donc arrivé, Beaupoil? »

Alors il s'avança au milieu de la chambre et dit :

« Vous vous souvenez, monsieur le curé, que vous m'avez dit hier de pêcher quelques truites au bas de la cascade de Gimel, et que vous attendiez pour demain la visite de Mᵉ Tabourey, notaire royal à Tulle, et votre ami particulier, un fin connaisseur, je vous en réponds. Voyant ça, après les Vêpres et le Salut, vers deux heures j'ai pris mon épervier sur le dos et j'ai descendu avec précaution le long de la cascade. Ce n'était pas facile, même en été l'on glisse sur les rochers; mais par le temps qu'il fait aujourd'hui, —

moitié neige, moitié verglas, — il faut marcher à quatre pattes.
Enfin j'arrive au bas, je. casse la glace qui n'était pas épaisse et je
jette l'épervier dans la rivière. Une fois… deux fois… trois fois…
Je ne ramène pas un goujon… Je me croyais ensorcelé.

— Voyons, lui dis-je, laisse là tes goujons et raconte-moi la rencontre que tu as faite.

— Voici, monsieur le curé, répliqua Beaupoil. Fin finale, à force
de jeter l'épervier j'attrape quelques goujons comme vous dites, et
je veux revenir à la maison. Mais voilà que la nuit était proche, le
brouillard montait du côté de Tulle vers Gimel, la neige commençait à tomber plus épaisse que jamais. Je pense en moi-même :
Beaupoil, si tu veux revenir par le même chemin tu ne feras pas de
vieux os. Au premier faux pas tu dégringoleras de deux ou trois
cents pieds, c'est toi qui seras mangé par les goujons au lieu de les
manger. Mais d'abord il faut vous dire que mon chien m'avait suivi
et me regardait pêcher. Pauvre Friquet ! Il aurait bien mieux fait de
rester à la maison, au coin du feu où il se plaisait tant, les pattes
étendues, les yeux à demi fermés, après la soupe… Mais qu'est-ce
que vous voulez ? son heure était venue.

— Qu'est-ce qui est arrivé à Friquet ? dis-je ; où l'as-tu laissé ?

— Ah ! monsieur, là où ni vous ni moi n'irons jamais le chercher.
Pauvre, pauvre Friquet ! Les loups l'ont étranglé, monsieur, et emporté sous mes yeux dans les bois ; à cette heure, il n'en reste plus
que des os, et encore !

» Friquet donc, voyant que mon panier était plein de truites et
qu'il fallait revenir, prend les devants, passe le premier, en faisant
un détour et se retournant de temps en temps pour voir si je le suivais. Moi qui portais le panier et l'épervier, j'allais plus lentement,
parce qu'il fallait m'accrocher aux roches, aux arbres, aux buissons
de peur de rouler dans le précipice. Tout à coup, comme j'étais
déjà sur la hauteur, je vois Friquet qui revient vers moi la tête
basse, la queue entre les jambes d'un air épouvanté comme s'il
avait vu passer quelque chose ou quelqu'un d'épouvantable… Alors,
voyant que Friquet avait peur de quelqu'un que je ne voyais pas,
j'ai peur à mon tour, je reste là pendant trois ou quatre minutes,
sans bouger, comme si j'avais pris racine. Je voulais avancer, je
n'osais pas ; je voulais crier, appeler au secours, je n'osais pas ; et
je voyais le pauvre Friquet mourir de peur à côté de moi… Tout à
coup j'entends de loin un bruit très-faible comme celui des grelots

de plusieurs chevaux. Ça me ranime. Je me dis : Ça, c'est des chrétiens qui s'avancent, et quand ce serait des Turcs, au moins on sait
à qui l'on a affaire, on peut se défendre... Alors la voix me revient
et je crie : Hardi ! Friquet !

» Mais Friquet ne bougeait pas plus qu'auparavant et me regardait avec des yeux... Ah ! la pauvre bête !... des yeux qui me sup-
pliaient comme si j'avais voulu l'envoyer à la mort... Alors, pour
avoir les bras libres, je lui mets dans les dents l'anse du panier des
truites, je pose mon épervier sur mon épaule gauche comme si
j'allais le jeter dans la rivière et je marche le premier. Au bout de
dix pas, au détour du sentier, qu'est-ce que je vois ?... Une paire
d'yeux flamboyants qui me regardaient comme s'ils avaient voulu
me dévorer. C'était un loup énorme qui m'attendait.

— Ah ! mon Dieu ! s'écria Marion, un loup !

— Oui, un vrai loup, reprit Beaupoil, et qui n'était pas seul. Il
avait dû amener avec lui toute sa famille, car ils étaient là plus de
dix, à droite et à gauche du chemin, lui seul en face comme pour
me dire : Tu ne passeras pas !

— Tu as dû avoir bien peur, mon pauvre Beaupoil ! dit alors
Marion.

— Non, pas trop, répliqua Beaupoil avec simplicité. Je savais
maintenant ce qui arrêtait Friquet. Voyez-vous, monsieur le curé,
j'ai peur du loup-garou, ça, c'est vrai, parce que je ne sais pas bien
ce que c'est et que je ne l'ai jamais vu ; mais pour les loups et les
hommes, je sais ce que c'est ; je n'en ai pas peur.

— Avais-tu apporté ta carabine ? lui demandai-je.

— Non, monsieur le curé, et c'est bien ce qui me faisait le plus
de peine. Cependant je regardais les loups sans rien dire et les
loups aussi me regardaient. Je pensais. Pendant ce temps deux ou
trois de ces mauvaises bêtes que je n'avais pas encore vues faisaient
le tour afin de me prendre par derrière. Ah ! monsieur le curé,
c'était une chose à voir, je vous assure, que leur contenance et la
mienne. Le vieux loup surtout, le plus grand de tous, comme qui
dirait le chef de la famille, avait un air de tranquillité et d'appétit à
faire frémir... »

Tout à coup Marion impatientée demanda : « Monsieur le curé,
combien faut-il mettre de couverts pour le souper ?

— Autant que Beaupoil voudra, Marion, car c'est lui qui fait les
invitations.

— Eh bien, répliqua Beaupoil, mets-en deux dans la chambre, outre celui de M. le curé, et un troisième à la cuisine pour le postillon... Pour finir mon histoire, voyant que le vieux loup allait se jeter sur Friquet ou sur moi et que les autres le suivraient, je ramasse mon épervier dans ma main droite et je le lance sur lui comme s'il eût été truite ou brochet et que j'eusse été à pêcher au milieu de la rivière. En un clin d'œil le loup se trouve pris dans les mailles et commence à pousser des hurlements à faire dresser les cheveux sur la tête d'un chauve. Toute sa famille, voyant ça, se jette sur moi et sur Friquet. Tout à coup j'entends une voix d'homme qui crie de trente pas : « Courage, l'ami, tiens bon ! Nous sommes à toi tout à l'heure ! Ho ! Phœbus, ho ! mon bon chien, pille ! pille ! » En même temps je vois un grand chien terre-neuve, noir et blanc, qui arrive d'un bond au milieu du sentier, prend à la gorge l'un des loups qui déjà me tenait par la blouse et l'étrangle d'un coup de dent. Un autre veut le saisir à son tour ; heureusement le terre-neuve avait un beau collier à pointes qui a brisé la mâchoire du loup...

» L'homme suivait son chien de près. Ah ! quel homme, monsieur le curé ! six pieds de haut pour le moins, et des épaules à porter une maison ! Avec ça délié des jambes comme un cerf, et fort et hardi, et qui ne craint pas de risquer sa vie pour le prochain ! Au reste vous allez le voir tout à l'heure. Il accourait vers moi, la carabine en main et faisant des enjambées terribles. A trois pas, il s'arrête, fait feu sur un loup sans même ajuster et l'étend raide mort dans la neige. Un autre veut le mordre à la jambe ; il l'assomme d'un coup de crosse... Tout ça sans rien dire, excepté : « Ho ! Phœbus ! ho ! mon bon chien ! » pour encourager le terre-neuve, et aussi de temps en temps : « Par ici, Donald ! par ici ! »

» A la fin, c'est-à-dire deux minutes après, M. Donald est arrivé à son tour... Un beau gentilhomme aussi celui-là, mais qui n'a pas la mine de l'autre, quoique (il faut être juste...) il m'ait bien rendu service, lui aussi, car il a tué un des loups de deux coups de pistolet et cassé la patte d'un autre qui s'est sauvé en hurlant. Les autres, voyant qu'il n'y avait rien à gagner, l'ont suivi à la trace, en emportant le pauvre Friquet à demi dévoré. Phœbus voulait courir après eux ; mais le gentilhomme (car c'en est un, j'en suis sûr) l'a rappelé. Alors j'ai voulu le remercier. Il m'a coupé la parole pour me dire :

— Comment t'appelles-tu ?

Tout en lui était étrange. (Page 9.)

— Beaupoil, monsieur, pour vous servir.

— Sommes-nous loin de Tulle?

— A plus de deux lieues.

— Peux-tu nous y conduire ce soir?

— Demain matin, monsieur, avec plaisir; mais ce soir il y a trois pieds de neige sur la montagne; le chemin n'est déjà pas bon en été, en hiver on ne s'y reconnaît plus. Il n'y aura pas de clair de lune ce soir. Nous tomberons dans quelque trou... Mais si vous vouliez venir avec moi jusqu'à Gimel, monsieur le curé sera bien aise de vous voir et de vous offrir à souper. Ma femme Marion, qui est sa cuisinière, fera de son mieux pour vous satisfaire, et moi que vous venez d'arracher aux loups, je... »

» Alors il a dit à son compagnon : « Eh bien, Donald, qu'en penses-tu ? Veux-tu souper chez le curé de Gimel?

— Yes, yes, je veux souper, » a répondu M. Donald.

» Le grand m'a dit encore : « Passe devant, Beaupoil. Nous allons chercher le postillon et les chevaux que nous avons laissés à trois cents pas d'ici pour venir à ton secours.

— Mais, monsieur, connaissez-vous le chemin?

— Va toujours, Phœbus le reconnaîtra et nous l'indiquera. »

» Alors je suis venu pour vous avertir de leur arrivée et pour dire à Marion de faire le souper. Marion n'a pas voulu m'écouter.

— Mais aussi, s'écria Marion, qui est-ce qui aurait pu croire que Beaupoil avait manqué d'être mangé par les loups? »

Au même instant on frappait à la porte et Marion descendit précipitamment pour ouvrir. Je la suivis de près avec Beaupoil et j'allai au-devant de mes hôtes.

Beaupoil n'avait rien dit de trop. Quoique la porte de mon presbytère fût large et haute, Dieu merci, le voyageur qui en franchit le seuil le premier me parut presque aussi haut et aussi large qu'elle. Tout en lui était étrange et saisissant : le teint hâlé par le soleil, rougi par la neige et le froid; les yeux vert de mer, dont le regard pouvait être, suivant l'occasion, riant, caressant ou terrible; le nez mince et droit comme une lame d'épée; la poitrine large comme celle du fameux Bohémond, prince de Tarente et d'Antioche; la mine joyeuse et hardie; et plus que tout le reste peut-être, un vaste surtout composé de fourrures si belles et si rares que je n'en avais jamais vu de pareilles, et qu'il portait avec la négligence superbe d'un grand seigneur.

En entrant il me tendit la main et dit : « Monsieur le curé, excusez-moi de venir vous demander l'hospitalité...

— Monsieur, répliquai-je, après le service que vous venez de rendre à mon pauvre Beaupoil, je suis trop heureux de vous recevoir. Ma maison est la vôtre ; mais c'est bien peu de chose ; à Gimel nous sommes bien loin de tout et je crains que votre souper...

— Pour ça, c'est vrai, dit Marion en décrochant sa casserole, nous n'avons pas grand'chose aujourd'hui. Nous ne vous recevrons pas suivant vos mérites, messieurs, mais suivant nos moyens. »

Pendant ces compliments réciproques, Beaupoil et le postillon conduisirent les chevaux à l'écurie, ou plutôt à l'étable qui tenait lieu de l'une et de l'autre, et le second voyageur entra dans la maison.

« Monsieur le curé, dit le plus grand des deux, j'ai l'honneur de vous présenter lord Donald O'Brian, comte de Kildare, descendant légitime des anciens rois d'Irlande, banni de sa patrie par l'usurpateur Guillaume d'Orange à cause de sa fidélité à la foi catholique et au roi Jacques II ; du reste, capitaine au service de France et mon ami particulier. »

Je donnai la main à lord O'Brian.

« Moi, continua l'autre, je suis le baron Louis de Montluc, arrière-petit-neveu du célèbre Blaise de Montluc qui fut maréchal de France. Mon père, le baron Annibal, chef de la branche cadette, est seigneur de la Tour-Montluc en Canada et propriétaire légitime d'un pays de chasse de cent lieues de long et de soixante de large sur les bords du lac Érié.

— Et moi, dis-je à mon tour, je suis le curé Lefranc, de Gimel, l'une des plus pauvres paroisses de tout le diocèse, mais l'un des plus beaux pays qu'on puisse voir quand on aime les livres, la solitude, les montagnes, les bois épais, les cascades et ses paroissiens. Maintenant que nous nous connaissons, messieurs, voici votre chambre. Quand vous serez prêts, Marion sera prête aussi et nous pourrons souper. »

Une demi-heure après nous nous mettions à table tous les trois.

Marion s'était surpassée ; tout était réussi, pâtés, gibier, volaille, truites, entremets, tout était cuit à point et de manière à flatter l'amour-propre irritable de ma servante.

• Si l'on s'étonne qu'un curé de campagne retiré au fond du Bas-Limousin, dans l'une des plus pauvres paroisses du diocèse de Tulle, ait pu offrir à deux voyageurs affamés, en plein hiver, un souper qui n'eût pas été indigne de son évêque, il faut se rappeler que j'attendais pour le lendemain soir la visite de M. Tabourey, qu'il amenait ordinairement avec lui deux ou trois chasseurs de grand appétit comme lui-même, que l'hospitalité est le plus doux des plaisirs innocents, et qu'enfin Marion, avertie de sa prochaine venue, avait déjà préparé trois pâtés froids, l'un de perdreau, l'autre de lièvre, et le troisième de venaison, sans compter une dinde en daube qui était son triomphe, et quelques autres menus suffrages.

Ajoutez à cela que Marion avait la main aussi prompte que la parole; que, pareille à César qui sut dicter, dit-on, quatre dépêches à la fois à quatre secrétaires différents, elle décrochait à la fois deux poêles et cinq casseroles, remplissait les unes de beurre, les autres de graisse, les mettait toutes ensemble sur le feu, battait les œufs, pilait le sel et le poivre, brouillait la pâte, roulait la viande, piquait le lard, hachait, assaisonnait, sucrait, salait, poivrait, fourrait çà et là des noix muscade, du thym, du persil, goûtait la sauce, ajoutait le beurre, l'eau ou la farine, lavait à grand bruit la vaisselle, jetait les assiettes l'une sur l'autre comme si elles eussent été de fer au lieu d'être de faïence, frottait, essuyait, criait, se querellait avec la vieille Jeanneton, sa belle-mère, donnait un coup de pied au chien, un coup de balai au chat, un coup de langue au pauvre Beaupoil son mari, et menait tout le monde (excepté moi) d'un train d'enfer.

On comprend qu'avec une telle femme et de tels préparatifs le souper fut bientôt servi.

Comme le baron levait son verre.

CHAPITRE II

Comment le baron Annibal de Montluc trouva le moyen de servir le roi de France
et de faire sa fortune.

Si le baron de Montluc et son compagnon m'avaient paru dès
l'abord deux gentilshommes de haute naissance, ce fut bien autre
chose lorsqu'ils sortirent de leur chambre, après s'être dépouillés
de leurs manteaux de fourrure.

M. de Montluc était habillé magnifiquement, mais à la mode du
temps de la feue régente Anne d'Autriche.

Son épée, qu'il déposa dans un coin pour s'asseoir, était une longue et large rapière du XVIᵉ siècle, admirablement ciselée à la poignée par un élève du fameux Benvenuto Cellini. Le ceinturon, fait
de cuir de buffle, était attaché par une agrafe de l'or le plus pur dans
laquelle on avait incrusté un diamant d'une valeur inestimable.
Chacun des boutons de son habit était fait de même métal que
l'agrafe et valait au moins cent livres pièce. Quant à la cravate de
dentelle, je ne sais si celle du roi de France aurait pu soutenir la

comparaison. Mais tout cela n'était rien auprès de l'air de grandeur, de générosité, de simplicité, d'intrépidité du jeune gentilhomme.

Donald O'Brian, comte de Kildare, son compagnon, portait l'uniforme du régiment de Royal-Irlandais, qui avait passé au service de Louis XIV, en 1690, après la bataille de la Boyne. C'était, lui aussi, un beau et fier gentilhomme; mais quoiqu'il fût vêtu à la dernière mode de la cour, Marion, Beaupoil et moi-même nous n'avions d'yeux que pour M. de Montluc.

Vers le milieu du souper, l'appétit de mes hôtes étant un peu calmé, le baron remplit nos verres et proposa de boire à ma santé, — honneur que je me hâtai d'accepter et de reconnaître en faisant signe à Beaupoil de nous offrir deux bouteilles de mon meilleur vin de Bourgogne.

Comme le baron levait son verre pour trinquer avec moi, je remarquai avec admiration une bague merveilleusement ciselée qu'il portait à la main droite et sur laquelle étaient gravés ces mots: *Ego et Rex* (moi et le roi).

Il s'en aperçut et me dit en l'ôtant de son doigt pour me la faire voir de plus près:

« Cette devise est celle de mon père. Le diamant autour duquel on l'a gravée appartenait autrefois au fameux marquis du Guast, général de l'armée d'Espagne, qui se fit battre à Cerisoles, en 1544. Vers la fin de la bataille, mon bisaïeul, Blaise de Montluc, se mit à la poursuite du marquis, ayant juré, s'il pouvait le prendre, de le conduire à la potence, parce que ce déloyal gentilhomme avait fait assassiner en pleine paix un ambassadeur français; mais du Guast, monté sur un cheval barbe renommé pour sa vitesse, franchissait au galop les haies et les fossés, et comme Montluc le suivait de près et déjà lui criait: « Tourne visage, marquis, tourne visage, ou je te donne du pistolet dans le dos! » le marquis, toujours fuyant, laissa tomber son chapeau dont la boucle était ornée du diamant que vous voyez. A cette vue mon grand-oncle mit pied à terre, ramassa le chapeau, garda le diamant et le fit monter en or avec la devise que vous voyez, qui est celle de ma famille, car les Montluc n'ont jamais reconnu sur la terre d'autre commandement que celui du roi.

— Et encore, interrompit l'Irlandais en riant, le roi n'est pas toujours le maître, témoin le jour où ton père, avec un parti de cavalerie, manqua de l'enlever au pont de Gien avec la reine régente et toute la cour.

— Ce sont de vieilles histoires, répliqua le baron de Montluc, et mon père a payé cher le plaisir de faire trembler successivement les deux rois de France et d'Espagne et de croiser le fer avec le grand Condé. Il a passé dix fois à fleur de corde. »

Et comme je demandais curieusement à quelle occasion, il continua :

« Monsieur le curé, tout cela est bien ancien ; cependant, si vous voulez me promettre que nos chevaux seront prêts à partir demain matin au point du jour, je vous ferai volontiers ce récit. »

Je donnai des ordres à Beaupoil, qui, debout, la serviette en main, écoutait avec la plus vive attention les discours de mes hôtes.

« Voici, dit alors M. de Montluc, comment l'affaire commença. Vers l'an 1651, monsieur le Prince, aujourd'hui défunt, celui qu'on appelait le grand Condé pour le distinguer de toute sa famille, s'avisa de dire en plein Louvre, chez madame Anne d'Autriche, reine régente, que le signor Mazarin, premier ministre et cardinal, n'était qu'un faquin d'Italie et qu'il lui donnerait tôt ou tard la bastonnade. Cela fit rire tout le monde, excepté, bien entendu, la reine et le cardinal. Quelques jours après, monsieur le Prince fut arrêté par surprise et envoyé au donjon de Vincennes. Aussitôt qu'on apprit cette nouvelle, un grand nombre de gentilshommes prirent les armes pour délivrer monsieur le Prince, et parmi eux était mon père.

Mon père donc, indigné que la régente et le cardinal (une Espagnole et un Italien) eussent fait mettre en prison le premier prince du sang, leva un régiment de cavalerie au cri de : *Vive le roi ! vive Condé ! à bas Mazarin !* surprit l'armée royale au passage de la Loire et en mit une moitié en fuite. Si monsieur de Turenne, accouru en toute hâte avec l'autre moitié, n'avait rétabli le combat, mon père, ce jour-là, aurait placé la couronne de France sur la tête du grand Condé.

Je ne pus m'empêcher de dire : « Monsieur le baron, ç'aurait été un grand crime.

— Croyez-vous, monsieur le curé ? dit le baron en riant ; au reste, si ce fut un crime, mon père en fut bien puni, comme vous allez voir. Le premier jour, monsieur le Prince fut si content de ses exploits qu'il l'embrassa devant toute l'armée et jura que le baron Annibal de Montluc était le plus vaillant gentilhomme de France et son meilleur ami. Un mois plus tard, on vit venir au camp un en-

voyé du roi d'Espagne et l'on parla d'un traité qui livrait deux provinces aux Espagnols. Là-dessus, grande rumeur. Mon père va droit
au prince et lui dit devant cinquante gentilshommes : « Monseigneur, on raconte que vous avez promis de livrer deux provinces
au roi d'Espagne pour prix de son alliance... Est-ce vrai ? » Monsieur le Prince, arrogant et impétueux comme il était, lui répondit :
« Que t'importe, Montluc ? Est-ce à toi de me demander des
comptes ?

— Il m'importe si bien, dit mon père, que si vous refusez de
répondre, je fais sonner à l'instant le boute-selle et je pars avec mon
régiment. » Condé, furieux, lui cria : « Traître ! Tu vas rejoindre le
Mazarin ! » A quoi mon père répliqua : « Monseigneur, il n'y a
jamais eu de traître dans la famille des Montluc ; et le connétable
de Bourbon, qui voulait livrer le royaume de France à Charles-
Quint, était votre grand-oncle. » A ces mots, Condé tire son épée.
Mon père suit son exemple et croise le fer. Les gentilshommes présents les séparent. Mon père monte à cheval, emmène son régiment
et retourne dans ses terres de Périgord.

— Eh bien, monsieur le baron, il eut raison ce jour-là.

— Vous croyez, mon cher curé ?... Attendez la suite. Un an plus
tard, le roi, la reine, le cardinal étant rentrés dans Paris, mon père,
qui vivait en paix et cultivait ses vignes, fut averti que le Parlement
de Bordeaux avait ordre d'informer contre lui. A cette nouvelle il
n'hésita pas. Il fit seller et brider son meilleur cheval, mit deux
paires de pistolets dans ses fontes, soixante mille livres en or dans
ses poches, appela autour de lui dix ou douze des plus braves soldats de son ancien régiment, tous vrais Gascons ou Périgourdins, et
leur dit : « Mes amis, le roi nous fait chercher, vous pour être pen-
dus ou le servir sur ses galères, moi pour avoir la tête coupée. Il
paraît que nous avons eu tort de nous battre pour Condé contre
Mazarin, et que Condé n'est pas le plus fort. Voulez-vous attendre
le bourreau dans vos maisons ou venir avec moi ? » Tous crièrent
qu'ils voulaient le suivre. Mon père ajouta : « Le royaume de France
est au roi ; la mer est au plus brave. Donc soyons rois sur mer
comme lui dans son Louvre. En avant ! »

Après quoi, sans perdre une minute, pendant que la maré-
chaussée le cherchait du côté de Bordeaux, il prit le chemin de la
Rochelle, acheta un brick de dix canons, le munit d'une trentaine
de mousquets, d'un pareil nombre de piques et de haches d'abor-

dage, enrôla dans sa troupe une vingtaine de hardis matelots et annonça le dessein de faire la guerre au roi d'Espagne, qui, depuis vingt ans déjà, la faisait au roi de France.

Comme il venait de terminer ses préparatifs et levait l'ancre avec son équipage, il apprit que le Parlement de Bordeaux venait, sur la demande de M. le procureur général, de le condamner à mort et de confisquer tous ses biens ; à quoi, de son propre mouvement (de sa grâce, comme disait l'intendant de la province de Saintonge), Sa Majesté le roi Louis XIV avait daigné ajouter l'ordre de mettre sa tête à prix, offrant vingt mille écus à celui qui le livrerait mort ou vif... A la place de mon père, qu'auriez-vous fait, monsieur le curé ? »

Et comme j'étais assez embarrassé de répondre, il ajouta :

« Mon père déclara qu'il avait appris avec douleur le prix dont Sa Majesté voulait payer ses services ; qu'il reconnaissait dans ce jugement inique la funeste influence de ce faquin de Mazarin, qui l'avait toujours calomnié auprès du roi ; qu'il espérait que le temps ouvrirait les yeux tôt ou tard à Sa Majesté et lui montrerait qu'elle n'avait jamais eu de serviteur plus fidèle et plus dévoué que le baron Annibal de Montluc ; et qu'en attendant ce retour inévitable de Sa Majesté à des sentiments plus conformes à son équité ordinaire, il allait mettre à la voile et poursuivre sur toutes les mers les ennemis de Sa Majesté ; qu'il croyait pourtant devoir avertir monsieur le cardinal Mazarin et monsieur le chancelier Séguier, qui l'avaient fait condamner à mort, de ne pas venir à sa portée, de peur qu'il ne leur coupât les oreilles, ainsi qu'il en avait fait le serment.

Voulez-vous savoir comment mon père tint sa promesse et fit la guerre aux ennemis du roi ? Je ne vous en citerai qu'un exemple. Celui-là vous donnera une idée du reste...

Un soir, au coucher du soleil, comme il croisait sur l'Océan, à cent lieues de Cadix, il vit venir à lui le galion des Indes qui portait au roi d'Espagne les tributs du Mexique et du Pérou, c'est-à-dire quatre-vingts millions d'or et d'argent en barres ou monnayé. Douze vaisseaux de guerre escortaient ce précieux trésor, et le galion, épais et lourd, s'avançait lentement au milieu de cette flotte avec une majesté vraiment royale. Quelle proie, si l'on pouvait le saisir ! Et quelle perte pour le roi d'Espagne avec qui la France était alors en guerre ! Mon père n'hésita pas. Il attendit la nuit, qui par bonheur était sans lune et presque sans étoiles, profita de ce que les vaisseaux espagnols se gardaient négligemment, se glissa sans bruit et sans allumer ses feux jusqu'auprès du galion, et donna tout à coup vers minuit le signal de l'abordage. L'officier de quart, surpris, n'eut que le temps de tirer deux coups de pistolet et fut jeté à la mer avec quatre matelots. Le reste de l'équipage, saisi dans son sommeil et sans armes, fut forcé de se rendre et enfermé dans l'entrepont. Ce fut l'affaire de trois minutes. En même temps, les autres vaisseaux espagnols, avertis, par le tumulte et les cris, du malheur qui venait d'arriver, se rapprochèrent du galion pour le reprendre. Mon père, quoique déjà vainqueur, ne fut jamais dans un plus grand danger. A ce moment l'amiral espagnol Don Carlos, marquis de Santa-Cruz, qui commandait la flotte, le somma de se rendre s'il ne voulait être pendu comme pirate à la plus haute vergue du galion.

« Marquis ! répondit mon père avec son porte-voix, tu me paieras cher quelque jour cette parole insolente ! Pour cette nuit, causons poliment, comme il convient à deux gentilshommes. Tu crois me tenir, et ce serait presque vrai si tu avais affaire à tout autre qu'un Montluc, car vous êtes vingt contre un ; mais je tiens, moi, le cœur et l'âme du roi d'Espagne, c'est-à-dire ses millions. Nous sommes donc manche à manche. Or, voici le traité que je te propose. »

Au mot de traité la moustache du fier Carlos de Santa-Cruz se hérissa terriblement, comme celle d'un tigre en fureur.

« Je n'ai pas mission, dit-il, de traiter avec les ennemis du roi, mon maître, mais de les pendre. »

Et se tournant vers son capitaine de pavillon, il allait donner le signal du combat, lorsque mon père reprit :

« Marquis, tu as tort de ne pas m'écouter. Tu en auras du regret tout à l'heure. Combien avais-tu de millions dans ce galion ?

— Que vous importe, monsieur de Montluc ? répliqua Santa-Cruz.

— Plus que vous ne pensez, marquis. Ces millions sont à moi et à mes braves amis par le droit de la guerre ; mais si vous êtes sage, si vous êtes prudent, si vous veillez avec soin aux intérêts du roi d'Espagne, votre auguste maître, je vous en céderai la moitié, à condition que je pourrai me retirer en sûreté et faire voile vers Saint-Domingue.

— Rendez-vous ! » dit l'Espagnol.

Alors mon père fit apporter sur le pont les barils d'or et d'argent.

« Si l'on fait feu sur nous, cria-t-il, si un seul de mes hommes est tué ou blessé, je fais jeter deux de ces barils à la mer, et si l'on tente l'abordage, je fais sauter le galion tout entier.

— Feu ! » cria Santa-Cruz.

Soixante boulets espagnols entrèrent à la fois dans la coque du galion, et abattirent le grand mât.

Au même instant, car les deux vaisseaux n'étaient pas à plus de trente pas l'un de l'autre, vingt coups de mousquet partirent à la fois du galion et renversèrent cinq ou six Espagnols à bord du vaisseau amiral.

« Maintenant, commanda mon père, jetez par-dessus bord deux de ces barils. »

Et comme ses matelots hésitaient, les regardant avec convoitise, il ajouta :

Camarades, ne les regrettez pas ; c'est la part du roi d'Espagne. La nôtre reste intacte. »

Puis, donnant l'exemple, il saisit l'un des deux barils et le jeta lui-même à la mer.

A cette vue, Don Carlos de Santa-Cruz fit cesser le feu, et cria de nouveau avec son porte-voix :

« Rendez-vous, Montluc ! Je vous donne ma parole de noble castillan qu'il ne vous sera fait aucun mal, non plus qu'à vos hommes ! »

Mon père répliqua :

« Marquis, je crois à ta parole ; à ton tour crois à la mienne. Le galion est à moi avec tout ce qu'il contient. Par générosité je consens à partager avec le roi d'Espagne ; mais s'il veut tout avoir, il n'aura pas un seul petit écu. Ecarte-toi donc et fais place si tu ne veux réduire Sa Majesté le roi Catholique à mendier son pain chez tous les banquiers de l'Europe. »

Le fier Castillan poussa un profond soupir et dit :

« S'il ne tenait qu'à moi, monsieur de Montluc, je vous coulerais bas sur-le-champ, dussent périr avec vous tous les trésors de l'Inde et d'Amérique ; mais qui sait ce qu'en penserait Sa Majesté ? Faites vos conditions puisqu'il le faut et que j'ai vécu assez longtemps pour voir la marine espagnole forcée de composer avec un corsaire. »

A ce mot, mon père répondit :

« Tout beau, marquis. Ce corsaire est d'aussi noble maison que

toùs les Santa-Cruz ; de plus, il est officier du roi de France, comme
tu l'es toi-même du roi d'Espagne.... Mais puisque tu veux mes
conditions, les voici.

Entre le baron Annibal de Montluc, commandant l'*Ego-et-Rex* au service de
Sa Majesté le roi de France, et le marquis Carlos de Santa-Cruz, amiral de la
flotte du roi d'Espagne, a été convenu ce qui suit :

Article premier. — Les braves gens que commande le baron Annibal de
Montluc et ledit baron consentent à céder au roi d'Espagne la moitié de la somme
conquise par leur courage, c'est-à-dire quarante millions.

Article second. — De cette somme attribuée au roi d'Espagne il faut déduire
les deux barils précédemment jetés à l'eau par suite de l'entêtement de l'amiral
Santa-Cruz, et contenant chacun un million de livres de France en belle monnaie
d'or et piastres mexicaines.

Article troisième. — Pour assurer l'exécution loyale et prompte des deux
articles précédents, le marquis de Santa-Cruz, monté sur le vaisseau amiral le
Santiago, accompagnera avec toute sa flotte le baron de Montluc monté sur son
brick l'*Ego-et-Rex* où seront transportés les barils d'or et d'argent que contient
le galion. Le baron et le marquis s'engagent à faire route bord à bord en bonne
intelligence dans la direction de la Rochelle et à se garantir réciproquement
contre toute attaque. En vue du port, la flotte espagnole saluera l'*Ego-et-Rex*
de cent coups de canon, et celui-ci rendra le salut avec toute son artillerie.
Après quoi les quarante millions que le présent traité attribue à Sa Majesté
le roi d'Espagne seront transportés à bord du *Santiago* et chacune des deux
parties contractantes aura le droit d'aller de son côté sans qu'un seul coup
de canon puisse être tiré entre elles pendant huit jours.

« Accordé, dit Santa-Cruz. Est-ce tout ?

— C'est tout, répondit mon père.

— Bien... Nous nous retrouverons bientôt, vous et moi, monsieur
de Montluc !

— Quand il vous plaira, marquis, répliqua poliment mon père. Je
serai toujours heureux de vous voir face à face, le verre ou l'épée à
la main. »

En même temps, comme le galion s'enfonçait peu à peu, il se
hâta de transporter son précieux butin à bord de l'*Ego-et-Rex*, traversa de nouveau la flotte espagnole tout entière et, prenant la tête
de la colonne, il fit voile vers la Rochelle bord à bord avec le *Santiago*. Arrivé en vue du port, il remit à Santa-Cruz, comme il l'avait
promis, trente-huit barils remplis d'or et d'argent, échangea avec
lui les saluts les plus cérémonieux et prit congé du marquis de
Santa-Cruz.

Pendant que Santa-Cruz envoyait ses barils sous bonne escorte

C'est la part du roi d'Espagne. (Page 19.)

à la Corogne, et croisait avec cinq vaisseaux de guerre à quelques lieues de la Rochelle, mon père entra dans le port avec son brick, et fit avertir le gouverneur de la ville qu'il le priait de lui faire l'honneur de venir sur son bord, « ayant, disait-il, à lui transmettre un message très-important pour le service du roi. »

Le gouverneur étant venu à bord, mon père lui dit :

« Monsieur, j'apporte huit millions en or à Sa Majesté le roi Louis XIV ; voulez-vous avoir la bonté de l'en informer et d'en prendre livraison ?

— Huit millions ! s'écria le gouverneur. Monsieur, la somme est forte ; mais vous en avez pris quarante.

— En effet, répliqua mon père, mais les ordonnances de Sa Majesté portent qu'elle aura seulement le cinquième de toutes les prises ; or le cinquième de quarante est huit ; donc...

— Monsieur de Montluc, dit alors le gouverneur en tirant de sa poche un ordre signé d'avance, vous ignorez peut-être que le Parlement de Bordeaux vous a condamné à mort et qu'il a confisqué tous vos biens présents et à venir ; donc le galion appartient à Sa Majesté, et, croyez-moi, déposez votre prise à terre, gardez un million si c'est nécessaire, et partez sans plus attendre ! je fermerai les yeux sur votre fuite. »

A ces mots mon père réunit l'équipage de l'*Ego-et-Rex* et lui raconta la proposition du gouverneur. Ce fut un immense éclat de rire ou plutôt une huée ; quelques-uns voulaient pendre le brave homme, d'autres voulaient le jeter à l'eau. Mon père lui sauva la vie et le retint à bord en qualité d'otage.

Pendant ce temps il avait envoyé à Sa Majesté un courrier chargé de porter la lettre suivante, qui fut imprimée un mois plus tard dans la *Gazette d'Amsterdam* avec la réponse de Sa Majesté. Voici la lettre :

« La Rochelle, 18 octobre 1653.

» Sire,

» Conformément à l'offre que j'ai faite à Votre Majesté de combattre ses ennemis sur terre et sur mer, j'ai l'honneur de l'informer que son très-fidèle sujet le baron Annibal de Montluc, capitaine du brick l'*Ego-et-Rex*, s'est rendu maître du galion des Indes qui venait de Carthagène à Cadix, escorté par la flotte espagnole tout entière. Le butin est de quarante millions, répartis dans un pareil nombre de barils. Le cinquième est de huit millions, que je tiens à la disposition de Votre Majesté.

» Qu'il me soit permis, sire, d'ajouter à cette heureuse nouvelle un avis qui ne sera pas inutile : c'est celui d'empêcher que le sieur Giulio Mazarini, faquin de naissance, Sicilien d'origine et voleur de profession, ne mette la main sur ce trésor avant qu'il ne soit entré dans vos coffres.

» Pardonnez, sire, un conseil que m'inspire mon zèle ardent pour la gloire et les intérêts de Votre Majesté, dont je serai toujours le très-respectueux et très-dévoué serviteur et sujet,

» MONTLUC. »

Pour réponse, le cardinal Mazarin donna ordre d'arrêter le baron de Montluc, et le gouverneur de Saintonge, aidé de quelques troupes, voulut entrer dans la Rochelle. Mais les bourgeois, gagnés par les libéralités de mon père, fermèrent leurs portes. Pendant qu'on parlementait, la nuit vint, et l'*Ego-et-Rex* put sortir du port sans encombre.

Ayant réussi à éviter l'escadre espagnole, mon père passa sur le continent américain, s'y maria et devint seigneur propriétaire du lac Erié, et de tout le pays environnant dans un rayon de cent lieues.

A ce moment Beaupoil entra, portant le café, et M. de Montluc s'interrompit.

Je remplis les verres et je proposai de boire à la santé de M. le baron son père, qui sans doute vivait encore, quoiqu'il dût être bien âgé...

« Mon père, reprit le jeune homme, a soixante-dix ans passés, mais la veille de notre départ pour la France il a tué d'un coup de carabine et de deux coups de poignard un ours grizzly qui pesait neuf cents livres. Du reste la chasse est un goût de famille ; ma mère elle-même a fait quelquefois le coup de feu, pendant l'absence de mon père, tantôt contre les ours, tantôt contre les sauvages.

— Comment! m'écriai-je étonné, est-ce que Mᵐᵉ la baronne...?

— En Canada, interrompit M. de Montluc, nous ne sommes pas gardés comme des rois ; nous nous gardons nous-mêmes. Si mon père s'est taillé au milieu des forêts une seigneurie plus vaste que l'Anjou, la Touraine, la Bretagne et la Normandie ensemble, c'est

à son épée d'abord qu'il le doit, et ensuite au courage de ma mère
qui l'a suivi partout jusqu'au jour où, dans le milieu même du lac
Erié, il construisit, avec l'aide de ses compagnons, un château ou
plutôt une forteresse qu'il appela la Tour-Montluc, en mémoire de
la maison de ses ancêtres. Ah! ma mère n'est pas, monsieur le
curé, une de ces grandes dames de Versailles qui se fardent, se tei-
gnent, se poudrent et font la révérence; jamais plus noble femme,
plus belle et plus digne de respect n'a marché sur la terre d'Europe
ou d'Amérique... Et mes sœurs, qui sont toutes mariées en Canada,
sauf une seule, la plus jeune, demandez à mon ami O'Brian si elles
ne peuvent pas soutenir la comparaison avec vos marquises.

— Oh oui! s'écria l'Irlandais, Mlle Athénaïs surtout!

— Athénaïs, mon cher curé, dit M. de Montluc en se tournant
vers moi, c'est ma plus jeune sœur, et ce pauvre O'Brian a une peur
terrible qu'elle ne se marie en son absence.

— Mais, repris-je alors, est-ce que Mme la baronne, votre mère,
était Canadienne de naissance ? »

Au lieu de répondre, le jeune baron de Montluc me demanda :

« Monsieur le curé, avez-vous un vicaire ?

— Oui, monsieur.

— Est-il jeune et robuste?

— Très-jeune et très-robuste.

— Vous saurez tout à l'heure, continua-t-il en riant, pourquoi je
vous fais ces questions. Je reviens au mariage de mon père, qui
vous intéressera peut-être et vous donnera une idée de la manière
dont nous vivons en Canada. »

Mon père rejette les Iroquois dans le fossé.

CHAPITRE III

Comment M. le baron Annibal de Montluc fut reçu en Canada.

Voici, continua M. de Montluc, comment se fit le mariage. Je vous ai dit que mon père avait quitté la France, poursuivi sur terre et sur mer par la haine des deux plus puissants rois de l'Europe. Il est vrai qu'à son tour il était roi sur son brick l'*Ego-et-Rex*; mais ses compagnons se lassèrent bientôt de mener cette vie errante. La prise du galion d'Espagne les avait tous enrichis; ils voulurent jouir de leur fortune nouvelle. Le plus grand nombre rêvaient de s'établir tranquillement dans quelque beau pays, de s'y marier et d'y vivre en toute joie et prospérité entourés de leur famille. Comme la France leur était fermée, mon père réunit tous ceux qui lui étaient restés fidèles, et il fut décidé que l'*Ego-et-Rex* se dirigerait vers le Canada.

Nous sommes à quatre-vingts lieues de l'embouchure du Saint-

Laurent, leur dit mon père, nous remonterons le fleuve jusqu'à
Québec. Le gouverneur nous demandera nos passe-ports. Je lui dirai
qui je suis. C'est un de mes amis, le comte de Bonneval. Il fermera
les yeux et nous laissera passer. Je vous mènerai à Montréal, soixante
lieues plus loin. Là nous serons en plein Canada, au milieu d'une
forêt de quatre cents lieues de long et de trois cents lieues de large,
où l'on ne trouve que des ours, des serpents, des cerfs, quelques
missionnaires et des sauvages. Nous aurons bien du malheur si le
terrain nous manque pour bâtir et si nous ne trouvons pas de
femmes pour entrer en ménage. Au besoin, si c'est nécessaire, on
épousera les filles des sauvages, après les avoir converties.

Tout l'équipage cria :

« Vive monsieur le baron de Montluc ! Vive le capitaine ! »

Voilà comment l'affaire fut décidée.

Cinq jours après, l'*Ego-et-Rex* entra dans le golfe du Saint-
Laurent, longea l'île d'Anticosti et remonta le fleuve, qui est large
en cet endroit comme un bras de mer et profond comme un puits de
trois cents pieds. A cent cinquante lieues de là il était devant Québec,
au pied d'un magnifique rocher qu'on appelle le cap Diamant.

Aussitôt tout le monde voulut mettre pied à terre, mais mon
père s'y opposa.

« Il faut voir d'abord, dit-il, si nous serons reçus en amis ou en
ennemis ; car Sa Majesté le roi Louis XIV pourrait bien avoir donné
l'ordre de nous couper le cou, ce qui est malsain dans cette saison. »

Puis, sans délibérer davantage, mon père mit pied à terre à
trois cents pas de la ville avec la moitié de son équipage et, s'approchant du rempart, pria un bourgeois de bonne mine, qui montait la
garde, d'avertir M. le comte de Bonneval, gouverneur de la Nouvelle-
France [1], que M. le baron de Montluc, son cousin, capitaine de
l'*Ego-et-Rex* au service de Sa Majesté, désirait lui présenter ses
respects et renouveler sa provision de vivres et d'eau.

« Monsieur le baron, dit le bourgeois de Québec, vous arrivez
bien à propos et monsieur le comte sera bien aise de vous voir. »

En même temps il appela tout le poste aux armes. En un clin
d'œil la nouvelle se répandit dans toute la ville qu'il venait d'arriver
de France un renfort considérable, commandé par M. le baron
Annibal de Montluc.

---

(1) C'est l'ancien nom du Canada français.

A cette nouvelle, tous les bourgeois accoururent, suivis bientôt
de la garnison, du gouverneur, de l'évêque et du clergé.

Mon père fut un peu étonné d'abord. Il ne s'attendait pas à
recevoir un pareil accueil.

Mon ami, dit le gouverneur en l'embrassant, c'est Dieu qui vous
envoie.

— Monsieur le baron, ajouta l'évêque, vous nous sauvez la vie.

— Pas possible! s'écria mon père. Vous vous ennuyez donc beaucoup dans ce pays ?

— M'ennuyer! dit le gouverneur. Ah! plût au ciel que nous
n'eussions pas autre chose à craindre!... Savez-vous, mon ami, que
tous les matins, depuis trois mois, on s'attend à être égorgé par les
sauvages? Savez-vous que la moitié de la milice bourgeoise passe la
nuit sur les remparts pendant que l'autre moitié dort dans les maisons, la main sur ses armes? Savez-vous qu'on a scalpé avant-hier
deux bourgeois qui s'étaient hasardés hors de la ville? que trois
femmes et cinq enfants ont été égorgés la semaine dernière dans un
village voisin? que le Père Langlois, de la Compagnie de Jésus, a
été écorché vif, il y a trois semaines, par les Tsonnouthouans? que
le Père Brébeuf a reçu quelques jours auparavant la palme du martyre et que les cinq tribus Iroquoises, aidées secrètement des Anglais
du Massachusetts et des Hollandais de la Nouvelle-York, menacent
d'assiéger et de brûler Québec? Savez-vous encore que vous êtes le
premier renfort que Sa Majesté nous ait envoyé depuis dix ans? »

A ces mots mon père se mit à rire.

« Mon cher comte, dit-il, si le Roi Très-Chrétien savait que je
viens d'aborder sur ses terres, il me ferait couper la tête *hic et nunc*,
au ras des épaules. » Et il raconta son histoire.

« Puisqu'il en est ainsi, Montluc, nous pouvons nous donner la
main et faire alliance, reprit Bonneval en riant; car, sur mon âme!
si votre tête ne tient guère sur vos épaules, la mienne n'est pas plus
solide, et, à mille lieues des rois et des parlements, on est heureux
de retrouver, au milieu des sauvages, un ami qu'on n'attendait pas...
A propos, dans quelle direction allez-vous? A l'est, à l'ouest, au
nord, au sud?,..

— Je vais à la noce, dit mon père. Avez-vous des filles à marier
dans ce pays? »

M. de Bonneval leva les bras au ciel.

« Hélas! s'écria-t-il, à qui le dites-vous? Toutes nos filles sont

retenues d'avance. Nous en avons fait venir cinquante-deux de
France cette année. Le jour de leur arrivée, on les a reçues au son
des violons sur le port. L'évêque les a conduites en procession à la
cathédrale. On a chanté un *Te Deum*, et trois jours après elles
étaient mariées. Nous en avons demandé d'autres... Des filles à
marier ! Ah ! vous êtes bien tombé, Montluc ! »

A cette triste nouvelle, l'équipage de l'*Ego-et-Rex* tout entier
poussa un profond soupir.

« Or çà, dit mon père, il n'est pas temps de se lamenter. Aujour-
d'hui, puisque nous sommes en pays ami, tâchons de nous réjouir.
Demain nous irons chercher fortune ailleurs. »

Sur ces sages paroles tout le monde alla dîner, mon père avec
l'évêque chez le gouverneur, comme c'était son droit, et ses compagnons avec les plus riches bourgeois de Québec, qui se disputaient
le plaisir de leur donner l'hospitalité. Carréguy, un Basque, lieutenant de mon père, et ceux qui étaient restés à bord de l'*Ego-et-Rex*
eurent leur part de la joie commune et furent comblés de jambons
d'ours, de filets d'élan, de gigots d'opossum, de dindons, de canards
sauvages, de boudins, de saucisses, de volailles de toute espèce et de
toutes les viandes que le Canada fournit en abondance.

Quant aux saumons, ils sont si nombreux et si gros dans le Saint-
Laurent qu'on n'avait qu'à se baisser pour en prendre, et que les
Canadiens s'excusaient sur leur pauvreté d'offrir une nourriture si
commune et si peu digne de leurs hôtes.

Comme on allait se lever de table, un sauvage de la tribu des
Ériés entra, demandant à parler à M. de Bonneval.

« C'est le Père des prières qui m'envoie, » dit-il.

Le gouverneur se tourna vers mon père et lui dit : « C'est le
nom que les sauvages donnent au Père Fleury, qui est en mission
sur les bords du lac Champlain, à cent lieues d'ici. »

Le sauvage tendit une lettre au gouverneur qui l'ouvrit sur-le-
champ et la lut tout bas d'abord, puis à voix haute :

« *Croix de l'Érable*, au bord du lac Ontario.

» Monsieur le gouverneur,

» Tout est perdu si vous ne venez à notre secours. Le village a
été surpris ce matin au point du jour par une troupe de quatre cents
Iroquois idolâtres, parmi lesquels cent cinquante environ sont armés

de mousquets que les hérétiques de la Nouvelle-Angleterre leur ont vendus pour notre extermination.

» Trente ou quarante de nos prosélytes Ériés ont été massacrés avant d'avoir eu le temps de se mettre en défense. Personne n'aurait échappé, car l'ennemi entrait en même temps de tous les côtés, si par bonheur M. Champlain, en ouvrant sa fenêtre à quatre heures du matin, n'avait vu les Iroquois se glisser sans bruit sous les pommiers et n'avait sur-le-champ donné l'alarme. Son frère, éveillé par le bruit, est accouru devant le portail de la grande cour, et tous deux ont sonné de la trompe pour avertir nos fidèles Ériés et leur offrir un asile dans l'habitation, en même temps qu'avec leurs serviteurs ils écartaient les Iroquois à coups de mousquet.

» C'est à ce moment que notre vénérable Père Fortin, n'écoutant que son courage, a voulu, malgré les supplications des Ériés et les nôtres, parcourir le village pour donner l'absolution à tous les fidèles mourants. Pendant qu'il s'acquittait de ce pieux devoir, les païens Iroquois l'ont frappé de trois coups de hache. Il est tombé en s'écriant : « Mon père, pardonnez-leur, car ils ne savent ce qu'ils font ! » Et il a rendu son âme au Seigneur.

» Après quoi le chef des Iroquois a voulu le scalper; mais, à cette vue, rien n'a pu retenir l'ardeur de nos bons Ériés. Malgré leur petit nombre, ils se sont élancés, M. Champlain l'aîné en tête, sur leurs sauvages ennemis; ils en ont tué sept à coups de mousquet, neuf à coups de crosse ou de hache, ont emmené trois prisonniers et emporté le corps de notre saint martyr.

» J'ai le regret d'ajouter qu'ils ont attaché leurs prisonniers à un poteau et qu'ils les ont, malgré tous mes efforts, scalpés, coupés en quartiers et brûlés vifs. C'est un reste de leur éducation païenne qu'on n'a jamais pu déraciner jusqu'ici. MM. Champlain eux-mêmes n'ont pas cru devoir s'y opposer.

» Cependant, et quoiqu'on ait repoussé le premier assaut, les Iroquois, qui vont recevoir des renforts et qui sont d'ailleurs, à ce que disent nos sauvages chrétiens, payés et armés par les Anglais du Massachusetts, ont bloqué la maison des MM. Champlain. Nos fortifications consistent en une forte palissade, précédée d'un fossé profond. Il nous reste vingt-cinq sauvagesses jeunes ou vieilles, trois femmes françaises, dont la première est Mlle Champlain, qui vient de donner l'exemple du courage, en même temps que de toutes les vertus de son sexe, et dix-sept hommes en état de porter les armes, sans compter les blessés, parmi lesquels MM. Champlain aîné et cadet.

» Monsieur le gouverneur, si vous pouvez empêcher la semence chrétienne que nous avons jetée dans ce pays de périr étouffée sous les efforts des païens et des hérétiques, si vous voulez sauver la Nouvelle-France et donner à la nation française, au Roi et à notre sainte religion catholique une contrée plus vaste, plus salubre et plus fertile que la moitié de l'Europe, il faut nous envoyer sur-le-champ tous les renforts dont vous pourrez disposer. Dieu veuille que vous n'arriviez pas trop tard !

> » Fleury, missionnaire. »

Au bas de cette lettre était écrit d'une autre main :

« Le Révérend Père Fleury, qui vous a informé de tout, excepté de trois blessures qu'il a reçues — une au bras, une autre à la tête et la dernière dans la poitrine, mais par bonheur aucune n'est mortelle — voulait partir avec le messager et demander du secours aux Hurons, nos alliés; mais il peut à peine se soutenir, tant il est affaibli par la perte de son sang. Nous l'avons donc retenu de force... Nous avons des vivres pour un mois. Passé ce délai, il en sera de nous ce que la Providence aura ordonné.

> » Champlain aîné. »

La lecture de cette lettre fut suivie d'un long silence. M. de Bonneval, le gouverneur, paraissait consterné, aussi bien que l'évêque et les autres convives.

Le sauvage seul, les bras croisés, regardait tout le monde d'un air impassible.

« Mon père Ononthio, dit-il enfin (Ononthio est le nom que les sauvages donnent à tous les gouverneurs), que répondrai-je à M. Champlain?

— Que faire? répliqua le gouverneur. Nous avons à peine assez de monde, de poudre et de munitions pour garder Québec. D'une heure à l'autre les Iroquois peuvent donner l'assaut et massacrer tous les habitants. »

Alors mon père prit la parole :

« Mon cousin, dit-il à M. de Bonneval, vous ne pouvez rien faire pour ces braves gens de la *Croix de l'Érable ?*

— Rien.

— Et vous, monseigneur?

— Hélas! répliqua l'évêque, je vais ordonner des prières de quarante heures pour le salut de leurs âmes; car, pour ce qui est de leur vie, vous voyez vous-même... »

Alors mon père se tourna vers le sauvage.

« Est-ce loin d'ici le lac Champlain? demanda-t-il.

— Cent lieues.

— Par quel chemin es-tu venu?

— Je me suis jeté dans le lac, pendant la nuit. J'ai nagé entre deux eaux et surpris un canot des Iroquois qui n'était pas gardé. J'ai ramé toute la nuit. Je suis arrivé le matin dans la rivière Richelieu. La rivière m'a porté jusqu'au Saint-Laurent et le Saint-Laurent jusqu'ici.

— Quelle est la profondeur de la rivière Richelieu?

— De dix à trente pieds depuis le lac Champlain jusqu'au Saint-Laurent, répondit le gouverneur.

— Alors, mon cher Bonneval, dit mon père, recevez nos remercîments pour votre généreuse hospitalité. Nous allons partir dans une heure, moi, mon ami Carréguy et tout l'équipage de mon brick l'*Ego-et-Rex*, qui ne tire pas plus de six pieds d'eau et qui peut passer partout. »

On veut le retenir. Il n'écoute personne. Il rassemble ses matelots, met à la voile, remonte le Saint-Laurent avec le sauvage qu'avait envoyé M. Champlain et arrive à la *Croix de l'Érable* précisément à l'heure où l'assaut venait de commencer. Trente ou quarante Iroquois avaient déjà passé par-dessus les palissades et se battaient corps à corps avec les assiégés. Les autres suivaient de près.

Mon père voit le péril. Il range l'*Ego-et-Rex* le long du rivage et fait tirer à mitraille sur les Iroquois. A trente pas de distance quarante-cinq ou cinquante furent tués ou blessés. Les autres, effrayés et ne sachant d'où leur vient la mort, prennent la fuite. Mon père alors débarque avec ses compagnons, l'épée dans une main, le pistolet dans l'autre, rejette les Iroquois dans le fossé, le traverse sur un pont-levis, en tue encore une vingtaine et sans doute en aurait tué bien davantage si ces sauvages, qui courent mieux que des lévriers, ne s'étaient dispersés dans les bois comme une volée de moineaux poursuivie par un vautour.... »

Ici M. de Montluc fut interrompu dans son récit par un cri d'admiration de Beaupoil, qui venait de rentrer sans être aperçu, tenant dans ses bras deux bouteilles de mon meilleur vin de Bourgogne.

« Ah, monsieur! ça devait être magnifique, dit Beaupoil. Je voudrais bien voir ce pays, moi qui n'ai jamais rien vu!

— Mais, lui dis-je en riant, sais-tu seulement, mon garçon, où se trouve le Canada, comment le pays est fait, si l'on voudrait t'y recevoir, et si M. de Montluc n'a pas d'autre affaire que d'y retourner avec toi?

— Pour cela, monsieur le curé, répliqua Montluc, soyez tranquille. Le pays est bon. Les hommes de l'âge et du caractère de Beaupoil y sont rares et précieux et, quant à l'emmener, c'est mon plus grand désir, car j'y vais tout droit en passant par Bordeaux, où la frégate *la Foudre* nous attend, Donald et moi, avec les instructions cachetées de Sa Majesté. Et nous n'avons pas de temps à perdre, car le sort du Canada dépend de notre promptitude, et peut-être la vie de mon père et de ma mère...

— Et celle d'Athénaïs, ajouta l'Irlandais d'une voix émue.

— Sans compter celle de Lucy, » reprit Montluc.

Et comme Montluc vit que je ne connaissais ni Mlle Athénaïs ni Mlle Lucy, il me dit :

« Athénaïs, c'est ma sœur. Quant à Lucy, c'est une compatriote de Donald... Mais il est un peu tard pour vous parler de ces dames. Nous allons partir demain matin à cinq heures. Allons dormir. »

A ces mots il se leva, puis tout d'un coup, frappé d'un souvenir, il chercha dans ses poches, ne trouva rien et s'écria :

« Grand Dieu! J'ai perdu le paquet de lettres et les instructions de Sa Majesté qui étaient enfermées dans un sac de cuir. Quelqu'un de ces loups, prenant ce cuir pour une chair humaine, l'aura déchiré sans doute et emporté au fond des bois pendant la bataille.

— Qu'allons-nous faire? dit lord Kildare. Des instructions si importantes! Et si pressées!... Si le roi le savait, il nous ferait mettre à la Bastille tous deux pour cent cinquante ans. »

Il y eut un moment de silence. J'étais aussi ému qu'eux-mêmes de cette perte. Marion commençait à gémir et, suivant sa coutume, à tout rejeter sur son mari.

« C'est ta faute, disait-elle. Si tu n'étais pas allé à la pêche, tu n'aurais pas perdu Friquet, tu n'aurais pas obligé ces messieurs à te tirer de peine, et M. le baron de Montluc ne risquerait pas d'être mis à la Bastille pour cent cinquante ans. »

Le jeune gentilhomme prit son élan. (Page 38.)

Pendant ce discours le Canadien réfléchissait. Tout à coup il se leva et dit : « Il faut retrouver ce paquet. Attends-moi là, Kildare, et tiens compagnie à monsieur le curé.

— Que veux-tu faire ?

— Parbleu ! retourner sur le champ de bataille de tout à l'heure. Ici, Phœbus ! »

J'essayai de le retenir.

« Monsieur, au nom du ciel, ne sortez pas ! Il neige depuis cinq heures, et il y a des bandes de loups dans la montagne...

— Par le temps qu'il fait, ajouta Beaupoil, on ne mettrait pas un païen dehors. A cent pas d'ici nous avons peut-être six pieds de neige. Vous tomberez dans quelque précipice. »

Pendant que Beaupoil parlait, je fermai à double tour la porte de la chambre et je mis résolûment la clef dans la poche de ma soutane pour empêcher M. de Montluc de sortir malgré moi.

Il se mit à rire, me serra la main avec amitié et dit :

« Vous avez peut-être raison, monsieur le curé. Voyons donc si la neige dure toujours. »

Il ouvrit la fenêtre, étendit la main vers le sud-ouest, du côté de Tulle, comme pour chercher d'où venait le vent et, regardant son chien, un magnifique terre-neuve aux longs poils, soyeux, demi-noir, demi-blanc, qui le regardait avec des yeux presque humains :

« Phœbus ! » dit-il.

Le chien se dressa aussitôt, agitant la queue d'un air d'intelligence.

« Tu vois ce que j'ai perdu ! »

Et il lui montra du doigt un reste de lanière de cuir qui pendait encore à son ceinturon. Phœbus aboya de nouveau.

« Eh bien, mon bon Phœbus, il faut aller le chercher tous les deux. »

Puis se tournant vers moi : « Monsieur le curé, dit-il, laissez-nous passer. Donnez la clef. »

Je répliquai : « Monsieur le baron, vous le voyez vous-même. Vous allez à une mort certaine. Vous serez la proie des loups. Demain matin, avec les gens du village, nous irons tous ensemble à la recherche de vos dépêches »

Et je résistai avec fermeté à toutes ses prières et à celles de lord Kildare, qui voulait au moins le suivre et qu'il força de rester au coin du feu.

« Puisque rien ne peut vous convaincre, mon cher curé, dit-il enfin, je prends le seul chemin qui me reste. »

Et montrant au chien la fenêtre ouverte :

« Va, dit-il, va le premier, Phœbus ! »

Sans hésiter le chien sauta par la fenêtre du premier étage et disparut.

Alors le jeune gentilhomme prit son élan et, d'un bond tout pareil, tomba debout sur ses pieds, dans la neige profonde.

Marion poussa un cri de frayeur et d'admiration, pendant que M. de Montluc disait à son ami :

« Donald, jette-moi mon épée par la fenêtre, et vous, monsieur le curé, attendez-moi pour prendre le café. Je serai à vous tout à l'heure. »

Lord Kildare obéit et le Canadien suivit les traces de Phœbus.

Je m'écriai en refermant la fenêtre : « Votre ami est perdu ! »

Kildare se mit à rire. « Perdu ! lui ! dit-il. Vous ne connaissez pas Montluc ! Tout à l'heure il ne vous a parlé que de son père, par modestie ; mais s'il voulait vous parler de lui-même, vous en auriez pour trois jours à entendre le récit de ses exploits. Ah ! il est de bonne race, mon ami Montluc, et il a de qui tenir ! Faites-lui raconter seulement comment il est venu de Québec en France le mois dernier et comment à nous trois, lui, moi et Phœbus (car Phœbus en était), nous avons pris une frégate à l'abordage. »

Je priai lord Kildare de le raconter lui-même, et il y consentit.

« D'ailleurs, ajouta-t-il, cela nous fera prendre patience en attendant le retour de Montluc et le café. »

Mon père tomba frappé d'une balle.

CHAPITRE IV

Comment lord Kildare s'attire une mauvaise affaire pour quelques
barils d'eau-de-vie et ce qui en résulte.

« Avant tout, dit lord Kildare, il faut que je vous raconte comment j'ai fait la connaissance de mon ami Montluc.

Mon père, qui s'appelait comme moi Donald, était comte de Kildare, ainsi que mon grand-père et tous mes aïeux l'ont été depuis cinq mille ans, car la race des O'Brian est deux fois plus ancienne que celle d'Abraham. Malheureusement mon grand-père, qui était catholique et royaliste, périt en combattant pour sa religion et pour l'Irlande contre Cromwell. Ses biens furent confisqués et donnés à de mauvais coquins d'Anglais. Sous Charles II, mon père, revenu d'exil, en reprit les armes à la main une portion et fit pendre tous ceux de ces coquins qu'il put saisir. C'était bien naturel, n'est-ce pas?... Malheureusement il se fit tuer à son tour au passage de la Boyne le jour où Jacques II prit la fuite devant l'usurpateur Guillaume.

J'avais vingt ans alors et je faisais le coup de feu à côté de mon père, quand il tomba frappé d'une balle. Je rejoignis l'armée qui retournait à Dublin. De là, le vainqueur ayant confisqué l'héritage de mon père et mis ma tête à prix, je fus forcé de fuir en France. »

Le jeune Irlandais s'arrêta rempli de tristesse à ce terrible souvenir.

« Le roi Louis XIV, reprit-il au bout d'un instant, me donna le commandement d'une compagnie irlandaise, que j'avais levée parmi les tenanciers des O'Brian. J'étais à Steinkerque, et là j'eus le plaisir de rendre aux Anglais les coups que nous avions reçus d'eux en Irlande...

J'étais donc à la solde du roi de France, moi Donald O'Brian, comte de Kildare, descendant des anciens rois d'Irlande, et je tuais le plus d'Anglais qu'il m'était possible, lorsqu'on m'envoya au Canada, que les Anglais menaçaient d'une invasion. Je partis avec mes Irlandais. C'est là que je fis connaissance du père de M. de Montluc ici présent. Voici dans quelles circonstances :

Le gouverneur du Canada m'avait mis avec mes Irlandais en garnison dans le fort de Catarocouy, à l'entrée du lac Ontario. Pour vous donner une idée du pays, imaginez-vous cinq étangs qui se verseraient l'un dans l'autre en traversant une grande forêt. Du dernier étang sort un ruisseau qui va tout droit dans l'océan Atlantique. Mais les cinq étangs, Supérieur, Huron, Michigan, Érié, Ontario, sont des lacs dont le plus grand, le premier, a cinq cents lieues de tour et sept ou huit cents pieds de profondeur. Le plus petit, l'Ontario, moins profond de moitié, a trois cents lieues de tour. La forêt, ce sont les Canadas haut et bas. Le ruisseau, c'est le fleuve Saint-Laurent, large d'une lieue au moins à sa sortie du lac Ontario, et de trente lieues environ à son embouchure dans l'Océan. La profondeur est tantôt de soixante, tantôt de cent, deux cents, trois cents pieds.....

Le gouverneur du Canada, M. de Frontenac, m'avait dit en partant : « Surtout, monsieur de Kildare, prenez garde aux Indiens. Vous êtes sur la frontière. A tout moment on voudra vous surprendre. Les Anglais et les Iroquois sont tout près. Vous pouvez être massacré avec tous vos hommes un mois avant que j'en reçoive la nouvelle...

— Monsieur le comte, répondis-je, soyez sûr que jamais un O'Brian ne se laissera surprendre, et que si les Anglais viennent m'attaquer, ils trouveront à qui parler. »

Comme j'allais prendre congé, M. de Frontenac me rappela et dit : « Au moins, si vous êtes en danger, faites avertir M. le baron de Montluc, votre voisin. C'est un gentilhomme plein d'honneur, de courage et d'expérience, que tous les sauvages craignent et respectent presque à l'égal d'un dieu. Son amitié vous vaudra mieux qu'une armée de six mille hommes. »

Là-dessus, sans répliquer, je pars, me souciant aussi peu de faire connaissance avec le baron de Montluc qu'avec le chah de Perse. La jeunesse est présomptueuse. Il me semblait qu'un O'Brian n'avait rien à craindre de qui que ce soit.

J'arrive à Catarocouy, un carré long composé de sept ou huit baraques de bois, entouré d'un rempart et d'un fossé du côté de la terre et d'une palissade du côté du lac Ontario. Quatre petits canons aux quatre coins. Le fort n'était pas difficile à prendre, mais le pays était tranquille. Mieux même que tranquille, car je n'avais trouvé là que des amis. Les Hurons me faisaient fête. Les Algonquins m'appelaient leur père. Les Iroquois m'invitaient à chasser l'ours, le daim, le chevreuil dans leurs forêts.

Ces Algonquins surtout m'étaient dévoués. J'en voyais venir trente ou quarante chaque matin dans le fort pour m'offrir leurs compliments et me demander quelques bouteilles de bonne eau-de-vie de France. A la fin, voyant ma provision diminuer et mes soldats murmurer qu'on donnât tout à ces sauvages, je refusai net de continuer ces libéralités, et les Algonquins disparurent. Pendant un mois, je n'en eus plus aucune nouvelle.

Tout à coup, un soir, au coucher du soleil, comme je ne pensais à rien et me préparais à faire une partie de pêche avec quatre ou cinq de mes hommes, voilà que le portier du fort, un vieux Canadien de race française, appelé Brise-Caillou, regardant par-dessus le parapet du côté du lac, s'écrie : « Aux armes ! aux armes ! voilà l'ennemi ! »

Quel ennemi ? Je crus qu'il devenait fou. Cependant, comme il ne cessait pas de crier aux armes, je montai sur le parapet et je braquai ma lunette d'approche sur le lac. Une flottille de vingt ou trente barques venait à nous, en effet, faisant force de rames.

C'étaient mes amis les Algonquins. Je les reconnus sans peine à la forme et à la légèreté de leurs barques qui glissaient comme des cygnes sur le lac Ontario.

« Voyez-vous, monsieur, me dit Brise-Caillou, ces gens-là ont une

dent contre vous depuis que vous leur avez refusé de l'eau-de-vie,
et ils viennent vous scalper.....

— A quel signe voyez-vous ça?

— Ils n'ont ni femmes, ni enfants avec eux. Ça, c'est comme
s'ils avaient écrit sur leur front : Attention! l'on va vous manger
le nez ! »

Brise-Caillou avait raison. A mesure que les barques s'appro-
chaient, je pouvais compter les Algonquins. Ils étaient environ cent
ou cent vingt, lestement équipés comme pour la fête ou la bataille.
Ils s'avançaient d'un air riant, mais le conseil du vieux Canadien,
l'absence des femmes et des enfants et l'habitude que ces sauvages
ont de surprendre leurs ennemis, me tenaient sur mes gardes. Je
fis donc armer toute ma troupe, — quarante hommes à peu près, —
je plaçai chacun à son poste et j'attendis avec inquiétude ce qui
allait arriver. Cependant le premier abord de mes Algonquins n'an-
nonçait pas de mauvaises intentions. Ils s'avançaient avec des chants
de fête et non des chants de guerre.

Au moment où je m'apprêtais à donner le signal du combat,
les canots des Algonquins n'étant plus qu'à cinquante pas du mur
du fort dont la base se baigne dans le lac, profond à cet endroit de
plus de cinq cents pieds, le plus grand des canots se détacha, et un
chef de haute mine, ma foi, faisant signe aux autres de rester immobiles, s'avança vers le quai, suivi de deux compagnons. Il avait
sa carabine à la main et son tomahawk (je veux dire sa hache) sur
l'épaule comme un guerrier renommé. Il fut bientôt à terre et,
m'ayant salué majestueusement, il me dit que selon l'usage lui et
ses compagnons venaient me présenter leurs hommages et fumer
avec moi le calumet de paix.

Mon gentilhomme eut la politesse d'ajouter qu'étant sur le
point de partir pour une grande chasse dans les montagnes du Ver-
mont, lui et ses compagnons m'offraient de venir avec eux. Et il
s'assit à terre, les jambes croisées et repliées sous lui comme un
tailleur ou comme un homme qui se croit chez lui et qui n'a pas
besoin de se gêner. Ses deux compagnons l'imitèrent, et tous les
trois avaient l'air d'attendre qu'on apportât les calumets d'alliance
et le ratafia.

Franchement, je ne savais que faire. Remettre ce gentilhomme
et ses deux compagnons dans leur canot était facile, mais c'est un
affront que les sauvages ne pardonnent pas, car ils sont orgueil-

leux et vindicatifs. Les recevoir avec leurs compagnons, c'était livrer
à l'ennemi une place dont j'avais le commandement, et déshonorer
par une lâcheté qui aurait eu les apparences d'une trahison le nom
des O'Brian de Kildare.

Je gardai le silence pendant deux minutes. Heureusement ces
gens-là, n'étant jamais pressés de parler eux-mêmes, attendaient
une réponse sans impatience. Enfin, regardant autour de moi, j'a-
perçus à quelque distance du fort une clairière située au milieu
d'une forêt de grands chênes et j'offris de recevoir là mes hôtes,
sur un terrain neutre, et de fumer avec eux une demi-douzaine de
calumets.

Le gentilhomme algonquin, qui s'appelait Pied-de-Cerf, comme
je l'appris plus tard, à cause de la légèreté de sa course, ne fit pas
semblant de s'apercevoir de ma défiance. Il me remercia très-poli-
ment de l'avoir invité, comme si j'avais été libre de faire autrement,
et il retourna vers sa troupe avec ses deux compagnons pour rendre
compte de son ambassade. Il fut accueilli par des cris de joie que
j'entendais du rivage, et tous mes Algonquins se hâtèrent de débarquer et de se rendre dans la clairière.

Pendant ce temps Brise-Caillou me dit :

« Monsieur, que comptez-vous faire ?

— Ce que j'ai promis, Brise-Caillou ! Je vais fumer quatre ou
cinq calumets là-bas. Un O'Brian de Kildare n'a que sa parole.

— Eh bien ! et nous, que ferons-nous pendant ce temps-là ?

— Trente resteront pour garder le fort. Les dix autres, bien armés,
viendront avec moi dans la clairière. Là, si l'on nous attaque, nous
pourrons nous défendre et faire retraite. »

Brise-Caillou secoua la tête et dit :

« Monsieur, c'est le pire que vous puissiez faire. Avec ces gens-là
il faut être tout à fait ami ou tout à fait ennemi..... Si vous êtes ami,
il faut leur donner à boire autant que vous pourrez, et si vous êtes
ennemi, il faut leur tirer des coups de fusil. » Il se gratta la tête un
instant et reprit en poussant un profond soupir : « Ah ! si je savais
où trouver Montluc le Rouge, ou si seulement il pouvait deviner
dans quel danger nous sommes, c'est lui qui nous tirerait d'embarras ! En un clin d'œil il vous retournerait tous ces sauvages
comme un gant... Mais voilà... où est-il maintenant ?

— Sais-tu où il demeure ? On pourrait aller le chercher.

— Ah bah ! La maison de son père, le vieux baron, est à plus de cent cinquante lieues d'ici, au milieu du lac Érié. Avant qu'il soit averti, nous serons tous dans la poêle à frire. »

J'essayai de rassurer Brise-Caillou. Je lui dis qu'avec quarante hommes résolus et quatre petits canons chargés à mitraille nous viendrions bien aisément à bout de cent vingt Algonquins.

Il répondit : « Ceux-là ne sont que l'avant-garde. Les autres sont dix fois plus nombreux et vont arriver dans une heure ou deux. Je les connais bien !... allez ! Comme ils voulaient nous surprendre, ils ne sont pas venus tous ensemble, mais vous allez voir tout à l'heure. »

Alors je pris bravement mon parti. Je dis à mon lieutenant : « Kircaldy, prenez le commandement. Je vais aller seul là-bas. Si les Algonquins méditent quelque trahison contre moi, ne vous occupez de rien, excepté de soutenir l'assaut et de les empêcher d'entrer dans le fort. Adieu, et surtout prenez conseil de Brise-Caillou, qui est homme de bon sens et qui connaît le pays. »

Sur ce je sortis du fort. Arrivé au milieu des Algonquins, je m'assis sur un tronc d'arbre.

Je pris la parole le premier pour répéter en peu de mots ce que j'avais dit à Pied-de-Cerf et leur exprimer le plaisir que j'avais de les revoir. Ce discours, que traduisit le chef, produisit le meilleur effet. Il répondit au nom de ses amis que leur joie surpassait encore la mienne, et qu'ils étaient heureux de voir que le léger nuage qui s'était élevé entre nous et qui cachait notre alliance allait enfin se dissiper.

C'est alors qu'il rappela l'affront que j'avais fait un mois auparavant à toute la tribu en leur refusant deux barriques de bonne eau-de-vie dont ils savaient que le fort était pourvu. Une huée générale s'éleva contre moi à ce souvenir, et je commençai à me croire perdu. Je ne pouvais pas résister, étant seul et n'ayant pour me défendre que mon épée et deux pistolets. Quant à céder et donner à ces sauvages les deux barriques d'eau-de-vie qu'ils demandaient, c'était leur faire croire que j'avais peur et redoubler leur insolence. Qui pouvait savoir d'ailleurs de quoi ils seraient capables dans l'ivresse ? Dans l'incertitude, je crus qu'il valait mieux montrer de la fermeté.

Je répliquai donc que je ne reviendrais jamais sur ma résolution, que j'étais l'ami des Algonquins, tout prêt à fumer avec eux le calumet de paix et d'alliance, mais que, pour mon eau-de-vie, ils n'en goûteraient pas.

Ma réponse fut suivie d'une clameur épouvantable. Tous les Algonquins se levèrent, brandissant leurs haches, poussant leur cri de guerre et se précipitant sur moi. Sans attendre qu'on eût essayé de me saisir, je tirai de ma ceinture un pistolet que je mis dans ma main gauche; de la droite je tirai mon épée, je sautai d'un bond par-dessus le tronc d'arbre sur lequel j'étais assis au commencement de la conférence, et je courus droit au fort en criant à mes Irlandais : « Ouvrez! ouvrez! » ce qu'ils firent sur-le-champ. Mais je n'étais pas hors d'affaire pour cela. Les Algonquins, aussi lestes que moi, me suivaient de près, et un chef qui s'était placé d'avance sur mon chemin pour me couper le retraite essaya de m'arrêter. Il me donna au passage un coup de hache qui devait me fendre la tête, et qui, par bonheur, ne fit que jeter à terre mon chapeau. Je ripostai par un coup de pistolet tiré à bout portant et qui fit reculer mon homme.

Je n'étais plus qu'à vingt pas de la porte, et ces vingt pas furent faits en deux secondes. Brise-Caillou, qui la tenait ouverte, m'attendait, et quand je fus rentré dans le fort, la referma. On leva le pont-levis, et mes bons amis les Algonquins lancèrent contre les murs et le parapet des milliers de flèches et de malédictions.

« Vous l'avez manqué belle! me dit le Canadien. Vrai Dieu, monsieur, j'avais peur d'assister à votre enterrement. »

Et il ajouta, en regardant le lac Ontario :

« Tenez, qu'est-ce que je vous disais il y a une heure ?... Que ces coquins n'étaient que l'avant-garde, et que le reste de l'armée allait venir. Regardez plutôt! »

En effet, nous aperçûmes bientôt sur le lac de nombreuses barques chargées d'Indiens se dirigeant rapidement vers le fort.

Heureusement les Algonquins, renforcés par les nouveaux arrivants, soit qu'ils voulussent nous donner quelque sécurité d'abord, et ensuite nous surprendre, soit qu'ils fussent occupés à délibérer, se tinrent en repos toute la nuit. Pour moi, je gardai la moitié de ma troupe sous les armes et je laissai dormir l'autre sur les peaux d'ours et d'élans dont le fort était rempli et qui nous servaient de lits de camp.

Au lever du soleil tout le monde se trouva debout, et le feu commença de part et d'autre.

Les chefs sauvages presque seuls avaient des fusils, de la poudre et des balles. Les autres avaient des flèches et des tomahawks, qui

sont des casse-têtes en bois de fer aussi dur que le fer lui-même.
De notre côté, nous avions tous des fusils, mais j'avais donné ordre
de ménager les munitions. Pour soutenir un siége de plusieurs
jours, et le nôtre, heureux ou malheureux, ne pouvait pas durer
moins, il ne nous restait pas plus de soixante balles par homme.
Assurément, c'était assez si chaque coup touchait un Algonquin à la
tête ou au cœur ; mais il y a bien des maladroits sur la terre, et mes
Irlandais, soldats intrépides mais mauvais tireurs, devaient être
surveillés.

Au reste, figurez-vous que nos Algonquins, pour nous viser
plus à l'aise, grimpaient sur le haut des arbres, d'où ils dominaient
le mur du fort Catarocouy. En même temps ils s'abritaient derrière
le tronc ou les grosses branches pour n'offrir aucune prise, car ils
ne sont pas moins prudents et rusés que braves.

Tout à coup, Brise-Caillou vint à moi d'un air triomphant, et
me dit tout bas : « Nous sommes sauvés, monsieur ; Montluc le
Rouge vient à notre secours. » Et, me conduisant du côté du lac, il
me fit voir au loin un bateau à voiles qui avançait rapidement vers
nous.

A mon grand étonnement, je vis le bateau se détourner du fort
pour aller droit, au milieu des coups de fusil, vers le camp des
Algonquins. « Monsieur, dit Brise-Caillou qui était devenu mon
conseiller principal, n'ayez pas d'inquiétude, M. le baron de Montluc a commencé par le plus pressé. »

Brise-Caillou avait raison, car en un clin d'œil le feu des sauvages cessa, les acclamations éclatèrent de tous côtés, et Montluc
me fit l'effet d'un roi qui rentre dans sa capitale. Je ne sais ce que
Montluc put dire aux Algonquins, mais il ne tarda pas à se présenter
seul devant la porte du fort de Catarocouy, qui lui fut ouverte par
le Canadien.

Il vint à moi sans façon et me dit :

« Monsieur, vous êtes lord Donald O'Brian, comte de Kildare et
lieutenant du roi de France en Canada, n'est-ce pas ?

— Oui, monsieur.

— Moi, je suis le baron Louis de Montluc, fils du baron Annibal,
dont le château de la Tour-Montluc est bâti au milieu du lac Érié,
dans l'île des Tortues, à cent soixante lieues d'ici, à l'ouest. Ma
mère, Française par son grand-père M. Champlain, celui qui a
fondé Québec, est fille du dernier grand chef des Ériés, qui habi-

Frères Algonquins, je vous présente M. de Kildare. (Page 49.)

taient sur le lac de ce nom et s'étendaient jusqu'ici... J'ai donc du sang de Champlain et d'Érié dans les veines aussi bien que du sang de Montluc ; mon bisaïeul le sauvage fut l'hôte et l'ami de mes aïeux français, et c'est pour cela qu'on m'appelle partout Montluc le Rouge. »

Montluc, apercevant le Canadien près de moi, lui serra la main en disant :

« C'est toi, Brise-Caillou ?... Ferme la porte derrière nous, car nous allons sortir, M. de Kildare et moi.

— Pourquoi faire ? demandai-je.

— Pour parler aux Algonquins.

— Mais...

— Oui, je sais, reprit Montluc en souriant, ils m'ont dit ce qui s'était passé et qu'ils avaient voulu vous scalper cette nuit. Par bonheur je m'en doutais. Hier matin, vers sept heures, je chassais l'ours à quarante lieues d'ici, quand on m'a dit par hasard que mes amis les Algonquins préparaient une expédition... Contre qui ? Personne ne savait. Je me suis douté qu'il s'agissait de vous. Mon père Annibal (à qui, sans reproche, vous devez une visite de voisin) m'avait dit : « Kildare est un bon gentilhomme, mes amis de France m'en ont écrit du bien, mais un étourdi. Il croit n'avoir besoin de personne. Il va, sans le savoir, offenser les Algonquins, il se fera quelque mauvaise affaire dont les Anglais profiteront. Prends-y garde et veille sur lui. » Je chassais donc hier matin quand on m'avertit de l'affaire. J'étais alors dans les bois, j'arrive en toute hâte au village principal des Algonquins. On me dit que tous les guerriers étaient partis pour vous couper le cou, à vous et à vos hommes : je fais force de voiles et j'arrive à temps, comme vous voyez. »

Plein de confiance dans le crédit qu'il avait sur les sauvages, je le suivis dans la clairière où les Algonquins l'attendaient d'un air joyeux. Quand il entra dans le cercle des guerriers, ce furent des acclamations sans nombre. Vous auriez cru qu'il était le chef naturel de tous les sauvages présents.

Il s'assit et me fit asseoir à côté de lui sur le tronc d'arbre où je m'étais assis la veille et d'où j'avais été obligé de fuir pour sauver ma vie. Puis, ayant fait signe de la main qu'il voulait parler, il dit :

« Frères Algonquins, je vous présente M. de Kildare, gentilhomme irlandais au service du roi de France et mon ami particulier, pour

que vous le receviez comme un allié et pour qu'à l'avenir il n'y ait
plus aucun sujet de guerre entre vous et lui. »

Alors plusieurs voix confuses expliquèrent l'affront que j'avais
fait aux Algonquins en leur refusant deux barriques d'eau-de-vie,
quand le fort Catarocouy en contenait des centaines.

Je protestai qu'il n'y en avait que deux, et que j'avais ordre du
roi de les garder pour ma troupe.

Après un tumulte de quelques minutes, une voix dont l'accent
européen me frappa sortit de la foule.

« Après tout, disait cette voix, les Anglais de Boston ont du whisky
qui vaut bien l'eau-de-vie du roi de France et qu'ils nous donne-
ront en abondance pour nos peaux d'ours et de renard ! »

Ce discours fit le plus grand effet sur tous ceux qui l'enten-
dirent, et je ne savais moi-même qu'y répondre, car c'était la pure
vérité. Je pensai en moi-même : « Que va répondre mon nouvel
ami ? »

Mais je connaissais mal Montluc, le croyant embarrassé pour
si peu. Pendant que l'autre parlait, caché au troisième rang de la
foule, Montluc l'avait aperçu et reconnu. D'un bond il sauta par-
dessus les deux premiers rangs, saisit par les oreilles l'homme
accroupi, l'enleva de terre sans effort et le jeta malgré ses cris au
milieu de l'assemblée par-dessus la tête des Algonquins. Je vis alors
avec étonnement que c'était un homme grand et blond, de figure
allemande plutôt qu'anglaise, et qui ne ressemblait en rien aux
autres Algonquins.

Après avoir fait désarmer et lier son prisonnier, Montluc se
tourna vers l'assemblée et dit : « Frères Algonquins, je devine tout.
Je sais qui vous a excités contre la France, contre le roi, contre mon
ami Kildare : c'est cet homme, cet ancien déserteur des armées
allemandes, aujourd'hui espion au service des Anglais, ce Kronmark... Est-ce lui ? dites, est-ce vrai ?

— Oui, c'est vrai ! » cria-t-on de toutes parts.

Le coup de vigueur de Montluc avait retourné toute l'assemblée.

« Cet homme, continua-t-il, est un traître qui veut vous mettre
en guerre avec vos amis et vous livrer à vos ennemis. Est-ce vrai ?

— Oui, c'est vrai !

— Eh bien, vous jugerez tout à l'heure le crime qu'il a voulu
commettre contre vous. Quant à celui qu'il a commis contre moi, je

ne pardonne pas, je méprise ! Du reste vous ne perdrez rien. Les caves de la Tour-Montluc sont abondamment garnies. Vous vouliez arracher deux barriques à M. de Kildare qui ne pouvait pas vous les donner. Je vous en offre dix, moi, que je prendrai chez mon père. Venez les chercher. Suivez-moi. »

Montluc étendit la main.

CHAPITRE V

Le châtiment du traître.

Cette proposition fut accueillie par de véritables hurlements de joie.

« Maintenant, ajouta Montluc, l'eau-de-vie d'un ami est bonne mais le whisky d'un ennemi est meilleur. » Et alors il fit la proposition suivante aux Algonquins réunis.

« Frères Algonquins, continua Montluc, l'homme qui a tenté de désunir deux amis et de les obliger par des mensonges à s'entre-tuer sur le champ de bataille, quelle peine mérite-t-il ? »

Tout le monde cria :

« La mort ! »

Pied-de-Cerf, qui avait l'âme loyale et qui de plus était bon catholique, ajouta :

« Ce n'est pas la mort des guerriers qu'il mérite, c'est la mort des traîtres, celle qui était due au traître Barabbas ! La potence !

— Oui, oui, la potence ! »

Montluc poussa l'espion du pied et lui dit :

« Tu l'entends, Kronmark ? »

L'autre poussa un gémissement sourd et de ses dents essaya de couper les cordes dont il était lié, mais les Algonquins le forcèrent à coups de verges à se tenir tranquille.

Il eut pourtant la force de crier : « Grâce ! »

Cette lâcheté inconnue aux Indiens, qui reçoivent tous la mort et subissent même les plus affreux supplices avec un courage extraordinaire, excita les huées des Algonquins, mais non leur compassion. Pied-de-Cerf s'écria même que ce malheureux déshonorait sa race, à moins que son père et sa mère ne fussent fils de chiens dans son pays. (Mais Pied-de-Cerf se trompait. Son père était seulement tailleur à Magdebourg, et sa mère cousait à côté de son mari, sur l'établi.)

Enfin Montluc étendit la main et dit :

« Si vous le voulez, frères Algonquins, je vais interroger cet homme sur ses complices, et la sincérité de ses réponses décidera de son sort... Dites... Le voulez-vous ?

— Nous le voulons ! »

Et en effet, outre que son avis était de bon sens, ce diable de Montluc a le don de persuader aux sauvages tout ce qu'il lui plaît.

« Et souviens-toi, avant de parler, dit Montluc à cet homme, qu'au premier mensonge tu seras pendu. »

Le prisonnier fit signe qu'il se souviendrait et Montluc lui demanda d'où il venait ?

« De Boston, ville fameuse du Massachusetts, dans la Nouvelle-Angleterre.

— Envoyé par qui ?

— Par le gouverneur Sir Robert Carroll.

— S'il avait reçu de l'argent ?

— Il avait reçu cinq mille livres sterling.

— Données par qui ?

— Par le gouverneur Carroll et par l'assemblée de la colonie.

— Quelles étaient ses instructions ?

— De semer la discorde et les querelles entre les Indiens du Canada, surtout les Iroquois et les Algonquins d'un côté et les Français de l'autre, afin de les obliger à s'exterminer réciproquement et à laisser la terre aux Anglais.

— S'il avait réussi dans sa mission ?

— Il avait réussi chez les Iroquois, qui allaient prendre les armes, mais qui avaient d'abord besoin de s'entendre pour la conduite de la guerre... il allait aussi réussir chez les Algonquins, lorsque l'arrivée de Montluc avait dérangé tous ses plans.

— C'est bien, reprit Montluc, nous ne voulons pas en savoir davantage. Pour moi, en échange de tes révélations, je te fais grâce. C'est à mes frères Algonquins de voir ce qu'ils voudront décider de toi. »

Mais Pied-de-Cerf et les autres voulaient qu'il fût pendu. Quelques-uns même demandaient à l'écorcher vif et déjà repassaient leurs couteaux sur le rocher.

« Voyons, frères Algonquins, un bon mouvement ! dit Montluc. Contentez-vous de le scalper sans le tuer, et laissez-le aller dans son pays. Il y portera toute sa vie sur son crâne pelé le souvenir de votre générosité. »

Il y eut un moment d'incertitude, puis on accepta la proposition, et dix des guerriers les plus renommés tirèrent au sort à qui aurait l'heureuse chance de scalper l'Allemand.

Pied-de-Cerf enfin l'emporta, et, d'un air joyeux, souriant, empressé, il tira son couteau, entraîna le prisonnier à l'écart et lui enleva prestement son scalp, malgré les hurlements du misérable.

Puis il revint avec ce trophée sanglant pendu à la ceinture.

Je regardai mon nouvel ami Montluc. Il n'était pas plus étonné qu'une cuisinière qui voit saigner un poulet par une autre cuisinière.

« Je le suis même bien moins, me dit-il à demi-voix, car un poulet est un être innocent et doux sur lequel je n'ai d'autre droit que celui de la force. Mais le traître, lui, est un ennemi et un coquin sur qui j'ai droit de justice et de mort... »

Ici lord Kildare se tourna vers Marion qui l'écoutait bouche béante, tendit son verre et dit en riant :

« Voilà, belle Marion, c'est ainsi que j'ai fait connaissance avec mon ami Montluc, absolument comme celui qui se noie fait connaissance avec celui qui lui tend la perche et le ramène à bord.

Vous pensez de quels remercîments je le comblai pour ma garnison et pour moi, car il ne se contenta pas de nous avoir tirés d'affaire, il voulut à toute force nous réconcilier avec les sauvages

— ses frères Algonquins, comme il le disait — et il y réussit parfaitement. Il m'en coûta une centaine de bouteilles de bonne eau-
de-vie, qu'il promit d'ailleurs de remplacer à ses frais. Les sauvages fournirent le rôti (ce n'est pas ce qui manque au Canada) et
après le festin firent leurs préparatifs de départ. On mit l'espion
Kronmark en liberté, on chargea son bissac de cinq jours de
vivres, on le plaça dans une barque avec deux rames, on lança la
barque sur le lac et Montluc lui cria : « Coquin, va te faire pendre
ailleurs ! »

Aussitôt que Kronmark fut hors de portée de la voix, Montluc
prit la parole et dit :

« Frères Algonquins, nous sommes entre nous maintenant et nous
pouvons parler haut. Vous étiez partis pour aller, non pas en chasse,
mais en guerre. Vous vouliez prendre d'assaut Catarocouy, égorger
mes amis les Irlandais, faire plaisir à vos ennemis et aux miens, les
Anglais et les Iroquois !... C'est vrai, n'est-ce pas ? »

Les sauvages, honteux, gardèrent le silence. Pied-de-Cerf, qui
était un orateur, répliqua :

« On nous avait trompés, frère Montluc. Les hommes les plus
vertueux peuvent être trompés !

— Il n'y a qu'un moyen, reprit Montluc, de réparer votre faute.
C'est de venir avec moi.

— Où ? demanda l'assemblée, heureuse de pouvoir se justifier et
surtout réparer sa faute.

— Dans la baie d'Hudson. Les Anglais ont bâti un fort. Ils ont
placé là cinq cents soldats pour le garder, et deux frégates de
guerre, chacune de cinquante canons... On ne nous attend pas.
Nous surprendrons l'ennemi, nous entrerons dans le fort, nous
prendrons les frégates à l'abordage... Et nous dînerons, car les
Anglais ont toujours des amas de pouding et de rosbif... Enfin, car
je n'ai pas besoin de tout dire d'avance, nous serons maîtres des
magasins de la Compagnie de Londres, et nous aurons assez de
marchandises pour acheter cent mille barriques de la meilleure eau-
de-vie de France, si c'est notre goût. » (Ah ! certes ! oui, c'était
leur goût et leur désir ! A cette pensée leurs bouches se fendaient
de rire et leurs yeux étincelaient en plein jour comme ceux des loups
dans l'obscurité.)

On convint donc de les suivre dans la baie d'Hudson et d'abord
d'aller prendre les ordres du vieux Montluc le père, qui était le chef

Pied-de-Cerf revint avec ce trophée sanglant. (Page 55.)

reconnu et respecté de tous les sauvages amis de la France et en particulier des Algonquins.

Montluc me dit : « Remettez le commandement de votre garnison à votre lieutenant Kircaldy, et venez avec moi, Kildare. Il y a place dans ma barque pour un ami. D'ailleurs, vous serez bien aise de faire connaissance avec mon père et d'être présenté aux dames. »

Je ne me fis pas prier et, après avoir donné mes ordres à Kircaldy, je m'embarquai.

Douze cents Algonquins — les mêmes qui avaient manqué de me scalper — nous suivaient dans leurs bateaux de pêche et remontèrent avec nous le lac Ontario jusqu'au pied de la fameuse cataracte d'où le lac Érié se précipite par un canal profond dans le lac Ontario. Ce canal, c'est ce qu'on appelle la rivière Niagara.

Là nous fîmes un détour par la rive droite, portant nos barques sur nos épaules pendant environ trois lieues ; nous les remîmes à flot dans le lac Érié, et comme un bon vent enflait nos voiles, nous arrivâmes en deux jours à l'île des Tortues, au pied du rocher sur lequel est bâti le célèbre château de la Tour-Montluc, résidence seigneuriale de la famille de mon nouvel ami.

C'est là que mon sort devait se décider, monsieur le curé, et que je devais rencontrer celle qui sera quelque jour comtesse de Kildare. »

Lord Kildare en était là de son récit, et peut-être allait commencer ses confidences. Moi, je me chauffais agréablement les pieds au feu de la cheminée, bien enveloppé de ma douillette, sucrant avec soin mon café et remerciant Dieu qui m'avait fait naître loin des Iroquois, des Anglais hérétiques et même des Algonquins catholiques qui sont sujets à scalper leurs amis par erreur, lorsqu'une voix forte retentit tout à coup au dehors, quoique un peu assourdie par la neige, et cria :

« Marion ! Marion ! s'il reste encore un peu de café pour moi, si M. le curé et lord Kildare n'ont pas tout bu, ouvrez-moi la porte au nom du ciel ! Phœbus et moi nous sommes quasi gelés. Mais j'ai retrouvé mes dépêches, Dieu merci ! »

C'était M. de Montluc. On peut juger si Beaupoil et Marion s'empressèrent de descendre, d'ouvrir la porte, de prendre et déposer dans un coin l'épée de l'intrépide gentilhomme et de le débarrasser du sac de dépêches qu'il tenait à la main.

Tout cela fut fait en un clin d'œil.

Phœbus reçut des prévenances presque pareilles, et il le méritait bien, car c'était un brave et vaillant animal ; mais M. de Montluc ne voulut pas le garder dans la chambre.

« Il fait trop chaud ici, dit-il. Phœbus, qui est né au Groenland, n'aime que la neige et la glace... Je suis sûr qu'en son instinct de chien il méprise mon ami Kildare qui se chauffe au coin du feu comme un petit-maître...

— Et moi ? demandai-je en riant, mais avec quelque honte au fond d'avoir aux yeux de Phœbus l'air d'un raffiné...

— Oh ! vous, monsieur le curé, répliqua Montluc en riant aussi, Phœbus n'oserait rien penser que de respectueux pour vous-même et de reconnaissant pour l'hospitalité que vous lui avez offerte, et pour les os pleins de moelle dont Beaupoil l'a comblé... N'est-ce pas, Phœbus ?... N'est-ce pas, mon ami ?... »

Le chien le regarda en remuant la queue d'un air intelligent.

« Bien, Phœbus ! bien, mon bon chien ! va baiser la main de M. le curé de Gimel ! »

Et Phœbus baisa ou, si vous voulez, lécha ma main sans que je pusse m'en défendre.

Je demandai à M. de Montluc s'il avait eu beaucoup de peine à retrouver son sac et ses dépêches.

« Pas la moindre, dit-il. Phœbus, à qui j'avais fait sa leçon, m'a conduit tout droit sur le champ de bataille où nous avons trouvé vingt ou trente loups qui dévoraient les restes de leurs camarades que nous avions tués. En nous voyant, et à mon premier coup de pistolet, ils ont pris la fuite. Phœbus, guidé par son instinct qui est plus sûr que l'esprit de bien des gens, a trouvé mon sac à dépêches, l'a pris dans sa gueule... et nous voilà !... Marion, votre café est excellent... »

A ces mots, Marion, glorieuse et modeste à la fois, répondit :

« Monsieur le baron, vous êtes bien bon. J'ai fait de mon mieux... Vous savez... quand on fait ce qu'on peut, on fait ce qu'on doit.

— Bien parlé, Marion ! Eh bien, je veux vous en donner de ma main deux ou trois balles et du meilleur (après le vôtre, bien entendu) et qui viendra de Moka en droite ligne en faisant le tour de l'Afrique, et qui ne me coûtera comme à vous qu'un grand merci... Cela vous étonne, monsieur le curé ?

— Pas trop, monsieur… Je suppose que vous avez une terre dans ce pays-là et que vos fermiers… »

A ces mots, Montluc et Kildare éclatèrent de rire.

« Une terre ! s'écria Montluc… Des fermiers !… J'ai mieux que cela, monsieur le curé. J'ai un ami ! mon ami Gandar de Marseille. Cet ami, qui est riche, a fait construire un petit brick plus léger que le vent et qui court sur la mer comme Phœbus dans la plaine. En temps de guerre comme à présent, il va écumer la mer, la grande marmite, comme il l'appelle, et il enlève tout ce qu'il y a de vaisseaux marchands anglais ou hollandais qui reviennent de l'Inde, de la Perse, de la mer Rouge ou d'ailleurs. Il va les attendre à la pointe de l'Afrique, caché derrière le cap de Bonne-Espérance, comme un chasseur à l'affût. Il prend tout ce qu'il y a de meilleur dans les cargaisons, le café, la soie, l'ivoire, l'or et l'argent comptant. Il met les marchands à terre avec le reste sur la côte la plus proche, en ayant soin toujours de brûler leur vaisseau pour les empêcher de revenir en Europe avant deux ou trois ans, et il fait, ma foi, de bonnes affaires. Le roi aussi, du reste, car le roi en prend sa part. Aussi ses magasins de Marseille sont toujours pleins et il peut faire des cadeaux à tous ses amis.

— Alors, monsieur de Montluc, c'est à ce titre que vous en avez votre part ?

— Précisément, monsieur le curé. A mon dernier voyage en Europe, j'ai eu occasion de lui rendre un léger service avec l'aide de Kildare et de Phœbus…

— Comment ! de Phœbus ?

— Oui, mon cher curé, de Phœbus, que vous voyez là et qui n'en est pas plus fier. Mais je vous raconterai cela plus tard. De quoi parliez-vous quand je suis arrivé, Donald ?

— Je racontais, répondit M. de Kildare, ma première visite chez ton père au château de la Tour-Montluc.

— Ah ! ah ! dit le baron en riant. Eh bien, continue, si cela ne fatigue pas trop monsieur le curé. »

Je protestai que je ne pouvais rien entendre de plus intéressant. Mais je voulus renvoyer Marion et Beaupoil, qui me supplièrent de n'en rien faire et de les laisser écouter. Alors je fis remettre du bois au feu, car le temps était clair, le froid était vif, les étoiles brillaient au-dessus de la forêt de Gimel ; on n'entendait plus rien dans la campagne si ce n'est le bruit de la cascade et les hurlements lointains

des loups... Vraiment, quoiqu'il fût déjà près de minuit, on se
sentait heureux de veiller au coin du feu et de causer gaiement,
portes fermées, entre amis. Qu'y a-t-il d'ailleurs de plus agréable
que d'entendre raconter des aventures de chasse et de guerre, en
hiver, quand on a les pieds sur les chenets et un hôte agréable en
face de soi ?

Montluc sonna de la trompe.

CHAPITRE VI

M. de Kildare arrive au château de Montluc.

Lord Kildare reprit son récit en ces termes :

« C'est un samedi soir du mois d'avril de l'année dernière (je m'en souviendrai toute ma vie) que nous arrivâmes, Montluc et moi, suivis de douze cents Algonquins, en vue de l'île des Tortues.

Il était à peu près cinq heures et demie, et je regardais avec étonnement le château de la Tour-Montluc, car c'est bien un château véritable fait sur le modèle de ceux de France, avec quatre grosses tours aux quatre coins et deux tourelles en poivrière collées à chacune des grosses tours comme des limaçons à un pommier. Je ne crois pas qu'il y en ait un autre exemplaire dans les deux Amériques. La seule différence de celui-ci à ceux d'Europe, c'est qu'il était en bois de fer, et que ni le mortier ni la pierre n'entraient pour rien dans sa construction.

Ce qu'il y avait de plus étonnant dans le château de la Tour-

Montluc, c'était sa situation sur un rocher isolé, perpendiculaire, haut de soixante pieds, entouré de trois côtés par le lac Érié, et ne communiquant avec le reste de l'île que par un chemin de trente pieds de large, en pente douce, qui montait au rempart. Là, bien entendu, avant d'entrer, on devait d'abord franchir un fossé large et profond, rempli des eaux du lac, sous le feu de deux petits canons chargés à mitraille.

A cinq cents pas de l'île nous vîmes qu'on nous avait aperçus et qu'on se préparait à nous recevoir.

Montluc sonna de la trompe comme un chasseur dans les bois. Un cor de chasse lui répondit du haut du rocher.

« Mon père est là, dit Montluc. Je craignais qu'il ne fût en chasse ou en voyage, suivant sa coutume. Il a dû recevoir de mauvaises nouvelles des Iroquois et il veille. Peut-être est-il inquiet de moi ; je vais le rassurer. »

En même temps il sonna l'hallali avec sa trompe. Le cor de chasse lui répliqua par un air joyeux, et comme nous approchions de la Tour-Montluc, je vis un grand et vénérable gentilhomme, à moustache et barbiche blanches, habillé à la mode du feu roi Louis XIII, qui, debout, appuyé sur le parapet, près d'un canon, nous regardait entrer dans la baie, au pied de la Tour-Montluc. C'était le baron Annibal, l'ancien adversaire du grand Condé, de Turenne et de Mazarin, le vainqueur du fameux Don Carlos de Santa-Cruz, amirante de Castille, le plus fier et le plus imposant gentilhomme que j'aie rencontré dans les deux mondes.

Après que mon ami Louis de Montluc, que vous voyez là, eut donné des ordres pour le débarquement et la réception des Algonquins, il me prit par le bras et me présenta à son père, qui me reçut (dois-je le dire?) comme un roi reçoit son sujet et comme un père reçoit son fils.

Après les premiers mots il me dit : « Monsieur de Kildare, vous êtes ici chez vous... On m'avait annoncé votre arrivée. Le Père Fleury, mon chapelain, qui sait tout, savait que vous veniez de France, et que M. de Frontenac, le gouverneur de Québec, vous avait donné des lettres de recommandation pour moi... Où sont ces lettres ? »

J'avouai, un peu honteux, que je les avais laissées à Cataro-couy. Le vieux Montluc sourit.

« Il n'y a pas de mal, dit-il. Vous n'étiez pas pressé de faire connaissance avec un vieux gentilhomme qui date presque du siècle dernier, n'est-ce pas?... Attendez encore un peu, et vous verrez qu'en ce pays on a besoin tous les jours de tous ses amis, même de ceux qu'on ne connaît pas.

— Monsieur le baron, me hâtai-je de dire, la garnison de Cataro-couy et moi nous devons déjà la vie à votre fils. »

Et je racontai en peu de mots le danger que nous avions couru et dont nous avions été si heureusement tirés par M. Louis de Mont-luc. Le vieux baron de Montluc répondit gravement que son fils n'avait fait que son devoir, ayant d'ailleurs droit de haute et basse justice sur le lac Ontario comme sur le lac Érié, à la condition de reconnaître la suzeraineté du roi de France.

« Mais, ajouta-t-il, pendant qu'il donne là-bas des ordres pour qu'on reçoive nos amis les Algonquins, à qui d'ailleurs j'aurai quelque chose à dire ce soir, entrez chez moi, monsieur de Kildare. En attendant le souper, je vais vous présenter à ma femme et à mes filles. »

Ici lord Kildare s'interrompit.

« Monsieur le curé, vous avez vu bien des choses assuré-ment?...

— Oui, monsieur de Kildare, répondis-je, j'ai vu la cathédrale de Tulle! J'ai vu le pic de Sancy, qui est la plus belle de toutes les montagnes de France, et la Dordogne qui en descend et qui est la plus belle de toutes les rivières. Pourquoi me faites-vous cette question?

— Monsieur le curé, dit lord Kildare, le jour où je mis le pied dans le château de la Tour-Montluc, au fond du lac Érié, j'ai vu la plus aimable, la plus noble, la plus charmante, la plus délicieuse personne qui jamais ait vu le jour soit en Europe, soit en Amérique. Elle avait les cheveux noirs, les yeux bleus, le nez droit, le sourire fier et gracieux tout ensemble. Mais j'oubliais, monsieur le curé, que cette description ne peut guère vous intéresser... Figurez-vous seulement qu'elle ressemble beaucoup à mon ami Louis de Montluc que voilà et qu'elle est sa sœur.

— Oui, dit M. de Montluc en riant, figurez-vous ça; pas davan-tage!... Figurez-vous pourtant aussi que ma sœur Athénaïs n'est pas aussi grande que moi, mais qu'elle est beaucoup plus belle, ce qui est une compensation; que Donald l'a demandée en mariage il y a trois mois; qu'elle a consenti sous certaines conditions qu'elle a

imposées, mais qu'il n'a pas voulu me dire,, et que la cérémonie se
fera le lendemain de notre retour au logis, c'est-à-dire vers le mois
de juin, — du moins nous l'espérons tous... Mais si je laisse mon
ami Donald vous raconter en détail toutes les félicités dont il fut
comblé ce jour-là, nous n'en finirons jamais, et Marion qui nous
écoute dormira sur sa chaise.

— Eh bien ! reprit M. de Kildare, pourquoi veux-tu m'empêcher
de faire l'éloge de ceux pour lesquels j'ai de l'affection ? Monsieur le
curé, écoutez bien ce qui va suivre. J'ose espérer que cela vous
intéressera. »

Pour moi, quand le vieux gentilhomme eut parlé de me présenter à sa femme et à ses filles, je ne fus pas moins saisi d'étonnement que de curiosité, car mon ami Montluc ne m'avait pas soufflé
mot de sa mère ou de ses sœurs. Je ne savais même pas qu'elles
fussent vivantes. Le baron me précéda pour me montrer le chemin
et m'introduisit dans la grande salle du château, dans laquelle était
assise la châtelaine entourée de plusieurs dames.

« Mesdames, dit M. de Montluc en s'avançant, je vous présente
M. Donald O'Brian, comte de Kildare en Irlande, capitaine au service de Sa Majesté Très-Chrétienne le roi de France et commandant
du fort de Catarocouy. M. de Kildare, voici ma femme et mes deux
filles, Athénaïs et Lucy. »

Mme de Montluc me tendit une main que je baisai avec respect.

« Monsieur de Kildare, me dit-elle, nous vous attendions depuis
deux mois. A la fin je vois que Louis est allé vous chercher et qu'il
a été assez heureux pour vous ramener. »

Je balbutiai au hasard quelques mots de réponse tant j'étais
ébloui par la majesté de Mme de Montluc et plus encore par la vue
de sa fille Athénaïs. Cependant j'eus la présence d'esprit ou plutôt
l'instinct de comprendre que le meilleur moyen d'entrer dans les
bonnes grâces des dames était de raconter le service que M. de
Montluc le fils m'avait rendu ; et je le racontai en effet.

C'était un coup de génie. Je n'eus pas plutôt prononcé le nom
de ce gentilhomme que vous voyez là négligemment étendu auprès
du feu et qui fait semblant de dormir, que les trois dames (car
elles étaient trois, la mère et les deux filles) s'emparèrent de moi,
les yeux brillants de plaisir, de joie et de curiosité d'apprendre quelles
aventures il avait eues au fort de Catarocouy et de quelle manière
il avait préservé ma garnison et moi du tomahawk des sauvages.

La châtelaine était assise, entourée de plusieurs dames. (Page 66.)

Je répétai en deux mots ce que j'avais déjà dit à M. de Montluc, ce qui causa une grande admiration et une grande joie.

Je m'aperçois que je ne vous ai rien dit de mademoiselle, ou plutôt de miss Lucy, car elle est Irlandaise aussi bien que moi, comme je l'appris le soir même, et n'a d'autres liens avec la famille de Montluc que ceux de la tendresse la plus vive. Le vieux baron l'avait recueillie à l'âge d'un an, pendant l'incendie d'un village du Massachusetts, et l'avait enveloppée dans son manteau, après que les sauvages, ses alliés, eurent massacré ses parents. Il l'emmena dans son château de la Tour-Montluc, la fit élever avec ses propres enfants et la traita toujours comme sa fille. Vous devinez sans peine, monsieur le curé, qu'elle ne tardera pas à lui appartenir de plus près et que le mariage de mon ami Montluc est fixé à la même époque que le mien, c'est-à-dire au jour où nous remettrons ensemble le pied dans l'île des Tortues. On n'attend plus que nous pour la cérémonie.

Après toutes ces présentations et ces compliments réciproques (car j'en eus ma part, et M. de Montluc eut la bonté de me dire qu'il avait entendu parler de moi très-avantageusement par ses amis de Québec et, entre autres, par le gouverneur, M. de Frontenac), nous fûmes avertis que le souper était servi, et je donnai la main à Mᵐᵉ de Montluc avec la même cérémonie et le même respect que j'aurais pu faire à Versailles pour la défunte reine Marie-Thérèse, si j'avais eu l'honneur de lui être présenté.

Le chapelain du château, le Père Fleury, vint nous rejoindre avec mon ami Montluc que voici et que désormais, pour le distinguer de son père, et aussi parce que c'est le nom qu'il porte dans tout le Canada et dans les colonies anglaises jusqu'à la baie de la Chesapeake, j'appellerai Montluc le Rouge.

Vers la fin du souper, le vieux baron me dit :

« Monsieur de Kildare, nous allons causer librement devant vous de nos affaires intimes et du danger où nous sommes tous. Je vous connais, vous n'êtes pas de trop ici. »

Je le remerciai de sa confiance.

« Je vous connais, reprit-il ; quant à ma femme et à mes filles, qui sont filles et sœurs de soldat, elles peuvent aussi tout entendre. D'ailleurs le péril est trop grand pour dissimuler rien. Un seul membre de la famille est absent : c'est Charles, mon plus jeune fils, qui m'a demandé, il y a trois semaines, la permission de faire un voyage de découvertes le long de la rivière des Illinois et de l'Ohio sous la conduite du Père Lallemand, l'un de nos plus zélés missionnaires. Charles, qui n'a que quatorze ans, mais qui est fait sur le modèle de son frère, voulait aller au golfe du Mexique avec sa carabine. De là il espère passer l'isthme de Panama, entrer dans l'Amérique du Sud et revenir au Canada par l'océan Pacifique et la mer Polaire. Les enfants ne doutent de rien.

» De son côté le Père Lallemand a promis de veiller sur lui pendant tout le temps qu'il n'emploiera pas lui-même à évangéliser les Iroquois, les Illinois et les Esquimaux.

» Il y a trois semaines, nous n'avions rien à craindre : j'ai laissé partir Charles... Qui sait où il est maintenant?... Dans le pays des ours blancs et des phoques ou dans la mer du Mexique. Peut-être est-il occupé à découvrir le passage du pôle Nord, qui sera quelque jour la grande route des hommes entre l'Europe, l'Amérique et l'Asie.

» Ce qui me console de son absence, c'est qu'il ne pourra pas être de la bataille que je prévois. Jeune et ardent comme il est, on ne pourrait pas le retenir, et qui sait si nous n'aurions pas quelque malheur à craindre? C'est assez d'avoir perdu mon fils aîné, il y a sept ans, au service du roi, et d'avoir eu deux autres petits enfants massacrés, il y a longtemps, par les sauvages... Je veux garder ce qui me reste aujourd'hui, ou du moins ne rien hasarder sans nécessité... Ah ! si le grand roi Louis XIV, au lieu de faire construire des palais tout autour de Paris et de dépenser six milliards et quatre cent mille soldats d'élite à prendre une demi-douzaine de petites villes des Pays-Bas, avait envoyé ici tous les ans dix mille familles pauvres pour peupler ce continent qui sera quelque jour le plus grand empire de l'univers, il serait bientôt le plus puissant monarque du globe terrestre, et dans cent ans, de gré ou de force, nous aurions converti tous les peuples à la foi catholique, à commencer par nos voisins les presbytériens anglais du Massachusetts et du Connecticut... Qu'en dites-vous, Père Fleury? »

Le vieux missionnaire, qui regardait le lac Érié par la fenêtre ouverte et semblait absorbé dans ses réflexions, leva la tête et répondit :

« Monsieur le baron, ce sont là des vues de la politique humaine, que M. Colbert aurait approuvées sans doute, s'il avait eu la permission de son maître ; mais la divine Providence a ses vues aussi,

qu'elle couvre d'un nuage impénétrable et que l'intelligence de
l'homme ne peut pas percer. Peut-être ne veut-elle pas donner l'empire de la terre à une seule race, de peur qu'à son tour, emportée
par l'orgueil de sa force, elle ne suive l'exemple des anges rebelles
et n'oublie le respect qu'elle doit au Créateur.

— Puisqu'il en est ainsi, dit M. de Montluc en riant, et puisque
le Seigneur ne veut pas aider ses serviteurs fidèles, aidons-nous
nous-mêmes. Qu'en penses-tu, Louis ?

— Je pense que vous avez raison, mon père, aujourd'hui comme
tous les autres jours de la semaine, et je suis prêt à exécuter vos
ordres quels qu'ils soient. »

Le vieux baron dit alors :

« Avant de rien résoudre, il faut savoir où nous en sommes et
personne ne le sait mieux que notre bon Père Fleury, qui fait le
modeste et qui a l'air de s'en remettre de tout à la volonté de Dieu ;
mais, au fond, personne ne travaille plus activement que lui et ne
pioche avec plus de vaillance la vigne du Seigneur... Voyons, Père
Fleury, qu'est-ce qui se passe chez les Iroquois d'où vous venez ?...
Les nouvelles n'étaient pas bonnes quand vous êtes parti le mois
dernier, et même, à parler franchement, on avait fait contre vous de
telles menaces que j'osais à peine espérer de vous revoir quand vous
nous donnâtes votre bénédiction. »

Le Père Fleury sourit doucement et répliqua :

« Moi aussi je n'étais pas sûr de revenir ; mais quand on a
quatre-vingt-cinq ans passés et qu'on se fie à la parole de Celui qui
a dit : Allez et enseignez tous les peuples, *Euntes docete omnes
gentes*, le martyre vous donne plus d'espérance que de crainte.
J'allai donc tout droit dans le pays des Agniers. »

J'interrompis le Père Fleury pour demander quel était ce peuple.

Il répondit :

« Monsieur de Kildare, les Iroquois sont un peuple de sauvages
hardis, rusés, fiers, intrépides et divisés en cinq tribus, dont la
principale est celle des Agniers, qui demeure au sud du lac Ontario,
à cent lieues d'ici ou à peu près. On m'avait dit que ceux-là étaient
les plus animés contre moi. Je pensai donc qu'il fallait commencer
par eux ou, si vous préférez, prendre le taureau par les cornes. Je
m'embarque ici, je débarque, je mets pied à terre à cinquante pas
du premier village des Agniers, je m'engage dans un sentier et, par
bonheur, je rencontre une bonne Indienne qui, du plus loin qu'elle

m'aperçoit, fait le signe de la croix, se met à genoux, me demande ma bénédiction et s'écrie : « Père Fleury, d'où venez-vous ? Où allez-vous ? Voulez-vous recevoir l'hospitalité de votre humble servante ? »

» J'accepte de grand cœur cette offre faite si à propos. C'était une pauvre veuve dont j'avais guéri le fils unique, un enfant de dix ans, blessé à la chasse l'année précédente. Par la même occasion, j'avais converti et baptisé la mère et l'enfant...

» Au reste, Dieu était avec moi, car tout semblait me réussir ce jour-là. Le village, ordinairement très-peuplé, semblait presque désert, ou du moins on n'y voyait que des femmes et des enfants. Je demandai si les hommes étaient à la chasse ou à la guerre.

« Ils sont à la chasse, répondit la bonne Indienne ; ils vont faire quelques provisions, car ils ne tarderont pas à partir pour la guerre. »

» A ces mots, je soupçonne ce qui s'est passé ; j'interroge la bonne femme, j'apprends qu'un mauvais drôle, nommé Kronmark, au service des Anglais du Massachusetts et de la Compagnie d'Hudson, est venu dix jours auparavant ; qu'il a proposé aux Iroquois une alliance avec les Anglais contre la France ; que les Iroquois ont fait un traité que sept mille d'entre eux, bien armés, pourvus de tout par les Anglais, vont marcher avec ceux-ci sur Québec, qui n'a pas cent hommes de milice ou de garnison pour se défendre, et qu'ils vont exterminer tous les Français. Vous jugez de mon inquiétude. Je réfléchis un instant pendant que la pauvre Indienne s'empressait de me servir un morceau d'opossum fumé, qui était, je crois, la seule provision de son garde-manger.

» Enfin je pris mon parti, car le temps pressait et je dis à mon hôtesse d'appeler toutes les autres femmes sur la grande place du village et de les avertir que je voulais leur dire quelque chose de sérieux de la part du Grand-Esprit. Comme tous les maris étaient absents, les femmes étaient occupées à causer sur le devant des portes, et la nouvelle que je venais d'arriver les fit accourir en moins de trois minutes.

» Alors je priai Dieu de m'inspirer et je leur dis qu'il fallait avant tout se garder des Anglais, qui n'avaient en vue que l'extermination des hommes rouges et qui leur fournissaient, en leur vendant du whisky, le moyen de se livrer à l'ivrognerie, mère de tous les vices. Je n'eus pas beaucoup de peine à leur montrer que tous les mauvais traitements qu'elles recevaient de leurs maris n'avaient pas d'autre origine que l'eau-de-vie et le whisky, et que si ces pauvres malheureux se contentaient d'eau des rivières ou de cidre — deux boissons qui ne manquent pas, Dieu merci, dans ce pays — elles seraient, elles, les femmes, dix fois plus heureuses.

» Elles furent si frappées les unes et les autres de cette partie de mon discours, qu'elles allèrent chercher sur-le-champ toute la provision d'eau-de-vie et de whisky que leurs maris avaient laissée dans leurs cabanes et la jetèrent sous mes yeux dans le lac Ontario.

» Je les félicitai de cet acte de courage et de sagesse, et je terminai en leur disant qu'il n'y avait pas d'autre moyen pour elles d'empêcher que les Iroquois pussent renouveler leurs provisions d'ivrognes que de les brouiller à jamais avec les Anglais. Ce qu'elles ont promis de faire.

» Ce n'était pourtant pas facile, car le traité d'alliance était signé à la mode des sauvages; mais, comme dit le proverbe, ce que femme veut, Dieu le veut.

» Pendant quinze jours, je visitai tout le pays de village en village; je parvins à réunir secrètement les principaux chefs dans une île du lac Ontario; je leur ai fait comprendre qu'ils n'avaient pas intérêt à la ruine de la France, que les Anglais, s'ils devenaient les plus forts, les extermineraient, et que, sans leur demander de rompre le traité qu'ils venaient de conclure tout récemment, on se contenterait qu'ils missent quelque lenteur à l'exécuter.

» Ils me l'ont juré, et je sais qu'ils ne manqueront pas à leur serment.

» Ayant ainsi rempli la mission dont je m'étais chargé dans l'intérêt de la France et de notre sainte religion, je suis revenu en bonne santé, comme vous voyez, monsieur de Montluc. »

Les adieux à la Tour-Montluc.

CHAPITRE VII

M de Kildare continue le récit de ses aventures, ce qui entraîne M. le curé de Gimel
à prendre un engagement téméraire.

Le vieux Montluc se leva, et, serrant le vénérable missionnaire dans ses bras, lui dit : « Père Fleury, pardonnez-moi la crainte que nous avons tous de vous perdre... Mais êtes-vous sûr que les autres tribus iroquoises suivront la tribu des Agniers ? » Le vieux missionnaire sourit avec sa bonhomie ordinaire et répliqua : « Croyez-vous que j'aie laissé mon œuvre inachevée ? Me connaissez-vous si peu ? J'ai fait le tour des cinq tribus, précédé des principaux chefs des Agniers, qui s'étaient chargés de préparer les esprits en ma faveur, et j'ai la parole de tous.

— Que Dieu soit loué ! dit Montluc, car il n'était que temps. On annonce de Québec que sept mille soldats anglais vont débarquer à Boston, que cinq mille miliciens du Massachusetts vont les rejoindre, que les Iroquois sont avec eux (mais pour ceux-là, grâce à vous, je suis rassuré maintenant), et que tous ensemble vont fondre

sur la colonie et balayer (c'est le propre mot de Carroll, le gouverneur de Boston) toute la race française en Canada. M. de Frontenac
m'écrit qu'il n'a que cinq cents hommes à Québec, soldats ou miliciens, pour défendre le fleuve Saint-Laurent, et le double à peu près
pour garder les frontières de l'Acadie. Heureusement mon gendre,
M. de la Ville-Castin, est là-bas avec ses Abénaquis. Il garde l'Acadie comme je garde les grands lacs, et c'est un terrible gardien que
la Ville-Castin. Il est dans sa presqu'île comme l'ange armé d'une
épée flamboyante à l'entrée du paradis terrestre. Tous les hérétiques
anglais qui mettent le pied par là sont sûrs de glisser en enfer, car
nos bons Abénaquis ne font grâce à personne. Et ce n'est pas la
Ville-Castin qui leur donnera des conseils de douceur! Il est comme
moi sur cet article : œil pour œil, dent pour dent! Il a dit aux
Abénaquis : « Mes amis, les puritains de la Nouvelle-Angleterre
vous traitent, quand ils vous prennent, comme Samuel fit d'Agag et
des Amalécites. A notre tour de les traiter comme des Madianites! »

Voilà, monsieur le curé de Gimel, comment je faisais peu à
peu connaissance avec toute la famille, et comment je devenais l'ami
de tous, avant même de les avoir vus, car au Canada quatre cents
lieues ne séparent pas les cœurs. Là-bas, au premier appel, les
frères, les amis accourent, les armes à la main. Est-ce pour une
chasse, pour une expédition ou pour un bal, peu importe, tout le
monde est toujours prêt. Quelquefois c'est pour les trois ensemble,
car les Canadiens ont temps pour tout. Au reste, vous voyez mon
ami Montluc le Rouge : c'est un bel échantillon de la race et un fier
gentilhomme. Qu'en dites-vous, Beaupoil?

— Ah! monsieur de Kildare, répondit Beaupoil avec admiration,
après ce que je lui ai vu faire contre la bande de loups qui voulait
me dévorer, je le crois capable de tout. »

Alors M. de Montluc, celui que son ami appelait Montluc le Rouge,
et qui dormait près du feu ou en faisait semblant, se leva et dit en
riant : « Ah çà! Beaupoil, et toi, Kildare, aurez-vous bientôt fini de
faire mon éloge? M. le curé de Gimel doit avoir envie de dormir. »

Mais je protestai que rien ne m'intéressait plus que ses aventures
et M. de Kildare ajouta :

« Je vais abréger, mais par saint Donald mon patron! rien ne
m'empêchera de raconter la manière dont nous avons pris, dont tu
as pris (devrais-je plutôt dire) le fort d'Hudson, dans la baie de ce
nom, malgré le froid, la neige, la tempête, l'artillerie des Anglais,

M. de Montluc se leva. (Page 75.)

trois vaisseaux de guerre, cinq cents hommes de garnison, des
vivres pour un an, de la poudre pour quarante mille coups de canon
et quinze cent mille coups de fusil, des fourrures à couvrir toutes
les femmes des Iles Britanniques, un million de francs, et je ne sais
plus quoi encore.

Nous étions partis quarante, monsieur le curé ! quarante, pas
davantage... En revanche, nous n'avions que nos carabines, nos
raquettes pour glisser sur la neige, dix jours de vivres, et cinquante
coups à tirer par homme avec nos carabines. Ce n'était guère,
comme vous voyez, mais le temps pressait. Il fallait vaincre ou périr.

Le lendemain du jour où nous étions arrivés, Montluc et moi,
au château de la Tour-Montluc, on tint un conseil de guerre dès six
heures du matin, et les principaux Algonquins y furent admis. Le
vieux baron de Montluc expliqua qu'on s'attendait à une prochaine
attaque des Anglais, qu'il fallait s'armer, que les flèches et les tomahawks ne suffisaient pas, qu'il n'avait pas assez de fusils et de
poudre pour tout le monde, que l'arsenal de Québec était vide, et
qu'il n'y avait qu'un seul moyen de se munir de tout ce qui manquait : c'était de le prendre à l'ennemi. Il ajouta que quarante
hommes suffiraient, conduits par son fils que tous connaissaient, et
qu'il choisirait lui-même ses compagnons, dont une moitié seraient
Français et l'autre moitié Algonquins.

Tout le monde leva la main pour s'enrôler, car avec un tel
chef tout le monde paraissait sûr de vaincre ; mais Montluc le Rouge
déclara que, pour ne pas faire de jaloux, il prendrait les quarante
meilleurs tireurs. Alors, et sans désemparer, on commença le con-
cours des Algonquins.

Vous avez entendu parler, monsieur le curé, des anciens tournois
de chevalerie où l'on rompait des lances sous les yeux des dames.
Imaginez-vous quelque chose de pareil. Nos lances étaient des carabines : voilà toute la différence.

Quant aux dames, juges du camp, c'étaient Mme de Montluc et ses
filles. Tous ces sauvages ont un respect extraordinaire pour elles et
surtout pour leur mère, car ils la regardent comme la dernière
descendante des anciens chefs de la race des Ériés, et le respect des
Canadiens français n'est pas moindre, car elle est fille du célèbre
Samuel Champlain, le fondateur de la colonie, et elle est née au
Canada.

Mais j'aurais tort de passer le temps à vous raconter notre tir à la cible et qui fut le vainqueur. Pied-de-Cerf se distingua et fut le premier. Il tira trois balles (c'était la règle pour tous) et les plaça toutes trois dans un blanc de quatre pouces de diamètre à trois cents pas de distance. Carraguy, le cinquième fils de l'ancien lieutenant du baron de Montluc à bord de l'*Ego-et-Rex*, fut le second. Je ne sais plus qui fut le troisième.

J'interrompis M. de Kildare pour lui demander :

« Et vous, monsieur ?

— Oh ! moi, je fus le vingt-cinquième sur douze cents, et je mis deux balles dans la cible. J'ai l'œil clair, Dieu merci, et la main sûre ; mais ces sauvages tirent avec tant d'adresse et de sang-froid, que s'ils avaient des carabines aussi bonnes que les nôtres et s'ils pouvaient s'en servir aussi souvent, aucun Européen ne pourrait lutter avec eux.

— Et monsieur de Montluc ? demanda Marion, qui ne pouvait pas quitter des yeux le beau gentilhomme, est-ce qu'il n'a pas tiré, ou bien est-ce qu'il a été maladroit ? »

Lord Kildare reprit en riant :

« Montluc le Rouge ?... Ah ! Marion, décidément ses aventures vous intéressent plus que les miennes !... Eh bien, sachez donc, Marion, que si je ne parlais pas de lui, c'était par jalousie. Voici ce qu'il fit, ce maudit baron qui tourne la tête à tout ceux qui le connaissent, de manière qu'ils n'ont de regards que pour lui...

Il eut la modestie, le traître, de ne pas concourir avec les autres, sous prétexte qu'étant le chef naturel et nécessaire de l'expédition, il n'avait pas besoin de faire ses preuves et que d'ailleurs il fallait préparer les vivres, les munitions, les armes et le reste... Mais quand chacun eut fait de son mieux, je vis qu'il manquait quelque chose, et que le peuple n'était pas content.

Pied-de-Cerf jouissait de son triomphe, bien mérité d'ailleurs, et regardait ses compagnons avec dédain ; mais un autre Algonquin lui dit, en lui montrant de loin Montluc le Rouge : « Voilà ton maître. »

Pied-de-Cerf se fâcha. L'autre Algonquin aussi. Le vieux Montluc mit la paix entre eux, fit appeler son fils, et lui dit devant tout le monde : « Montre à tous qui tu es, et de quel sang. »

Alors, presque sans viser, tant il était sûr de son coup, il tira trois balles l'une sur l'autre, et les trois balles ne firent qu'un trou dans la planche. La seconde avait poussé la première et la troisième avait poussé les deux autres. On aurait dit un seul clou enfoncé par trois coups du même marteau.

Tout le monde cria : « Merveille ! » et Pied-de-Cerf lui-même ne fut pas le dernier.

Le vieux Montluc appuya la main droite sur l'épaule de son fils et dit aux Algonquins :

« Celui-là est du sang des Montluc, des Champlain et des Ériés, les trois races les plus illustres de l'univers. Vous pouvez le suivre avec confiance dans la bataille ; il a l'intrépidité de l'homme rouge et la science de l'homme blanc. Après moi, c'est lui qui sera votre chef et votre frère aîné. »

Madame de Montluc embrassa son fils et le serra sur son cœur en disant :

« Je suis une heureuse femme. Je ne sais de qui je dois être la plus fière, de mon père, de mon mari ou de mon fils. »

Mademoiselle Athénaïs l'embrassa pareillement et s'écria :

« Je ne suis pas aussi heureuse que maman, moi ! Je suis fière du père et du frère que Dieu m'a donnés ; mais où trouverai-je jamais un mari qui soit l'égal de l'un et de l'autre ? »

Cette réflexion n'était pas trop flatteuse pour les assistants et en particulier pour moi, Donald O'Brian, comte de Kildare ; mais enfin il fallut m'en contenter, faute de mieux.

Seulement je fis serment que je forcerais par mes exploits l'admiration de la belle demoiselle et que je l'obligerais d'avouer un jour qu'un O'Brian de Kildare, descendant des anciens rois d'Irlande, peut soutenir la comparaison avec Montluc lui-même. »

Ici Marion, toujours curieuse, interrompit encore une fois lord Kildare :

« Et mademoiselle Lucy, que dit-elle ? »

J'avais presque oublié cette demoiselle, la fille adoptive de M. de Montluc ; mais Marion n'oubliait rien.

« Mademoiselle Lucy ! répondit Kildare. Oh ! celle-là, étant la fiancée de Montluc le Rouge comme je l'appris plus tard, n'y va point par quatre chemins. Elle regarda l'assemblée, mit sa main dans celle de Montluc et dit avec des yeux où rayonnait un delicieux orgueil :

« Ce n'est pas à moi de faire son éloge, il doit être mon mari. »

Et lui, comme tout le monde applaudissait, répondit :

« Frères de France et de Canada, je ne vous remercie pas de

me prendre pour chef. Ce n'est pas à moi que vous faites cet honneur, mais au sang qui coule dans mes veines, à mon père qui a combattu pour vous pendant quarante ans, et dont la maison vous fut toujours ouverte, à ma mère, à ma sœur, à ma chère Lucy dont les soins ne vous ont jamais manqué dans le malheur. Donc, moi, je n'ai d'autre droit parmi vous que de marcher à l'avant-garde contre les Anglais. Au retour, vous verrez si j'en suis digne et si Montluc le Rouge peut être appelé votre chef. » Tout le monde cria : « Oui ! oui ! vive Montluc le Rouge ! »

Un instant après, nos préparatifs étant terminés, les Algonquins étant renvoyés dans leur pays avec toutes sortes de présents et de politesses, dont la partie la plus précieuse était une provision énorme d'eau-de-vie, on prit congé, moi le premier, du baron de la Tour-Montluc et des dames, et l'on partit avec la bénédiction du Père Fleury, à qui son âge ne permettait pas de nous accompagner.

Vous ne connaissez pas, monsieur le curé, le plateau qui sépare le lac Érié de la baie d'Hudson, qui est à trois cents lieues plus au nord. Figurez-vous à la fin du printemps, c'est dans cette saison-là que nous étions ; mais le printemps du Canada ressemble à l'hiver des montagnes d'Auvergne, quelque chose de pareil au plateau de Mille-Vaches, ce plateau que nous avons traversé hier, 15 janvier 1697, pour aller d'Aubusson à Tulle et où nous avons trouvé dix pieds de neige. Supposez la même quantité de neige et un pays soixante fois plus vaste, pas l'ombre d'une montagne de trois cents pieds de haut, des forêts immenses de chênes et de hêtres dépouillés, et vous aurez une idée de la route que nous avions à suivre pour aller attaquer le fort d'Hudson, où les Anglais nous attendaient, la baïonnette au bout du fusil.

Le vent soufflait du pôle Nord matin et soir, car ce pays, d'une fertilité admirable, où la fièvre, la peste et les maladies de toute espèce sont inconnues, où l'homme vivrait sans peine aussi vieux que Mathusalem, pourvu qu'il n'eût pas à se défier de son semblable et à craindre matin et soir d'être scalpé, ce pays, dis-je, a l'inconvénient qu'il y souffle matin et soir un vent furieux partout où les forêts ne servent pas d'abri.

Et quel vent ! Il passe sur les glaces de l'océan Arctique et vous en apporte de première main la fraîcheur. Quand la neige tombe, il vous la souffle au visage et l'entasse de manière à ensevelir un village tout entier. Quand elle est tombée depuis quelque temps, il

la durcit, et c'est alors le bon temps pour les chasseurs d'hommes
ou de bêtes fauves. On chausse ses pieds de raquettes de bois, on
glisse en patinant plus vite qu'un cheval au galop... Mais rien ne
peut vous donner une idée de ce plaisir!

Quelque jour, monsieur le curé, si vous voulez quitter un instant votre bonne paroisse de Gimel où l'on se chauffe si bien, où
l'on soupe si délicieusement, où l'on boit de si bon vin, où Marion
fait de si bonne cuisine, et si vous voulez venir avec nous chez les
sauvages pour porter la parole sainte, je vous promets, avec mon
ami Montluc, de vous faire voir en trois jours plus de gros gibier,
d'élans, d'ours, de daims, de caribous, de castors et de coyottes,
que vous n'en pourriez tuer en trente ans, et cent fois plus de sauvages et d'hérétiques que vous n'en pourriez baptiser en six mois.
Mais on est trop bien ici, notre pauvre Canada ne vous séduirait pas.

Je me sentis un peu piqué par la plaisanterie de lord Kildare et
je répondis assez vivement :

« Pourquoi donc n'irais-je pas au Canada, monsieur de Kildare,
si c'est la volonté de Dieu?

— Assurément, dit l'Irlandais en riant, si c'est la volonté de
Dieu; mais tout me prouve que ce n'est pas la volonté de Dieu. »

Je crois que M. de Kildare se moquait un peu de moi, ou peut-
être était-ce l'effet d'une vocation mystérieuse qui se déclara tout à
coup et qui devait me conduire où je suis maintenant, bien loin de
ma chère paroisse de Gimel... Tout à coup je m'écriai, comme
saisi d'une inspiration subite de l'Esprit-Saint :

« Que diriez-vous de moi, monsieur de Kildare, si je venais à
vous suivre? »

Il se mit à rire de si bon cœur que je fus presque déconcerté.

« Qui fera votre soupe tous les matins, monsieur le curé, votre
excellente soupe?

— Je n'ai pas besoin de soupe. Le Père Fleury n'a pas tous les
matins sa soupe, je suppose. Et le Père Fleury vit bien malgré cela.

— En effet, dit Kildare, mais depuis soixante ans le Père Fleury
en a pris l'habitude.

— Eh bien, dans soixante ans j'en aurai l'habitude, moi aussi!

— Alors vous êtes décidé? Vous avez bien réfléchi? »

Franchement, j'avais parlé au hasard comme on fait souvent, et
je n'étais pas du tout décidé, mais la question de lord Kildare me
causa une telle indignation que je me décidai sur-le-champ.

Marion se leva et dit : « Alors, monsieur le curé, vous allez partir seul? »

Je ne sais pas trop ce que j'aurais répondu, quand Beaupoil me coupa la parole.

« Monsieur le curé ne partira pas seul, dit-il avec fermeté, car pour moi je l'accompagne. »

Était-ce envie de me suivre ou désir de quitter sa femme? Je n'en sais rien. Au reste, Marion, aussi prompte que lui, s'écria : « Eh bien, c'est ça. Nous partirons tous ensemble. »

Cette fois, M. de Kildare éclata franchement de rire et demanda : « N'avons-nous plus personne? »

Beaupoil répliqua fièrement :

« Monsieur de Kildare, quand monsieur le curé de Gimel me prit à son service, il y eut une convention passée entre nous (le notaire n'y a point passé, mais c'est tout comme) qu'aucun des deux ne partirait jamais sans l'autre, excepté, bien entendu, quand il s'agirait d'aller en paradis où monsieur le curé a sa place marquée d'avance; mais enfin il ne dépend ni de lui ni de moi, malheureusement, que je le suive jusque-là; et comme Marion me fait damner cent fois le jour, j'ai bien peur en quittant ce monde d'être forcé de traverser le Purgatoire…»

Pendant ce discours, Marion se contenait à peine.

« Comment! dit-elle, je te fais damner cent fois le jour!… Mais tu devrais être trop heureux, grand propre à rien, de m'avoir rencontrée et de l'être par la permission divine, par l'autorisation de M. le curé et par ma bonté, accroché à mes jupes!… Sans moi, que ferais-tu dans ce pays, dis?… Sais-tu seulement un métier? Es-tu en état de gagner ta vie? »

Elle en aurait dit bien davantage; et moi, tout préoccupé de l'engagement que je venais de prendre presque sans y penser, je ne l'écoutais pas; mais M. de Montluc, qui depuis longtemps ne disait plus rien et qui semblait rêver, s'écria tout à coup :

« Marion, je vous emmène!

— Ah! tu vois bien! dit-elle à son mari d'un ton de triomphe.

— Vous ferez la cuisine pour nous, Marion!

— Et monsieur le curé? demanda Marion. Qui s'occupera de lui?

— Monsieur le curé reste avec nous. Vous ne le quitterez pas… Ni vous non plus, Beaupoil.

— Ah! ah! voilà! ni toi non plus, mon chéri! » continua Marion,

toujours heureuse de montrer que son mari ne pouvait pas se sé-
parer d'elle.

Mais Beaupoil répliqua :

» Qui gardera ma mère, Marion ? Ma pauvre vieille mère qui n'a
pas trois mois à vivre, à ce que dit M. Fourachaux, le médecin de
Tulle.

— Eh bien, dit Marion, garde-la toi-même. Je ne suis pas sa
fille, moi ! Je suis sa bru ! Elle n'est pas ma mère ; elle est ma belle-
mère ! »

M. de Montluc se leva, en ouvrant les bras et bâillant franchement.

« Marion, dit-il, vous avez raison. »

Marion se retourna vers Beaupoil d'un air de triomphe :

« Tu l'entends, dit-elle, j'ai raison. »

Beaupoil répliqua :

« J'entends bien, M. le baron de Montluc le Rouge dit que tu as
raison. C'est une preuve...

— Preuve de quoi ?...

— Preuve qu'il ne te connaît pas !

— Comment ! il ne me connaît pas ! s'écria Marion en colère. Il
ne sait peut-être pas que je suis la servante de M. le curé de Gimel ?

— Il le sait...

— Eh bien, alors ?...

— Oui, mais il ne sait pas que tu es... »

Beaupoil s'arrêta d'un air modeste.

« Dis donc ce que je suis, répliqua Marion ; dis donc un peu, pour
voir.

— Tu le veux ?

— Oui.

— Eh bien, M. le baron de Montluc ne sait pas que tu es à
moitié folle.

— A moitié folle !... s'écria Marion, en marchant sur lui, les
ongles en avant. Répète-le donc, Beaupoil ! ose donc le répéter que
je suis à moitié folle ! »

Alors le pauvre garçon prit son parti avec courage et dit :

« Oui, je l'ose, et je l'oserai toujours ! Et même c'est par politesse
que je dis « à moitié », car tu n'es pas la moitié d'une folle, tu es
bien la folle tout entière. »

Sur ce mot, Marion prit les armes. Ses yeux brillèrent comme
ceux d'un tigre avant la bataille. Elle poussa un cri aigu qui me fit

frémir jusque dans la moelle des os, et prit son élan pour sauter sur Beaupoil, qu'elle aurait peut-être déchiré; mais lui, prudent non moins que brave, ouvrit la porte de la chambre, enfila l'escalier, entra dans la cuisine, en referma la porte au verrou, et garda ce rempart entre sa femme et lui pendant plus d'une heure.

Ce fut pour mes hôtes fatigués comme un signal de se coucher. Montluc le Rouge me dit :

« Monsieur le curé, nous allons dormir. Réfléchissez à la promesse de nous suivre que vous avez faite à mon ami Kildare. Si vous persistez demain, dans dix jours nous serons à Bordeaux, où notre ami Gandar nous attend pour nous transporter à l'embouchure du Mississippi. Nous vous attendrons vingt-quatre heures, deux jours s'il le faut; nous nous embarquerons; nous passons la mer Atlantique, nous entrons dans le Mississippi, qui est un fleuve vingt fois plus grand et plus profond que la Seine et qui coule parmi des forêts sans bornes de pins et de mélèzes; nous tournerons à droite dans l'Ohio, la plus belle rivière du globe, qui reçoit quinze rivières navigables et dont les bords sont couverts de forêts de chênes et des plus belles prairies de l'Amérique; de là nous irons au lac Érié, où mon père est maître et seigneur, où le vieux Père Fleury n'attend qu'un successeur; vous convertirez les Hurons, les Algonquins, les Iroquois, les Sioux, les Mohawks et tous les malheureux Peaux-Rouges qui ne connaissent pas encore la parole de l'Évangile ; vous serez notre prédicateur, notre curé, notre évêque... Vous aurez un diocèse plus vaste qu'un royaume d'Europe, vous répandrez sur un terrain fertile la semence divine, et si quelque hérétique ou quelque sauvage païen et mal intentionné vous menaçait, comptez sur nous !

— Oh ! oui, comptez sur nous ! ajouta Kildare en riant..., sur Montluc le Rouge surtout. C'est le meilleur garçon du monde et le plus généreux, mais il ne peut pas souffrir la vue d'un hérétique. C'est plus fort que lui. Quand il entend qu'on a mal parlé de notre sainte religion, il devient terrible, et il ne fait pas bon de se mettre en travers de son chemin.... Mais quand on attaque ses amis, c'est bien pire. Il devient comme un jaguar... C'est un effet du sang Érié qui coule dans ses veines. Il ne sait pas pardonner. »

A ce moment la pendule (ou plutôt le coucou) qui marquait pesamment les secondes dans l'antichambre sonna deux heures du matin.

Montluc le Rouge me tendit la main et dit :

« Monsieur le curé, allons nous coucher, car il nous faudra partir de bonne heure demain matin. »

A quoi je répondis, tout troublé :

« Ne pourriez-vous pas retarder ? »

Il reprit :

« C'est l'ordre du roi! D'ailleurs le salut du Canada en dépend. »

Et comme je le regardais d'un air incertain et inquiet, il ajouta :

« Monsieur le curé, demain je vous dirai tout, notre mission, nos aventures, la nécessité où nous sommes de partir malgré vents et marée... Bonsoir! »

Il alla se coucher en même temps que son compagnon.

Nous glissions avec nos raquettes.

CHAPITRE VIII

M. de Kildare reprend le récit de ses aventures. — Où maître Charlot entre en scène.

Heureusement, mes hôtes furent forcés, par le vent, le froid et la neige, de rester au logis. Pour eux, habitués au climat du Canada, le vent et le froid n'étaient rien ; mais la neige tomba si abondamment et devint si profonde qu'elle dépassait de trois pieds la tête d'un homme à cheval et qu'on aurait été forcé de tracer une route dans la montagne, avec la crainte qu'au premier rayon de soleil une avalanche n'engloutît les voyageurs téméraires.

Heureusement aussi les provisions ne manquaient pas au presbytère de Gimel. Après la messe du matin, on se mit à table. Une dinde en daube parut et disparut. Un civet de lièvre ne fit que blanchir. Une demi-douzaine des plus belles truites qui jamais aient vu la lumière du jour dans les eaux si pures et si limpides de la Montane ne servirent qu'à précipiter la dinde et le civet. Quant au pâté de veau, mêlé de jambon, il résista vaillamment, car il était de dimension raisonnable, ayant vingt-cinq pouces de long sur quatorze pouces de large et dix pouces de profondeur; mais enfin il fut vaincu, et mylord Donald O'Brian, comte de Kildare, déclara, en repoussant fièrement son assiette, qu'on avait quelque chose de mieux à faire que de manger toujours.

Je demandai quelle était cette chose meilleure que la précédente.

Il répondit que si manger était bon, boire était meilleur encore.

Et il tendit son verre si joyeusement que j'envoyai Marion à la cave, craignant que Beaupoil n'eût fait en lui-même une réflexion pareille à celle de Kildare, et que, trouvant que boire était meilleur que manger, il ne desséchât quelques bouteilles de mon meilleur vin de Bourgogne.

Enfin, quand tout le monde eut honorablement déjeuné ou dîné (suivant le nom que vous voudrez donner à ce repas), comme la neige tombait à gros flocons et couvrait tout le pays de façon que chacun était enfermé dans sa maison, et que les loups seuls étaient dehors, je priai mes hôtes, pour les occuper et les distraire, moitié pour les connaître mieux, d'achever le récit de leurs aventures.

Montluc le Rouge me remercia de ma curiosité et dit : « A toi de parler, Kildare ! tu es éloquent de naissance, et d'ailleurs je m'en rapporte à toi, et monsieur le curé aussi. »

Au même instant Marion rentra sous un prétexte : elle avait tout entendu. Elle portait dans ses bras une pile de plats et d'assiettes dont on aurait pu remplir une caisse de trois pieds de long sur trois pieds de large et trois pieds de profondeur. Elle déposa sur le buffet cette masse énorme, et, mettant ses poings sur ses hanches, se mit à sourire comme elle savait faire, c'est-à-dire de façon à effrayer un guerrier moins brave que Beaupoil.

Je l'engageai à continuer son service, mais elle n'en voulut rien faire et donna pour raison : « Ça ne me gêne pas, monsieur le curé, qu'on parle devant moi, ça ne m'empêche pas de ranger ma vaisselle dans le buffet... Au contraire ! parlez, monsieur de Kildare, parlez, je n'écoute pas. Au contraire ! »

Lord Kildare la regarda en riant, suivant sa coutume, et dit : « Puisque c'est ainsi, Marion, et puisque vous me le permettez, je vais reprendre mon récit. Mais d'abord... (ce fut une petite malice de l'Irlandais)... allez chercher Beaupoil. Je veux que Beaupoil m'entende... Si Beaupoil ne vient pas, je ne dirai rien. »

Elle leva les épaules et alla chercher son mari, qui s'empressa de monter aussitôt. Le café étant servi, le comte de Kildare prit la parole et continua son récit en ces termes :

« Nous en étions restés cette nuit à notre expédition de la baie d'Hudson, n'est-ce pas?... Je vous ai dit qu'il s'agissait d'aller à trois cents lieues de la Tour-Montluc, du lac Érié et de tous nos amis, d'emporter sans artillerie un fort gardé par soixante canons, cinq cents hommes, une frégate et son équipage, et pourvu de vivres et de munitions pour un long siége... Franchement, c'était absurde, car les Anglais étaient sur leurs gardes et ils avaient trente fois plus de monde que nous. Mais c'était héroïque... Le vieux baron de Montluc dit que c'était nécessaire pour le salut de la colonie, qui manquait d'armes et de munitions. Montluc le Rouge ajouta que c'était sûr et qu'il s'en chargeait.

Enfin nous avions confiance en lui, et nous partîmes quarante qui, sous sa conduite, croyions bien en valoir quatre mille. Moi-même, qui le connaissais depuis cinq jours à peine, mais qui l'aimais comme un frère, je le suivais avec une confiance qui aurait bien étonné nos vieux capitaines d'Europe.

Si vous me demandez pourquoi je le suivais et pourquoi j'avais confiance, moi que rien ne plaçait sous ses ordres excepté ma propre volonté, je vous avouerai que mes motifs étaient assez difficiles à démêler, même pour moi, mais qu'au fond j'avais une terrible envie de montrer à Mlle Athénaïs de Montluc, qui paraissait croire que personne au monde ne pouvait être l'égal de son père ou de son frère, que Donald O'Brian, comte de Kildare, n'avait à craindre de comparaison avec personne, et que s'il s'agissait de risquer sa vie, il était sur ce point aussi préparé que n'importe qui.

Et, foi de Kildare ! je n'avais pas tort de me lancer au hasard dans cette aventure, car à peine avais-je annoncé ma résolution, que je fus récompensé d'un regard de ces yeux bleus, les plus beaux de l'univers, et d'un sourire divin qui m'aurait donné le courage, non pas seulement d'affronter à moi seul toute l'armée anglaise, mais encore d'aller de la baie d'Hudson au pôle arctique et de celui-ci au pôle antarctique...

Donc, pour laisser là les demoiselles aux yeux bleus, qui n'ont pas grand intérêt pour vous, monsieur le curé, et pour revenir à mon récit, nous étions en marche depuis neuf jours vers la baie d'Hudson à travers des forêts, des étangs et des rivières glacées, et une neige profonde, mais dure, sur laquelle nous glissions avec nos raquettes de bois, lorsqu'une nuit, au moment où nous venions d'abattre un certain nombre d'arbres, d'en faire une cabane provisoire et de nous endormir autour du feu sous la garde de deux sentinelles, voilà qu'on entend un hurlement lugubre dans la profondeur du bois.

Aussitôt tout le monde se lève et met la main sur ses armes, Montluc le Rouge le premier. En même temps, il nous fit signe de rester immobiles. Il écoutait. Un second hurlement, plus terrible et plus sinistre que le premier, se fit entendre, et, s'il faut tout avouer, me fit frissonner jusque dans la moelle des os.

Vraiment, dans cette forêt de trois cents lieues d'épaisseur, au milieu des bêtes sauvages de toute espèce, loin de toute créature humaine, de toute ville, de tout village, ces grands arbres longs et maigres ressemblaient à de grands squelettes décharnés qui étendaient sur nous leurs bras noirs, et ces deux hurlements étranges semblaient être la voix des cimetières. Je crois que plusieurs de ceux qui étaient parmi nous eurent la même impression.

Un troisième hurlement se fit entendre, bien plus rapproché que les autres. Un de nos sauvages cria : « Ce sont des coyottes qui sentent le gibier et qui nous suivent. »

Je demandai : « Qu'est-ce que c'est que des coyottes ? »

Montluc me répondit très-vite : « Ce sont les loups de ce pays-ci. Mais il se trompe : si c'étaient des coyottes, j'entendrais leurs pas sur la neige. »

Au même instant un quatrième hurlement se fit entendre et fut suivi presque aussitôt d'un miaulement étrange. On eût dit un chat sauvage faisant tête à un loup.

Montluc alors fit signe à tous de s'asseoir ou de se coucher et dit : « C'est Buffalo ! » A ces mots tout le monde parut tranquille. Buffalo sans doute était l'ami de toute la société réunie cette nuit-là sous les chênes. Moi, sans savoir pourquoi, je fus content de savoir que Buffalo approchait.

« Est-il seul ? demandai-je à Montluc.

— Non. Ils sont deux. Celui qui hurle, c'est Buffalo ; celui qui miaule, c'est Charlot.

— Quel Charlot ?

— Mon jeune frère, que tu ne connais pas encore. Buffalo est le seul survivant de la tribu des Ériés dont il était autrefois le prêtre.

Comme ma mère descend du dernier chef de la tribu, Buffalo, quand tous les autres furent exterminés (il n'échappa que par miracle), s'attacha à notre famille. Le Père Fleury, qui aurait converti le faux prophète Mahomet si ce vieux coquin avait passé à sa portée, voulut convertir Buffalo.

Cela dura longtemps. Buffalo ne voulait pas être converti. Le Père Fleury est persévérant. Buffalo est entêté. Il y eut entre eux des controverses terribles, et ma mère, qui les aimait tous deux, avait grand'peine à les réconcilier. Devine ce qui arrêtait la conversion... Buffalo voulait bien croire et suivre en tout les conseils du Père Fleury, mais il voulait aussi garder le droit de scalper ses ennemis.

Quand on lui disait qu'il faut nous aimer les uns les autres, il répondait : « Est-ce que les Iroquois nous aiment, eux qui ont massacré tous mes frères de la tribu des Ériés ? Est-ce que les Anglais nous aiment, eux qui nous tirent des coups de fusil toutes les fois qu'ils nous rencontrent ?... Non, non, je veux scalper mes ennemis tant que je pourrai, et si le Père Fleury ne veut pas que je scalpe, eh bien, je ne veux pas être de sa religion. » A la fin, un jour, en l'absence du Père Fleury, mon père, qui riait des scrupules de Buffalo, lui dit : « Écoute, Buffalo, toi et moi, nous sommes deux vieux compagnons de guerre, n'est-ce pas ?... Et tu ne m'as jamais vu rien faire qui fût indigne d'un homme d'honneur, blanc ou rouge, n'est-ce pas ? » Et comme Buffalo en convenait : « Eh bien, continua mon père, tu sais aussi que je suis bon catholique, et le Père Fleury en est bien sûr et te le dira quand tu voudras... As-tu jamais vu pourtant que j'aie fait grâce à quelqu'un de ceux qui massacrèrent par surprise mes amis et mes enfants ?... Jamais, n'est-ce pas ? Eh bien, fais comme moi, Buffalo... scalpons quand il faudra... nous en serons quittes pour nous en repentir, pour nous confesser au Père Fleury et pour demander l'absolution, qu'il nous fera attendre, mais qu'il ne nous refusera pas... — Puisque c'est comme ça, dit Buffalo, je vais me faire baptiser tout de suite. » Et il alla, et fut baptisé et devint un très-bon catholique. Et pour preuve de la pureté de sa foi, je te dirai que si tu veux lui montrer de la main un hérétique anglais ou un Iroquois, il courra lui fendre la tête avec son tomahawk. Souvent ma mère est obligée d'arrêter l'ardeur de son zèle. Mais quand ma mère a parlé, c'est comme s'il avait entendu la parole de Dieu même ; il ne sait plus qu'obéir.

Tu comprends maintenant comment Buffalo a entrepris l'éducation de mon jeune frère Charlot. Il lui a appris à courir, à grimper aux arbres, à nager, à tirer de l'arc, à tirer des coups de fusil, à pêcher... tout ce qu'il savait enfin. Et Charlot, qui a des dispositions merveilleuses, a bien vite surpassé son maître. Il a même appris la danse des ours, le hurlement des chiens esquimaux, le miaulement des chats sauvages, le cri des castors et cinq ou six autres talents dont vous n'avez aucune idée, vous autres gens d'Europe, et qui sont aussi précieux en ce pays que l'art de saluer, de danser et de faire des compliments à la cour de Versailles. Aussi Charlot et Buffalo ne se quittent presque jamais. Buffalo est, avec le Père Fleury, notre plus vieil ami. Dans l'occasion, il est notre interprète et notre ambassadeur auprès des sauvages. Surtout il est la sentinelle qui veille sur le lac Érié et que rien ne pourrait effrayer ni corrompre.

Quand mon père et moi nous sommes partis pour quelque expédition, c'est Buffalo qui garde la Tour-Montluc. Aujourd'hui, comme mon père est au logis, Buffalo a pu servir de guide à Charlot... Et tiens, les voilà tous deux.

Au même instant, nous vîmes glisser sur la neige durcie deux ombres, plus rapides que deux éclairs. Montluc le Rouge ne s'était pas trompé, c'étaient bien Buffalo et Charlot.

Pendant que le vieux Peau-Rouge se tenait immobile, à l'écart, dans une attitude pleine de respect et de dignité, l'enfant se jeta dans les bras de son frère, en lui disant : « Tu ne m'attendais pas, frère !

— Non, Charlot, lui dit Montluc en riant ; mais puisque te voilà, tu es le bienvenu. Je te croyais sur les bords du Mississippi avec le Père Lallemand.

— Ah ! répliqua l'enfant avec un soupir, je devrais y être en effet, mais on ne fait pas toujours ce qu'on veut.

— Le Père Lallemand n'a plus voulu de toi ? demanda Montluc ; tu le gênais dans ses conversions.

— Le Père Lallemand ne convertira plus personne, répondit Charlot.

— Oh ! oh ! qu'est-il donc arrivé ?

— Oh ! mon Dieu ! on l'a scalpé, voilà tout. Pour te dire la chose en deux mots, voici : Le neuvième jour après notre départ, nous étions lui et moi sur le bord de la rivière des Illinois, et nous

Tu ne m'attendais pas, frère ? (Page 94.)

venions (c'est-à-dire le Père Lallemand venait) d'y planter une croix sur un tertre et dire la messe.

» Moi, aussitôt la messe dite, je vais chasser pour trouver de quoi déjeuner, car nous n'avions pas d'autres provisions que du sel et un peu de viande sèche. Le Père Lallemand se met à ramasser du bois pour allumer du feu et faire cuire mon gibier.

» Au bout d'une heure je rencontre un troupeau de dindons sauvages ; j'en abats deux à balle franche et je les apporte au bon Père. Mais voyez le malheur ! un parti d'Illinois qui chassaient dans le voisinage l'avait rencontré, interrogé. Le bon Père leur avait prêché l'Évangile. Les Illinois, le prenant pour un sorcier, l'avaient lié à un arbre, scalpé à demi, et dansaient autour de lui. L'un d'eux, le chef de la troupe sans doute, ou peut-être quelque prêtre de la tribu, s'approcha de lui avec un couteau et commença à le dépecer tout vivant. Ses compagnons riaient, chantaient et criaient.

» Voyant ça, je rampe dans l'herbe, qui était épaisse et haute (personne ne pouvait me voir), je vise le sorcier illinois au moment même où le Père Lallemand allait mourir, et je lui tire un coup de carabine en plein front. Son affaire ne fut pas longue. Il tomba raide mort.

» Les Illinois, ne sachant d'où venait ce coup inattendu, crurent voir la main du Seigneur s'abattre sur eux. Tous s'enfuirent sans regarder derrière eux. Aussitôt que je fus seul, je détachai le Père Lallemand, qui me donna sa bénédiction et mourut dans mes bras, en m'exhortant à retourner à la Tour-Montluc. Que faire étant seul ? Je suivis son conseil, après l'avoir enterré au pied de la croix qu'il avait plantée, et j'arrivai juste vingt-quatre heures après votre départ.

» Ma mère a voulu me retenir ; mon père hésitait un peu. Le Père Fleury disait que Dieu, qui m'a si visiblement protégé dans cette expédition malheureuse, se lasserait peut-être de veiller sur moi.

— Et toi, demanda Montluc, que pensais-tu ?

— Moi, répondit l'enfant, je brûlais d'impatience de vous rejoindre, et j'avais peur que vous ne prissiez le fort d'Hudson sans moi ; mais, grâce à Dieu ! me voilà, vous voilà, nous voilà !... Grâce à Dieu et à mon vieux Buffalo, qui a bien voulu me servir de guide malgré ses soixante-cinq ans... Quel jour donnera-t-on l'assaut ?

— Après-demain, répondit Montluc.

— A propos, dit Charlot, le père m'a donné un billet pour toi. Le voici.

« Mon cher fils,

» Charlot vient d'arriver. Il te racontera le martyre du bon Père Lallemand ; c'est un grand malheur pour la colonie. Il ne se contentait pas de convertir les sauvages, il inclinait leurs âmes vers nous. Il en faisait de fidèles alliés de la France. Charlot a voulu te rejoindre. Je l'y autorise. Veille sur lui avec soin, mais comme on doit veiller sur un Montluc. Écarte-le seulement des dangers inutiles. Pour le reste, montre-lui son devoir, comme je te l'ai montré à toi-même quand tu étais encore enfant. Le Père Fleury est retourné chez les Iroquois ; avant peu nous aurons de ses nouvelles. Avec quelle impatience nous attendons des tiennes, tu le devines. Ta sœur Athénaïs n'en dort pas. Ta mère passe la moitié du jour au pied du crucifix ; quant à Lucy, elle ne dit rien, mais elle regarde à tout moment une vieille carte de la baie d'Hudson, dressée autrefois par le Père Fleury ; elle mesure les distances, elle compte les jours qu'il faut pour aller et revenir ; enfin elle ne vit plus. Pour moi, je t'attends dans quinze jours et vainqueur. Votre entreprise est telle, qu'il n'y a pas de milieu entre vaincre et périr ; mais j'ai confiance que tu vaincras.

» MONTLUC.

» Mes compliments à lord Kildare. »

Ayant lu ce billet, Montluc dit à Charlot et à moi d'aller dormir, et il resta seul avec le vieux Buffalo.

Pied-de-cerf eut un peu plus de peine.

CHAPITRE IX

Où M. de Kildare rencontre un allié précieux parmi ses ennemis.

Après un instant de silence, M. de Kildare reprit son récit en ces termes :

Cinq heures après nous nous remîmes en marche. Nous n'avions plus que quinze ou vingt lieues à faire, et nous devions arriver aux environs du fort vers minuit.

La saison était si rigoureuse qu'on n'avait pas à craindre que les Anglais fussent sur leurs gardes. Ils nous croyaient à trois cents lieues de là et Montluc, qui le savait bien, comptait plutôt sur une surprise que sur la force pour s'emparer du fort et de la frégate.

Pour moi, à parler franchement, tout résolu que j'étais à bien faire mon devoir, je ne laissais pas d'avoir quelque inquiétude sur le succès. Mais j'étais bien loin de connaître les ressources d'esprit de mon ami Montluc. La journée du lendemain, monsieur le curé de Gimel, devait faire honneur à la France et à l'Irlande, et je rendis avec usure aux Anglais les coups que j'en avais reçus à la bataille de la Boyne.... Ah! qu'il est doux de sabrer un ennemi qui vous a volé votre patrie, quand cette patrie est la verte Irlande, la perle de l'Océan, et votre comté, quand ce comté est celui de Kildare, un comté qui brille parmi tous les autres comme un diamant au cou d'une reine!

Ici le gentilhomme irlandais fit une pause et poussa un long soupir de regret en pensant à la perle et au diamant qu'il avait perdus.

J'essayai de le consoler en lui représentant que tous les biens de ce monde n'étaient qu'une ombre, une fleur périssable....

« Ah! dit-il en frappant du poing sur la table, ces consolations-là seraient bonnes pour tout autre que pour Donald O'Brian, dix-huitième comte de Kildare!... Enfin! Dieu l'a voulu. Que sa sainte volonté soit faite; mais si jamais je mets la main sur l'Anglais qui a pris le domaine de mes pères, je ne vous dis que ça, monsieur le curé, je ne vous dis que ça!... »

Son geste, qui ressemblait à un coup de sabre, expliquait assez clairement sa pensée.

Montluc remplit son verre et lui dit :

« N'aie pas d'inquiétude. Tôt ou tard nous reprendrons ton comté, et si nous le reprenons pas, eh bien, toi et moi nous pouvons nous tailler en Amérique un autre comté qui pour l'étendue en vaudra cinquante pareils au tien et d'où nous écarterons à coups de fusil tous les scélérats usurpateurs.

Je priai M. de Kildare de nous raconter la bataille.

Il dit alors :

Vers cinq heures du matin nous étions sous les armes, cachés dans des trous de neige; on soufflait dans ses doigts en attendant le signal.

Le fort d'Hudson était à deux cents pas, au bord de la mer, et le rempart, demi-muraille, demi-palissade, comme tout ce que l'on construit dans ce pays-là, était baigné par les vagues en été.

Mais ce jour-là le froid était si rigoureux, que la mer d'Hudson tout entière était couverte d'une glace épaisse de deux pieds de profondeur au moins. Des trois frégates anglaises que nous avions compté trouver dans la baie, deux étaient retournées en Europe. La troisième seule veillait sur le fort, et semblait elle-même une for-

teresse ancrée à quelques encâblures du rivage. Par les sabords
ouverts on voyait passer la gueule de quarante-huit canons prêts
à vomir les boulets et la mitraille sur l'ennemi. Un officier de quart
se promenait sur le pont, enveloppé de la tête aux pieds d'une
immense peau d'ours brun, de ceux qu'on rencontre dans les forêts
de la Louisiane. Sa silhouette noire se dessinait sur le fond blanc
et neigeux de la terre, de la mer et du ciel.

« Celui-là, me dit tout bas Montluc le Rouge, je me le réserve avec
la frégate. Toi qui es un officier de terre, je te cède le fort. Fais
bien attention surtout que nous n'avons qu'une minute pour vaincre
et que si nous ne sommes pas vainqueurs dans cette unique minute,
nous laisserons nos os au pied de ce fort. Car pour moi on ne
m'aura pas vivant.

— Montluc le Rouge, répondis-je, tu vas voir aujourd'hui ce
qu'un O'Brian de Kildare sait faire. »

Alors il appela Pied-de-Cerf et deux autres chefs algonquins et
leur donna ses ordres devant moi. Je cherchai des yeux Buffalo et le
jeune Charlot. Tous deux avaient disparu.

« Ils sont à l'œuvre déjà ! dit Montluc en riant. Attention ! C'est à
eux de commencer le feu. Et si tu les connaissais l'un et l'autre, tu
aurais confiance ! Le vieux Buffalo est prudent et rusé comme un
serpent à sonnettes. Quant à Charlot, il est agile et vigoureux comme
un léopard. »

Au même instant nous vîmes paraître deux hommes, dont l'un,
très-grand et sans armes, semblait marcher comme poussé par
l'autre, assez petit au contraire, mais qui piquait le premier dans
les reins avec une épée.

Montluc s'avança pour le reconnaître, et dit en se tournant vers
moi d'un air joyeux :

« Tiens, voilà Charlot... Qu'est-ce qu'il amène?... Un prisonnier?

— Comme tu dis, frère, répliqua l'enfant; Buffalo voulait le tuer,
mais j'ai pensé que tu préférerais le prendre. C'est la sentinelle.
Pendant qu'il avait le dos tourné, nous avons sauté sur lui en l'étouf-
fant à moitié pour l'empêcher de crier. Comme il avait son fusil
dans les bras et les deux mains croisées dans ses manches, il n'a pu
ni appeler au secours ni se défendre ; nous l'avons bâillonné et
désarmé. Le voilà ! Que veux-tu en faire ?

— Très-bien, dit Montluc. Le père sera content de toi. Qu'as-tu
fait de Buffalo ?

— Je l'ai laissé dans la guérite, dit l'enfant en riant, enveloppé dans la peau d'ours et armé du fusil de l'ennemi. Il est en faction pour le compte des Anglais maintenant, et il attend tes ordres. »

Montluc fit alors ôter le bâillon du prisonnier et l'interrogea. C'était un grand soldat, fort et bien bâti. Si on ne s'en était emparé par surprise, il aurait fallu le tuer, et il était de taille à se défendre. Aux premiers mots, je reconnus l'accent irlandais. Je demandai alors la permission de l'interroger moi-même, permission que Montluc m'accorda volontiers, et je lui dis en patois gaélique :

« Ton nom ?
— Patrick.
— Ton comté ?
— Kildare.
— Ta religion ?
— Catholique romain.
— Comment ! coquin ! m'écriai-je avec indignation : tu es catholique et du comté de Kildare, et tu sers le roi Guillaume, hérétique et usurpateur ! »

Il avait l'air consterné.

« N'as-tu jamais entendu parler, ajoutai-je, de Donald O'Brian, comte de Kildare ? »

Il me regarda de plus près, me reconnut et s'écria en me baisant les mains :

« Comment ! c'est vous, mylord !
— Oui, c'est moi. Mais toi, que fais-tu ici, malheureux, traître à l'Irlande ?
— Ah ! mylord, répliqua-t-il, si pouviez savoir !... J'étais avec vous, vous vous en souvenez, à la bataille de la Boyne où le roi Jacques (que Dieu sauve son âme !) se sauva lui-même comme un lapin. Le lendemain, il n'y avait plus personne : plus de chefs, plus de roi, plus rien ; et par-dessus le marché, pas un morceau de pain noir à se mettre sous la dent. Je fis ce qu'on fait en pareil cas : je pris l'argent là où il était, c'est-à-dire dans les poches des fermiers et des voyageurs, de ceux surtout qui étaient Anglais. Si j'ai par ce moyen, caché derrière une haie, tué un ou deux de ces hérétiques et vidé leur bourse, j'espère que Dieu me pardonnera en faveur de l'intention. Je fus pris à mon tour et condamné à être pendu. Par bonheur on avait besoin de recrues pour le service du roi Guillaume. On me donna le choix d'être recruté par le roi ou

d'être pendu par le bourreau. Je me décidai pour le roi. Qu'est-ce que vous auriez fait à ma place, mylord ? Je ne suis qu'un pauvre homme, moi, et je n'ai pas beaucoup d'esprit. Je fais ce qu'on me dit de faire. Je tue qui l'on me dit de tuer. Qu'est-ce que ça me fait, pourvu qu'on me paye ? Est-ce que je les connais, moi, ceux que je tue ? Et si je n'obéissais pas, est-ce que le chat à neuf queues ne tomberait pas sur mes reins ? Est-ce que je ne serais pas fouetté comme un petit garçon ou fusillé comme un scélérat ?

— Ce pauvre diable a raison, dit Montluc : qu'est-ce qu'il connaît aux querelles du roi Jacques et du roi Guillaume ? »

Puis se tournant vers Patrick : « Écoute, dit-il, tu ne te battras pas pour Jacques, qui est trop bête, ni pour Guillaume, qui est trop scélérat, mais pour lord Kildare, qui est ton chef naturel, qui te prend à son service et qui se bat, lui, pour la verte Irlande, pour le roi Très-Chrétien et pour la sainte religion catholique. Veux-tu venir avec nous ?

— Ah Dieu ! s'écria Patrick, je ne demande que cela ! »

Et il nous donna mille renseignements précieux sur l'état et l'intérieur du fort, sur les approvisionnements, sur la négligence avec laquelle il était gardé ; il nous apprit (cela surtout était précieux) que les neuf dixièmes de la garnison faisaient tous les matins l'exercice hors des remparts, que le reste demeurait enfermé autour du poêle d'une grande salle de corps de garde pour se garantir du froid, qu'une sentinelle seulement gardait la poudrière, qui renfermait 300,000 livres de poudre, sans compter les boulets, les balles, les obus et le reste. Il nous apprit encore que le commandant du fort, vieux colonel allemand au service des Anglais, passait ses journées à fumer sa pipe et à boire dans sa chambre en jouant aux cartes avec son lieutenant-colonel ; que d'ailleurs on croyait les Français et les sauvages à trois cents lieues de là et que personne n'était sur ses gardes. »

Puis, comme Montluc avait encore quelque défiance, il tira de sa poche une médaille de la Sainte Vierge et me dit : « Mylord, quand je suis parti d'Irlande, ma pauvre mère qui habite le village de Hardburgh, dans le comté de Kildare, m'a donné cette médaille en me faisant jurer que je ne l'oublierais jamais... Eh bien, mylord, je jure sur cette médaille que je n'ai rien dit que de vrai, et je jure encore que je suivrai mylord O'Brian, comte de Kildare, partout où il voudra me conduire. »

Vraiment, ce garçon était sincère. On pouvait se fier à lui. Montluc le sentit et dit : « Rendez-lui ses armes. Patrick, tu vas nous montrer le chemin. » Ce qu'il fit sur-le-champ.

Nous suivîmes, un par un, à la file indienne, chacun de nous enfonçant son pied sur les traces de Patrick, de façon à n'être pas vus du fort et à marcher dans une sorte de sentier entre deux talus de neige, dont la hauteur était de douze ou quinze pieds.

Charlot marchait le premier derrière Patrick pour reconnaître le chemin qu'il avait déjà parcouru. Montluc le Rouge, l'épée dans une main, le pistolet dans l'autre, suivait Charlot. Je suivais Montluc. Les autres me suivaient. C'est dans cet ordre de bataille qu'au bout de cent pas nous arrivâmes près de Buffalo, qui, couvert de la peau de Patrick, se promenait gravement en sentinelle, prêtant l'oreille du côté du fort dont il surveillait l'entrée et nous attendant avec impatience.

Il fit deux pas vers nous sans être vu du fort, regarda Patrick avec étonnement, et dit en son langage irrégulier, mais concis :

« Pas scalpé ? »

Charlot se mit à rire et répondit :

« Non. Pas scalpé.

— Mauvais ! reprit Buffalo.

— Pourquoi ? » demanda Charlot.

Montluc prit la parole.

« A quoi bon ? Patrick est un ami. »

Le vieux Buffalo regarda Patrick avec des yeux étincelants.

« Patrick ami ! Jamais ! Patrick Yankee ! »

Il en aurait dit bien davantage, mais Patrick offensé s'écria :

« Moi Yankee ! Répète donc ce mensonge, marchand de briques mal débarbouillé ! Répète donc que je suis hérétique ! Et tu verras ! »

Il se mettait déjà dans la position du boxeur, lorsque Montluc leur imposa silence.

Au même instant le tambour se fit entendre.

« Ça, dit Patrick, c'est signe qu'on va relever la sentinelle et sortir du fort pour faire l'exercice dans la plaine qui est là-bas.

— Attention ! commanda Montluc. Voici le gibier qui vient. Silence dans le rang. Si quelqu'un dit un mot, je lui donne du pistolet dans la tête. »

Et, ma foi, il l'aurait fait, car il n'entend pas la plaisanterie dans les choses sérieuses. En même temps, il prit Patrick à part, lui fit quelques questions, parut satisfait de la réponse, me fit signe d'approcher et dit à voix basse : « Toi, Kildare, voici ce que tu auras à faire. Écoute bien et ne te trompe pas d'un mot. Notre vie à tous en dépend.... Tu vas prendre la peau d'un sergent anglais... »

A ces mots, je l'interrompis, croyant qu'il était un peu fou ou qu'il se moquait de moi ; mais il avait tout son bon sens et parlait sérieusement.

« Mais nous n'avons pas d'Anglais à écorcher, m'écriai-je, et si nous en avions...

— Tu ne l'écorcherais pas, ajouta Montluc en riant, et tu n'aurais pas tort ; mais ce que j'appelle la peau d'un Anglais, c'est sa pelure ou, si tu veux, son pardessus de peau d'ours, par exemple ce que mon ami Buffalo vient d'emprunter tout à l'heure à mon autre ami Patrick... Tu prendras donc la peau d'un sergent anglais. Je me charge de fournir l'Anglais et la peau. Tu te chargeras de t'en revêtir. Tu entreras dans le fort avec Patrick, qui va te servir de guide aussitôt que la garnison sera sortie. Vous irez tous deux au corps de garde, où ceux qui restent sont obligés de s'amasser autour du poêle à cause du froid. Vous mettrez la main sur les fusils, qui doivent être suspendus au râtelier ; vous tuerez net qui voudrait vous en empêcher ; vous tiendrez vos armes chargées, l'amorce en bon état, et vous attendrez que j'arrive pour vous soutenir.

— Mais on me reconnaîtra du premier coup !

— On ne te reconnaîtra pas, dit Montluc, puisque je vais te donner la peau d'un sergent... Ces O'Brian, ça croit toujours qu'on voit écrit sur le bout de leur nez qu'ils sont comtes de Kildare ! Va, va, mylord, quand tu seras reconnu, il sera trop tard pour que cette connaissance serve à l'ennemi. »

Puis, d'un geste, imposant silence à tous, il se glissa vers Buffalo avec son ami Pied-de-Cerf et me fit signe de ne pas souffler mot. Au même instant j'entendis la neige durcie craquer sous des pas réguliers ; j'avançai la tête, et je vis un sergent et un soldat sortir du fort et s'avancer vers Buffalo, qui feignait de se promener de long en large et qui le regardait d'un œil oblique. Franchement le cœur me battait un peu, car il ne s'agissait pas seulement de tuer ces deux malheureux, il fallait aussi les tuer en silence. Le moindre cri eût donné l'éveil au fort et fait échouer notre entreprise. Je compris alors pourquoi Montluc n'avait voulu en remettre le soin à personne.

Le chemin que suivaient le sergent et le simple soldat qu'on allait mettre en sentinelle tournait brusquement à droite, de sorte qu'à cause de la hauteur de la neige il leur était impossible de voir le danger.

Ils étaient d'ailleurs très-gais, ayant bu un ou deux bons verres de whisky à la santé du roi Guillaume.

Le sergent disait :

« Eh bien, Willy, que penses-tu de Sa Majesté le roi Guillaume ? »

L'autre répondit :

« Sergent, ça dépend du point de vue. »

Alors le sergent reprit :

« Je te parle du point de vue du whisky. »

Alors le soldat dit :

« Pour le whisky, c'est un fameux homme que le roi Guillaume ! Oui, c'est un fameux homme, un homme fameux comme tout !

— Oh ! oh ! dit le sergent. Et pour le gin ?

— Ah ! pour le gin, c'est plus fameux encore ! »

Et en effet, je crois que l'un et l'autre avaient bu ce matin-là tant de gin et de whisky, que le roi qui les comblait de ces deux liqueurs devait leur paraître un roi fameux, et même le plus fameux des rois.

Mais ils n'eurent pas le temps d'en dire plus long, car je vis Montluc allonger le bras et, de ses deux mains puissantes, saisir le sergent par le cou et le renverser sans qu'il eût le temps de dire : ouf ! Pied-de-Cerf, de son côté, eut un peu plus de peine ; mais la vue du fusil armé d'une baïonnette que Buffalo appuyait sur sa poitrine avant qu'il eût le temps de se mettre en défense réduisit le soldat au silence.

« Maintenant, dit Montluc à ses deux prisonniers, quittez vos habits et vos peaux d'ours. Toi, Kildare, prends l'habit du sergent. Patrick prendra celui du simple soldat, car il faut respecter l'ordre social et la hiérarchie. Vous allez rentrer tous deux ensemble dans le corps de garde, comme un bon sergent et un bon fusilier qui viennent de relever la sentinelle. Patrick montrera le chemin et vous ferez ce que j'ai dit. Surtout, pas de précipitation... Attendez que la garnison soit sortie du fort pour faire l'exercice. »

Au même instant un second appel du tambour se fit entendre.

« Ça, dit Patrick, c'est le colonel Boykarentbock qui passe dans les rangs et qui examine si les habits sont boutonnés suivant l'ordonnance. C'est l'opération la plus importante de la journée. Elle va durer une demi-heure au moins.

— Et après l'inspection, demanda Montluc, qu'est-ce qu'on va faire ?

— Eh bien, dit Patrick, au troisième coup de tambour, la garnison va sortir du fort, excepté les cinquante hommes du corps de garde, et le colonel va monter dans sa chambre, boire, fumer sa pipe et jouer aux cartes avec le lieutenant-colonel. »

Il y eut un long silence. On attendait avec impatience le troisième appel du tambour.

Pied-de-Cerf, qui avait l'oreille fine comme tous les sauvages, faisait signe qu'il entendait le discours du colonel Boykarentbock et nous le répétait à mesure.

« *Fritz !... Qu'est-ce que c'est que ça ? Habit mal boutonné. Mauvais soldat ! Fritz, mauvais soldat ! Dix coups de fouet !* »

Patrick nous dit en riant :

« Tant mieux ! bonne affaire. C'est un mauvais gueux, ce Fritz, une graine de coquin qui a poussé contre un vieux chêne. Il est de Magdebourg, celui-là, et il m'a volé deux chemises, une demi-couronne et une paire de bottes ; mais comme c'est l'espion du colonel, et comme il est de son pays, je n'ai jamais pu me les faire rendre. J'ai été obligé de le rosser un soir sans témoins à quatre pas du fort. Il rentra avec deux dents de moins et un œil poché, en menaçant de se plaindre au colonel. Je le menaçai à mon tour de lui donner un coup de baïonnette dans le ventre ; ça le fit tenir tranquille. »

Pendant cette conversation, le colonel continuait d'inspecter son régiment, et Pied-de-Cerf écoutait toujours.

« *Christian ! qu'est-ce que c'est que ça ?... Chapeau posé de* » *travers ! Trop bu de gin !... Hein ? Plaît-il ?... Qu'est-ce que tu* » *dis, misérable ?... qu'il faut bien se réchauffer un peu ?... Sergent* » *Franz, prenez-moi cet imbécile et frictionnez-le sept fois avec la* » *peau du chat à neuf queues, ça le réchauffera !* »

Et ainsi de suite. Nous entendions la conversation du colonel Boykarentbock avec ses hommes comme si nous avions été à trois pas de lui.

Enfin l'inspection fut terminée. Un troisième roulement de tambour retentit dans le fort, quoique affaibli par la neige, et nous entendîmes le pas régulier des soldats qui sortaient en rang et en silence pour s'aligner dans la plaine. C'était le moment décisif. Ils passèrent à trente pas de nous sans nous voir, car un rempart de neige nous cachait entièrement à leurs yeux, et ce fut heureux pour eux et pour nous. Ils étaient dix fois plus nombreux que nous et nous aurions péri sans doute si le combat s'était engagé, mais nous n'aurions pas péri sans vengeance.

Dès qu'ils furent à cinq cents pas, Patrick et moi nous prîmes l'avant-garde et nous entrâmes d'un air bon enfant dans le corps de garde, qui était à l'entrée du fort, sous une voûte en bois. Patrick, qui connaissait les êtres, entra le premier. Comme il était connu de ses camarades, il se montra de face. Je le suivais immédiatement, mais en ayant soin de ne me laisser voir que de profil; et la peau d'ours du sergent me couvrait presque entièrement la figure.

Les hommes qui gardaient le poste étaient tous assis ou couchés, et rangés symétriquement près du grand poêle où flambait un vieux chêne tout entier, tronc et branches ensemble. Les soldats, couchés sur un lit de planches, dormaient, bâillaient ou cherchaient le sommeil. Ceux qui étaient assis jouaient aux cartes et buvaient, car que faire dans la baie d'Hudson si l'on ne joue pas aux cartes et si l'on a la gorge sèche ? Un de ceux qui jouaient, un Irlandais, vit Patrick et lui dit : « Tu as eu du bonheur, Paddy. »

Patrick se retourna d'un air indifférent.

« Quel bonheur, Jemmy ?

— De n'être pas là quand le vieux Boykarentbock a passé dans les rangs.

— Pourquoi ? demanda Patrick en s'approchant du râtelier où les fusils étaient accrochés pendant que je faisais la même manœuvre.

— Oh ! reprit Jemmy, le vieux était aujourd'hui d'une humeur massacrante. Il a distribué plus de cinq cents coups de fouet à droite et à gauche. Et si tu avais été là, tu en aurais pris ta part !

— Ah ! dit Patrick, en me consultant du regard pour savoir s'il était temps de se démasquer ; alors c'est toi qui l'as prise en mon absence, goulu ! »

Tout le monde se mit à rire. Pendant ce temps nous étions, Patrick et moi, aux deux extrémités du râtelier, et personne n'aurait pu en approcher sans notre permission. Je regardai vers la porte pour voir si Montluc nous suivait de près ; je l'avais laissée entr'ouverte, de sorte qu'un vent froid entra derrière nous.

« Dis donc, Patrick, cria un soldat : on gèle, ici ! Va donc fermer la porte.

Montluc parut. (page 111.)

— Ferme-la toi-même si tu veux, dit Patrick, est-ce que je suis ton domestique ? »

Le soldat se leva en effet, murmurant contre la mauvaise volonté de Patrick. Tout à coup, au moment où il poussait le battant de la porte, Montluc parut, le pistolet dans une main, l'épée dans l'autre et cria : « Halte-là, camarade ! »

Les cinq autres se firent tuer bravement.

CHAPITRE X

La conquête du fort.

Ces trois mots, continua M. de Kildare, dits en français et d'une voix impérieuse, firent sur le corps de garde tout entier une impression extraordinaire. Il y avait de l'étonnement, de la frayeur et presque de l'admiration parmi tous ces soldats.

Montluc jeta la peau d'ours qui le couvrait, se montra tel que vous le voyez, dans son bel habit Louis XIII, galonné d'argent, à boutons d'or, magnifique comme un prince, terrible et imposant comme un lion.

Le soldat épouvanté cria : « Aux armes ! voilà l'ennemi ! » Aussitôt tous les soldats voulurent courir à leurs fusils; mais je donnai dans le ventre du premier un tel coup d'épée, qu'il tomba. Quant à Patrick, il se contenta de croiser la baïonnette sans tirer. Montluc, que suivait de près sa troupe, dit à Pied-de-Cerf : « Toi, si

quelqu'un bouge, tue-le, mais ne tire pas un coup de fusil, de peur
d'être entendu de ceux qui sont dehors et qui font l'exercice. Il ne
faut faire feu qu'au dernier moment. » Cet ordre si sage fut suivi
autant qu'on pouvait le suivre. Malheureusement, douze ou quinze
de ces soldats étaient de vieux reîtres, habitués aux surprises et qui
essayèrent de résister; ils saisirent les bancs de bois sur lesquels ils
étaient assis et voulurent livrer bataille. Deux de nos hommes furent
tués, un Canadien et un Algonquin. Alors Montluc n'eut plus aucun
ménagement. Il dit aux soldats qui restaient : « Je vous apportais la
paix. Vous avez voulu la guerre. Tant pis ! Que tous ceux qui veulent
se rendre se couchent à terre sans bouger. Le reste sera mis à
mort. » Sept seulement refusèrent d'obéir. Deux des plus braves
ramassèrent une hache et un fusil qui étaient tombés dans la mêlée
et voulurent se jeter sur lui. D'un coup de pistolet, tiré à bout portant dans la figure, il tua l'un; d'un coup d'épée il perça l'autre.
En même temps les cinq autres se firent tuer bravement. Tous ceux
qui avaient suivi l'ordre de Montluc furent épargnés et entassés dans
un coin, les pieds et les mains liés.

Malheureusement le pauvre Patrick porta la peine de son courage et de son dévouement à la foi catholique. Un des soldats qui
s'étaient rendus et couchés à terre se glissa en rampant derrière lui
et le poignarda pendant que Patrick était en train de se battre comme
un brave. « Traître ! » lui cria le soldat.

J'en aurai un regret éternel, car c'était un brave garçon et qui
cognait bien. Je pus m'en apercevoir ce jour-là. Il aurait, s'il avait
vécu, rendu bien des services à notre chère patrie.

Pendant que je recevais le dernier soupir du pauvre Patrick,
Montluc faisait fermer les portes du fort, mettait quatre sentinelles
dans le corps de garde avec ordre de tuer sans rémission le premier
de nos prisonniers qui ferait un mouvement ou pousserait un cri,
s'emparait de la poudrière et des remparts qui étaient à peine gardés,
à cause du froid et de l'éloignement où l'on se croyait des Français,
et sans bruit (car le merveilleux fut que grâce à ses précautions,
excepté quatre ou cinq coups de feu qu'on ne put pas éviter dans le
corps de garde, tout fut fait à coups de hache, d'épée ou de baïonnette) devint maître absolu du fort tout entier. Il faut ajouter que la
neige assourdissait tous les bruits et que les sauvages, excepté en de
rares circonstances où ils hurlent comme des loups, sont habituelle-
ment les plus silencieux des hommes. Quant aux soldats du colonel

Boykarentbock, ils auraient crié sans doute s'ils n'avaient eu la certitude qu'au premier cri ils seraient fusillés. Montluc le Rouge était
trop connu dans tout le Canada et dans toutes les colonies anglaises
pour qu'on pût douter de sa parole.

Il fut donc obéi et me dit : « Ami Kildare, pour achever notre
œuvre il ne nous reste plus qu'une chose à faire : c'est de prendre
ou de tuer le bon colonel Boykarentbock.. » Je m'offris sur-le-champ.

Montluc reprit en riant : « S'il ne s'agissait que de cela, je te
laisserais faire et je t'en donnerais le plaisir. Mais l'essentiel est de
travailler sans bruit, car nous n'avons achevé que le premier tiers
de la besogne, et si les soldats qui sont dehors et les marins de la
frégate nous donnaient l'assaut tout de suite, notre entreprise finirait
plus mal qu'elle n'a commencé... Toi donc, reste ici. Tiens la porte
fermée, maintiens l'ordre, empêche nos bons Algonquins de scalper
les prisonniers et de piller.... Je vois qu'ils grillent de se donner
cette double réjouissance.... Moi, je vais chez le colonel Boykarentbock. »

En effet il monta, suivi de deux hommes, dans la chambre du
colonel, entra sans frapper et trouva ce brave officier supérieur
occupé à jouer une partie d'écarté avec son lieutenant-colonel. La
chambre était très-vaste, quoique mal meublée, n'ayant pour tout
mobilier qu'un lit de chêne, une table et des chaises grossières.

Au bruit de la porte qui s'ouvrait, le colonel, qui venait de
perdre la partie et qui était de mauvaise humeur sans doute, cria
d'une voix menaçante : « Qui est là? que me veut-on? » Au même
instant Montluc entra suivi de ses deux Canadiens, et lui dit : « Monsieur Boykarentbock, au nom du roi de France, rendez-moi votre
épée. » Et sans hésiter, il s'avança pour la prendre.

Mais Boykarentbock n'hésita pas non plus : c'était un vieux
soldat, Allemand il est vrai, mais vaillant et qui faisait la guerre
depuis trente ans en Europe et en Amérique. Il se leva, repoussa du
pied sa chaise, prit des deux mains les deux pistolets chargés qui
étaient suspendus sur sa tête comme deux cornes de cerf, les arma
promptement et les braqua sur Montluc et sur ses deux compagnons
en criant : « Reitenfels! attention! à moi! » Le pauvre Reitenfels
aurait bien voulu venir à son aide, mais il était trop gros, un peu
lourd et n'eut même pas le temps de dégainer.

L'affaire était déjà finie. Montluc, qui avait l'épée à la main,
voyant Boykarentbock saisir ses pistolets, se douta bien qu'il fallait

tout de suite en découdre. Au moment même où le colonel tirait sur
lui à bout portant un coup de pistolet, Montluc lui enfonça son épée
dans la poitrine et le tua raide. Le pauvre Allemand tomba en lâchant
ses armes.

Par un hasard singulier, l'un des deux pistolets celui qui était
dirigé contre Montluc et qui aurait dû le tuer, rata complétement,
de sorte qu'il n'eut aucun mal. L'autre au contraire, en tombant à
terre, partit sans être dirigé contre personne, et alla frapper au pied
le lieutenant-colonel Reitenfels juste au moment où il se préparait
à porter secours à son chef. Reitenfels leva la jambe en blasphé-
mant : « Fichu maladroit ! cria-t-il. C'est sur vous qu'il tire, c'est
moi qu'il attrape ! »

Alors Montluc, qui est le plus sérieux gentilhomme qu'on puisse
trouver en Europe ou en Amérique, lui dit gravement : « Excusez le
pauvre défunt, monsieur. Il ne l'a pas fait exprès, et il est assez puni
de sa maladresse. » Puis se tournant vers les deux Canadiens qui
l'avaient suivi : « Prenez M. de Boykarentbock et portez-le en bas
avec les autres morts, après l'avoir fait voir aux prisonniers afin
qu'ils sachent bien qu'il n'y a plus à compter sur lui. Quant à vous,
monsieur de Reitenfels, rendez-moi votre épée sans faire le méchant
et suivez-moi. »

Et Reitenfels obéit et ne fit pas le méchant, car il avait affaire
à plus fort que lui.

Le fort était pris, mais l'affaire n'était pas terminée. Tant s'en
faut ! Restait la frégate anglaise, la *Valorous*, armée de cinquante
canons, montée par deux cent cinquante marins d'élite, et com-
mandée par le fameux capitaine John Smith, un vrai loup de mer,
qui avait fait dix fois ses preuves.

Le morceau était dur à broyer, énorme à avaler et terrible à
digérer ; mais, comme dit le Père Fleury, Montluc le Rouge, oui,
ce beau gentilhomme à la mine riante, que vous voyez là, monsieur
le curé, Montluc le Rouge broierait, avalerait et digérerait du fer et
du bronze.

Il choisit vingt hommes dans sa troupe, moitié parmi les Canadiens français, moitié parmi nos alliés Algonquins, les désigna un
par un, et quand ils furent prêts à partir, me dit : « Kildare, c'est à
toi que je confie la garde du fort... »

Je l'interrompis. Je voulais le suivre et partager le danger avec
lui ; mais il me dit à voix basse :

Montluc lui enfonça son épée dans la poitrine. (Page 116.)

« Si nous partions tous deux ensemble, les Algonquins que je te laisse, n'ayant plus personne pour les contenir, s'amuseraient à scalper nos prisonniers, ce qui serait malhonnête d'abord, et de plus, ce qui pourrait amener quelque bataille entre eux et mes bons Canadiens. Le sang coulerait, les Anglais qui sont dehors profiteraient peut-être du désordre et rentreraient dans la place..... Reste là.

— Mais toi, avec vingt hommes, comment vas-tu attaquer une frégate montée par un équipage dix fois plus nombreux et pourvue d'artillerie ?

— Je te le raconterai, répondit-il en riant, au retour, si je reviens... Au revoir. »

Le midshipman se précipitait au trot.

CHAPITRE XI

Où l'on voit que le spleen est un terrible ennemi.

Montluc, ayant donc choisi vingt hommes audacieux, leur fit revêtir les habits rouges et les pelisses des soldats anglais, s'habilla de la même manière, fit ouvrir la porte et donna l'ordre du départ.

La petite troupe se mit en marche du côté de la frégate *Valorous*, qui dormait doucement sur la mer comme un enfant dans son lit, solidement retenue au mouillage par ses ancres d'abord et surtout par les glaces qui touchaient son bordage.

Ce qui s'est passé depuis, je ne l'ai pas vu, le fort d'où je regardais étant à cinq ou six cents pas de la frégate : c'est Charlot et le vieux Buffalo qui me l'ont raconté chacun de son côté. Mais d'abord il faut que je vous dise ce qui se passait à bord de la frégate anglaise. Vous comprendrez mieux ce qui suivit.

Il faut savoir que la pauvre frégate était enfermée depuis cinq mois dans les glaces et que l'équipage tout entier s'ennuyait à mort. Pas d'autre distraction que de manger du bœuf salé, du porc salé, du mouton salé, de la morue salée. Tout était salé, excepté le hareng qui était fumé.

Quand on mange toujours salé et trop salé, quand on est réduit aux conserves gâtées pour tout potage, alors chacun prend son parti suivant son caractère. Les uns attrapent le spleen, et les autres attrapent le scorbut.

Le spleen, ou si vous préférez, monsieur le curé, l'hypocondrie, est une maladie de l'âme; le scorbut est une maladie du corps. Ça, c'est la différence. Mais elles ont une terrible ressemblance, c'est qu'elles vous mettent toutes deux dans le même trou. Aussi les savants, et en particulier le Père Fleury, en font à peu près le même cas.

L'équipage de la *Valorous* était donc partagé entre ces deux maladies et menaçait de fondre dans ce pays de neige comme un morceau de sucre dans un verre d'eau. Cinq matelots étaient morts du scorbut au bout du premier mois, sept autres, moitié scorbut, moitié spleen, au bout du second mois, douze autres au bout du troisième mois. La chose allait grand train, comme vous voyez.

Alors le vieux John Smith, brave homme au fond et qui s'ennuyait peut-être autant que tout son équipage ensemble, parce qu'il avait laissé en Angleterre, tout près de Porstmouth, madame John Smith et douze jeunes Smith d'âges variés, — ses enfants, — John Smith, donc, assembla son équipage et dit :

« Mes enfants, *my boys*, il se passe ici quelque chose de singulier...

— Oh ! oh ! » dirent tous les marins.

John Smith continua :

« Quelque chose de bizarre... »

Tout l'équipage répondit :

« Ah ! ah ! pour l'encourager à parler.

— D'épouvantable...

— Brrr! fit l'équipage effrayé d'abord, mais content au fond d'apprendre qu'il se passait quelque chose; car depuis trois mois il ne s'était rien passé du tout, excepté qu'on bâillait sans relâche et que les mâchoires anglaises allaient se disloquer, quoiqu'elles soient d'ordinaire aussi fortement attachées que celles des requins...

— Et de tout à fait contraire aux habitudes de la joyeuse Angleterre, ajouta John Smith. Aussi j'ai voulu vous en avertir, afin d'y porter remède... »

Puis, avec effort, et comme s'il avait fait une grande révélation :

« Vous vous ennuyez, mes *boys*... »

Tout l'équipage cria :

« Oh oui ! capitaine ! »

Et un vieux matelot, plus hardi que les autres, ajouta :

« C'est-à-dire, capitaine, que si ce n'était le respect que nous vous devons et l'affection que nous avons pour vous, nous crèverions d'embêtement !

— Eh bien, je comprends ça, mes garçons, et moi-même, quand je pense à mes douze enfants, surtout aux sept plus jeunes, et encore plus à ma petite Evelina qui n'a que deux ans et qui me tire déjà la barbe en riant et disant : « Papa ! papa ! écoute-moi donc ! » oui, quand je pense à eux et à mon cottage, à mon *home*, à ma femme, à mille choses enfin, et quand je me vois là avec vous, à quinze cents lieues de Portsmouth dans la neige et la glace, j'ai envie de donner ma démission tout de suite.

— Et vous avez bien raison, capitaine, et nous donnerions bien aussi notre démission tout de suite pour retourner dans la joyeuse Angleterre, *merry England, oh! merry England!*

— Oui, dit le capitaine, mais ça ne sert à rien puisque nous sommes enfermés ici jusqu'au printemps, c'est-à-dire jusqu'au mois de juin. Il ne faut donc plus y penser. Il faut faire comme des braves, il faut se distraire.

— Euh ! dit l'équipage. Avec quoi ?

— Si nous avions des chevaux, dit John Smith, nous monterions à cheval et nous ferions un steeple-chase...

— Ah oui ! dit l'équipage.

— Mais nous n'avons pas de chevaux », reprit John Smith.

Il réfléchit encore un peu et ajouta :

« Nous pourrions aussi organiser des régates !

— Ah oui ! dit le vieux matelot, quand la glace fondra. Mais quand elle fondra, la mer sera libre et nous pourrons retourner en Angleterre et ça vaudra mieux que tout.

— Ah oui ! ah oui ! ah oui ! cria tout d'une voix l'équipage.

— Eh bien, dit le capitaine, j'ai trouvé un autre moyen... »

On le regarda avec curiosité. Il poursuivit :

« *My boys*, avez-vous remarqué que notre frégate est très-mal lavée. Combien de fois faites-vous sa toilette par semaine?

— Sept fois, répondit le vieux matelot.

— Oui, c'est-à-dire une fois tous les matins... Eh bien, mes enfants, ça ne suffit pas. Elle est propre le matin, j'en conviens, mais à partir de midi elle devient sale comme un barbet; à six heures du soir on ne voudrait pas la toucher avec des pincettes... Dorénavant vous ferez sa toilette deux fois par jour, — le matin à cinq heures et à midi. Comme ça, vous ne vous ennuierez pas. On ne s'ennuie jamais quand on travaille. »

L'équipage murmura d'abord; John Smith fit distribuer quelques coups de corde à droite et à gauche, ce qui rétablit l'ordre et la discipline et l'on usa les planches de la frégate à force de les frotter, mais aussi elle brillait comme une pièce d'or au soleil.

Cela dura quinze jours. Ensuite le scorbut continua, le spleen recommença. On enterra cinq ou six matelots.

Le vieux John Smith, qui aimait ses hommes et qui était aimé d'eux, devenait de plus en plus triste. Il sentait la discipline se relâcher et n'osait par trop de rigueur réduire ses hommes au désespoir. A la fin, pour les amuser et les exercer en même temps, il leur permit la pêche aux phoques, la chasse à l'ours, il donna des congés pour deux ou trois jours aux officiers (ce qui paraissait sans danger, tant on était loin des établissements français); lui-même s'écarta quelquefois, se reposant des soins du commandement tantôt sur le lieutenant, tantôt sur un simple midshipman.

Montluc le Rouge, par le moyen du Père Fleury et des Algonquins, savait tous ces détails avant de quitter le lac Érié; c'est ce qui avait donné à son père et à lui l'idée d'une expédition si aventureuse, mais si glorieuse et si utile en cas de succès, car tous les approvisionnements des Anglais en vivres, en armes, en marchandises précieuses et en pelleteries étaient réunis dans le fort d'Hudson. S'emparer du fort par un coup de main, c'était ruiner pour un an toutes leurs entreprises dans ce pays immense qui est au nord du Canada.

Parmi tous les plaisirs que le vieux John Smith avait été forcé d'accorder à son équipage pour le distraire et le désennuyer, un seul manquait, c'était celui de boxer. Voici pourquoi. John Smith était un zélé puritain de la secte rigide des caméroniens d'Écosse, qui ne croient pas permis de goûter la moindre joie en ce monde, à moins qu'elle ne soit tout à fait austère et presque sombre. Danser, boxer, casser le nez et les mâchoires de son prochain ou se les faire casser par lui, c'était une volupté trop grande pour que John Smith voulût la permettre à son équipage. Chasser ou pêcher, à la bonne heure ! Et encore ! De sorte que les pauvres matelots de la *Valorous* en étaient réduits à boxer en secret, dans les petits coins, comme des petites filles gourmandes qui lèchent des pots de confitures sans être vues. Montluc le savait, et c'est là-dessus qu'il avait compté.

Il savait aussi que John Smith, tout rigide caméronien qu'il fût, ne haïssait pas la chasse à l'ours blanc. Au contraire, il en faisait ses délices ; et précisément à peu de distance de la frégate et du fort, trente ou quarante lieues tout au plus, on l'avait averti qu'il trouverait un endroit retiré, une solitude tout à fait exquise, où plus de trente familles d'ours blancs avaient établi leur demeure. Là, du moins, on ne risquait pas de manquer de gibier.

Sur l'avis donné par un Esquimau que le Père Fleury avait converti à la foi catholique, le capitaine John Smith était parti en toute hâte avec tout son état-major, excepté le jeune midshipman, âgé de dix-huit ans à peine, qui restait pour commander le navire et qui enrageait de ne pas pouvoir suivre les autres à la chasse. Comme il enrageait et du haut de sa frégate regardait au hasard l'horizon (excepté le fort, on ne pouvait rien voir qu'une grande plaine sans fin, partout couverte de neige et de glace), Montluc déboucha lentement avec sa troupe, sans armes apparentes, leurs pistolets et leurs épées étant cachés sous leurs pelisses, et s'arrêta à cent pas de la frégate.

Le midshipman étonné se demandait ce que les habits rouges venaient faire là sur ses terres. Je dis sur ses terres, quoique, en réalité, ce fût plutôt sur ses glaces, car Montluc était à cinq cents pas du rivage ; mais on s'en apercevait à peine, la terre et la mer étant glacées toutes deux. Il regarda quelque temps les nouveaux venus avec sa lunette d'approche, ne reconnut personne, mais distingua très-bien qu'on s'était arrêté, que six des soldats avaient jeté à terre leurs peaux d'ours et que deux de ces six allaient mettre habit bas.

« Oh ! oh ! » dit le midshipman surpris.

Un contre-maître qui se tenait derrière lui, à distance respectueuse comme il convient, mais qui regardait aussi attentivement que lui-même, répondit : « Ah ! ah ! »

Comme le midshipman se tournait vers le contre-maître, celui-ci pensa sans doute que c'était une manière d'entrer en conversation avec son chef, et s'écria : « *There's a fun!* (la bonne histoire !) »

« Johnny ! reprit l'officier, il me semble que c'est une belle partie de boxe qui se prépare ! Qu'en penses-tu ?

— C'est mon idée, » dit le contre-maître.

A ce moment les deux Canadiens, qui venaient de mettre habit bas, firent le geste d'ôter leurs chemises et de ne garder que leurs culottes et leurs grandes bottes.

« Décidément, dit le midshipman, ces garçons-là vont s'amuser plus que nous.

— Je le pense aussi, monsieur Jones, répliqua le contre-maître en poussant un profond soupir. Mais si Votre Honneur voulait permettre...

— Quoi ?

— Nous aussi, nous pourrions boxer sur la frégate pendant l'absence du capitaine.

— Oh ! dit avec indignation le midshipman, et la consigne, Johnny ! vous connaissez votre devoir ?

— Oui, monsieur Jones, répliqua le contre-maître étonné.

— Prenez le commandement du navire alors, dit le midshipman, car je descends pour voir cette boxe. »

En même temps, il emboucha son porte-voix et cria aux Canadiens : « Eh ! les amis ! attendez un peu. »

. Montluc retourna la tête, se mit à rire et dit à ses hommes : « Attention ! le goujon a mordu. »

En même temps il fit signe de suspendre les préparatifs, et, d'un air de déférence, attendit l'arrivée du midshipman qui, pour arriver plus tôt et ne pas manquer la fête, avait sauté du parapet de la frégate dans la neige et qui se précipitait au trot d'un cheval de course.

Montluc tendit la main au midshipman, qui la serra fortement et lui dit :

« A ce que je vois, lieutenant (Montluc avait pris cet uniforme), vous vous amusez, vous autres !

— Comme vous voyez, répondit Montluc en bon anglais, et vous, midshipman ?

— Oh ! nous ! reprit M. Jones d'un air triste, nous faisons péni-tence...

— Pour les péchés du capitaine Smith, apparemment? ajouta Montluc en riant.

— Comme vous dites, lieutenant, pour ses péchés. Le pire, c'est que le vieux Smith veut à toute force nous convertir et que pendant ce temps il ne se refuse à lui-même aucune joie... Croiriez-vous qu'il chasse l'ours blanc dans ce moment-ci et qu'il m'a laissé seul avec trente-trois hommes pour garder le *Valorous!* Mais vous, il paraît que vous êtes plus heureux et que le vieux Boykarentbock ne vous gêne pas?...

— En effet, dit Montluc, le colonel ne nous gêne pas.

— Et il ne cherche pas à vous convertir?

— Il ne convertira plus personne, » répondit gravement Montluc.

Le midshipman, qui ne savait rien de ce qui s'était passé dans le fort, ne fut pas étonné de cette réponse. Montluc prolongeait exprès la conversation, attendant toujours quelque chose.

Pendant ce temps, voici ce qui se passait à bord du *Valorous.* En voyant descendre son chef, le contre-maître n'avait pensé qu'à l'imiter pour assister au combat. Il était donc descendu à son tour. Les matelots avaient suivi le contre-maître et la sentinelle elle-même, posant son fusil et entraînée par une curiosité toute pareille, était accourue, se cachant derrière tous les autres. Au même instant, Charlot et Buffalo, se glissant derrière les talus de neige, montèrent sur le *Valorous,* mirent le feu à la chambre du capitaine, à la chambre des officiers, à l'entrepont, à un baril de whisky qu'ils roulèrent dans le voisinage de la soute aux poudres et, dégringolant à toute vitesse au moyen d'un cordage qui pendait aux flancs de la frégate, revinrent du côté de Montluc, au moment où les deux Canadiens, nus jusqu'à la ceinture, frottés et rincés d'eau-de-vie au dedans et au dehors, se mettaient en garde pour boxer.

« *Fire! fire!* (Au feu! au feu!) » cria Charlot.

A ce cri, le midshipman se retourna et vit une fumée épaisse qui s'élevait des deux extrémités et du centre de la frégate. Cette fois, il oublia la boxe et les boxeurs, regarda autour de lui, reconnut son équipage qui l'avait suivi et courut tout troublé au secours de son bâtiment en ordonnant à ses hommes de le suivre. Au même instant Montluc fit signe aux siens de se rhabiller au plus vite et de reprendre le chemin du fort.

Je les voyais revenir en courant, pendant que les matelots anglais couraient dans la direction opposée, vers la frégate, et j'avais

peine à comprendre cette double et singulière manœuvre des deux
chefs. Mais tout à coup une grande flamme s'éleva du centre de la
frégate, presque aussitôt suivie d'une explosion terrible. Le *Valorous* avait vécu. Deux ou trois matelots, plus prompts que les autres
à retourner à leur poste, sautèrent en même temps. Les autres et le
midshipman en reçurent quelques éclaboussures.

J'avais fait ouvrir la porte du fort où Montluc le Rouge et ses
compagnons rentrèrent essoufflés, haletants, mais joyeux. On se hâta
de refermer, de barricader et de charger les canons à mitraille.

Le premier mot de Montluc fut : « La pièce a trois actes. Le
premier et le second ont marché supérieurement. Reste maintenant
le troisième... Gare l'assaut ! Ce n'est plus à nous d'attaquer, mais
de nous défendre. »

Il fit distribuer à ses hommes une double ration de bœuf salé
et de jambon, dont il y avait provision dans les magasins du fort,
une double ration de bière et de whisky, fit mettre tous les prisonniers dans une sorte de cachot sombre, mais non malsain, afin de
n'avoir pas à craindre d'ennemi à l'intérieur en même temps qu'à
l'extérieur, et donna l'ordre que personne, sous peine de mort, ne
quittât son poste.

Ayant pris ces précautions, il attendit les Anglais du même air
tranquille et gai que s'il avait dû recevoir la visite d'un ami ou d'un
parent.

Cette confiance avait gagné tout le monde. Charlot et Buffalo qui
venaient de me raconter leurs expéditions et qui n'en étaient pas
médiocrement fiers — Charlot surtout — paraissaient croire que
sous un tel chef rien n'était impossible.

Charlot disait :

« Voyez-vous, mylord Kildare, mon frère, s'il rencontrait le
diable dans un chemin creux, le prendrait par les cornes et le
rosserait, tout diable qu'il est. Tenez... L'an dernier, j'étais à la
chasse avec lui ; nous rencontrâmes deux ours blancs. Naturellement
mon frère voulut prendre le plus gros pour lui et me laisser l'autre.
Mais le gros ne voulut pas et courut sur moi. Je tirai un peu au
hasard parce que j'étais pressé, et je ne pus que le blesser légèrement. Montluc qui, tout en visant le sien, me regardait faire, me
cria : « Viens à moi, Charlot ! » et se dépêcha d'expédier le sien
d'un coup de poignard, car sa carabine, par malheur, était déchargée.
Autre malheur ! Le poignard était engagé si avant dans l'ours qu'il

Une grande flamme s'éleva du centre de la frégate. (Page 128.)

MONTLUC LE ROUGE.

n'eut pas le temps de le dégager. De mon côté je tirais le mien et j'allais m'en servir, mais un ours qui pesait au moins sept cents livres n'avait qu'à se laisser tomber sur moi pour m'étouffer... Encore un pas, et j'étais mort, oui, comme je vous le dis, Kildare, mort, absolument perdu! mais voilà qu'au moment où l'ours allait me saisir, tout à coup mon frère abandonne le sien qui se débattait encore, saisit le mien par le poil de la tête comme on prend un homme par les cheveux, le tire à lui de toutes ses forces et le renverse à demi en arrière. L'ours furieux, comme vous pouvez croire, l'empoigne à bras le corps et tous deux se serraient à perdre la respiration. J'entendais craquer leurs os comme des charpentes agitées par le vent; encore, pour n'être pas mordu par la gueule de son ennemi, mon frère était forcé de la lui relever avec la main gauche. Il ne pouvait donc le serrer que du bras droit. Pendant ce temps je cherchais où enfoncer mon poignard ; mais je n'osais pas, de peur de frapper mon frère, car ils changeaient de place de seconde en seconde. Enfin mon frère, qui vit mon embarras, me dit : « Donne-moi le poignard ! » Je le lui présentai par la poignée. Alors ce fut comme un éclair. Il lâcha l'ours en le repoussant et le faisant reculer de deux pas. Puis, comme l'animal revenait sur lui, il le frappa au cœur d'un coup si épouvantable que l'autre tomba mort sur le dos les quatre pattes écartées... Après, voyant que le second ours cherchait à se relever, quoique à moitié mort, il me dit : « Tiens, Charlot, reprends ton poignard et achève-le, je te le donne. » C'est ce que je fis. »

Et comme je témoignais une juste admiration, Charlot ajouta avec orgueil :

« Voilà comment il est, mon frère ! Aussi nos Canadiens et nos sauvages ont tellement confiance en lui qu'ils vont partout où il va, comme si Dieu lui-même les conduisait. Après mon père, qu'ils ne comparent à personne parce qu'il est le chef et le fondateur de la colonie, ils disent tous que mon frère est le premier des Visages Pâles et le premier des Peaux-Rouges.

— Ah ! dit Buffalo qui nous avait écoutés en silence, c'est le dernier des grands chefs Ériés qui possédèrent autrefois le pays des Grands Lacs. Ils avaient comme lui le cœur intrépide et la main ouverte, mais ils n'eurent pas la sagesse de se défier des Visages Pâles d'Angleterre qui venaient à eux, la bouche pleine de belles et pieuses paroles, les poches remplies de Bibles et de flacons d'eau-de-feu, et le poignard caché dans la main. Mais Montluc le Rouge nous vengera tous ! »

Le vieux Buffalo grinçait des dents en parlant. On aurait cru qu'il avait un couteau à scalper et qu'il allait dépecer son ennemi.

Tout à coup le bruit du tambour se fit entendre à peu de distance. « Voilà l'ennemi ! » s'écria Montluc.

En effet, la garnison du fort, répandue dans la plaine pour faire l'exercice, s'était réunie au bruit de l'explosion du *Valorous*. Un officier avait couru s'informer des causes de ce désastre, et les autres ramenaient en toute hâte leurs hommes au fort, ne sachant quel danger pouvait les menacer.

L'officier qui était allé s'informer de la frégate revint presque aussitôt. Il avait rencontré l'équipage consterné d'un malheur inexplicable, et le midshipman qui s'arrachait les cheveux de désespoir. A cette nouvelle les soldats changèrent de direction, et sous la conduite de leurs chefs allèrent porter secours aux marins du *Valorous*. Mais il n'y avait plus rien à faire. Tout était dispersé, démoli, en miettes. Quand les deux troupes se furent rejointes, le major qui venait de diriger les évolutions du régiment demanda au midshipman :

« Comment donc ce malheur est-il arrivé, Jones?

— Est-ce qu'on peut savoir? répondit le midshipman. Est-ce qu'on sait jamais comment arrivent ces choses-là? C'est le diable qui se mêle de nos affaires.

— Enfin, vous n'étiez donc pas sur la frégate puisque vous n'avez rien vu? reprit le major, qui était un vieux soldat et ne manquait pas de sang-froid.

— Qu'est-ce que ça vous fait, major, répliqua crûment le pauvre Jones fort déconfit, de savoir où j'étais, puisque vous n'êtes pas mon supérieur. Est-ce que je suis obligé de rendre des comptes à un officier de terre? »

Le major allait sans doute répondre vertement, lorsqu'une voix trop connue retentit aux oreilles du midshipman. C'était celle du capitaine Smith, qui venait d'arriver avec ses compagnons et qui, à un quart de lieue de distance, avait été témoin de l'explosion du *Valorous*. Il était plein de colère et soufflait comme un phoque.

« Monsieur Jones, cria le capitaine, si vous ne répondez pas aux questions d'un officier de l'armée de terre (et je reconnais que ce ne serait ni juste ni convenable), vous répondrez peut-être aux miennes.

— Je suis prêt, capitaine, répliqua modestement le malheureux midshipman.

— Monsieur Jones, continua Smith, quel est le gentleman auquel j'ai confié le commandement du *Valorous* pendant mon absence?

— C'est moi, capitaine.

— Monsieur Jones, quel est le principal devoir d'un gentleman commissionné par Sa Majesté et délégué par son chef pour garder un poste en temps de guerre? » Et comme Jones baissait la tête et restait silencieux. « Ne serait-ce pas, continua Smith, de garder ce poste jour et nuit?... » Jones ne bougea pas. « S'il en est ainsi, continua le capitaine Smith, le gentleman qui a manqué à son devoir ne s'expose-t-il pas aux peines qu'on réserve au crime de haute trahison et qui sont mentionnées dans le bill passé sous Édouard III, l'an 1372?

— Capitaine, dit Jones relevant la tête à cette accusation, j'étais absent, c'est vrai; mais d'autres que moi, plus élevés en grade, étaient absents aussi. Je ne suis pas le seul gentleman commissionné par Sa Majesté qui se soit permis... »

Ici la botte était si directe que le capitaine Smith, qui n'avait pas la conscience tranquille, non plus qu'aucun des autres officiers de la frégate, se hâta d'interrompre Jones en disant : « Mon garçon, c'est une fâcheuse affaire, tout le monde a eu des torts. Il faut les réparer de son mieux. Mais, sur mon âme, il n'y a jamais eu malheur plus épouvantable et plus imprévu. Où donc étiez-vous pendant l'incendie?

— Hélas! capitaine, répondit Jones modestement, j'étais descendu de mon bord pour voir une magnifique partie de boxe qui se préparait entre deux vigoureux gaillards...

— Une partie de boxe! s'écria Smith. Je savais bien que la boxe était et sera toujours une tentation de Belzébuth. Puis : « Au moins, dit-il après un moment de réflexion, quel est le vainqueur?

— Je ne sais pas, répondit Jones. Les combattants, les témoins et quelques soldats qui les accompagnaient ont disparu quand on a crié : Au feu!

— C'est singulier, dit le major, personne n'avait parlé de boxer ce matin... Enfin nous les retrouverons sans doute dans le fort... Venez avec nous, capitaine, vous et vos braves marins; nos soldats leur feront place au feu et à la chandelle, en attendant que vous ayez pris une résolution. » Alors les deux troupes se mêlèrent et vinrent, bras dessus bras dessous, jusqu'à deux cents pas environ du pont-levis.

Pour consoler le capitaine du *Valorous*, le major essaya de lui faire quelques questions.

« Avez-vous fait bonne chasse, capitaine? »

L'autre répondit en grognant :

« Je suis poursuivi par le sort, major. Un mauvais gueux d'Esquimau m'avait promis de me conduire dans une vallée de glaces toute peuplée d'ours blancs. Je le suis avec mes officiers et trente matelots bien armés, espérant faire une rafle d'ours. L'Esquimau nous mène dans une grande plaine blanche où l'on soufflait dans ses doigts tout le jour, où, pendant la nuit, pour ne pas perdre toute chaleur vitale, au coin du feu l'on battait la semelle en dormant. Quand nous cûmes fait à peu près soixante lieues, je lui demande si nous approchons. Il répond que nous sommes tout près et que nous allons nous trouver le lendemain vers midi nez à mufle avec les ours. Je le menace, s'il a menti, de cinquante coups de garcette. Il répond que ce n'est pas nécessaire et qu'on peut compter sur lui. Là-dessus, je vais me coucher bien tranquille. Mon Esquimau attelle six douzaines de chiens de son pays qui traînaient nos provisions et nos munitions, fait claquer son fouet et part au triple galop en nous criant toutes sortes d'injures dans la langue de son pays.

— Oh ! dit le major, c'est bien malheureux, capitaine Smith, oui, bien malheureux !

— Plus malheureux que vous ne pouvez croire, major, car le drôle emportait notre dîner; nous nous trouvions à soixante lieues d'ici et nous étions à pied, et nous n'avions même pas ces maudites raquettes du Canada pour glisser sur la neige et la glace.

— Comment avez-vous fait pour retrouver votre chemin ?

— Nous nous sommes servis de la boussole.

— Et pour manger ?

— Oh! ça, c'est autre chose. Les deux premiers jours nous n'avons pas mangé. Le troisième, nous avons trouvé le corps d'un chien abandonné qui était mort de faim. Le pauvre animal n'était ni gras, ni dodu, ni délicat. C'est égal, nous en avons vécu. J'ai eu pour ma part le morceau qui est à l'origine de la queue. Ça n'a pas de réputation ni en Angleterre ni peut-être en France, mais c'est très-bon, je vous assure, même cru, sans sauce et sans sel, quand on jeûne depuis trois jours. Aujourd'hui, qui est le quatrième jour, nous arrivions avec l'espérance de dîner abondamment sur la frégate, et voilà que ce misérable Jones laisse brûler le *Valorous,* qui saute en l'air, de sorte que nous sommes à présent sur le pavé. Et quel pavé! celui de la mer d'Hudson! un pavé de neige et de glace!

— Oh! dit le major, d'un air bienveillant et protecteur, n'ayez aucune crainte pour vos hommes et pour vous, capitaine Smith. Nous avons deux ans de provisions dans les magasins. Pour le moment, je vais vous commander un déjeuner tout à fait dînatoire. »

John Smith le remercia avec effusion.

« N'est-ce pas ainsi, répliqua le major, qu'on doit agir entre amis? N'en feriez-vous pas autant pour moi si je tombais dans le malheur?

— Je tâcherais de faire davantage encore si c'était possible, répondit Smith, mais cela ne m'empêche pas de sentir tout le prix de vos bienfaits.

— A propos, ajouta le major Steingold, la frégate en sautant a dû emporter dans les airs vos habits, votre linge, votre argent...

— Elle a tout emporté, jusqu'à mes trois perruques de rechange, dit Smith. Oh! le diable, quand il s'y met, fait bien les choses! »

C'est ainsi que les deux officiers devisaient philosophiquement en s'approchant du fort. (Vous saurez bientôt comment j'ai pu vous répéter jusqu'au moindre détail de leur conversation.) Le dernier mot de Steingold fut celui-ci : « Je vous promets une soupe à la tortue, dont vous vous lécherez les doigts jusqu'au coude. Mon maître-coq est étonnant dans la soupe à la tortue. »

Tout à coup il leva les yeux sur la porte du fort, qui était fermée, et vit le drapeau blanc fleurdelysé qui flottait au-dessus. Si jamais homme fut étonné, ce fut Steingold.

« Mein Gott! s'écria-t-il, qu'est-ce que c'est que ce drapeau? »

Alors Montluc, qui du haut du rempart observait la plaine, prit la parole et répondit poliment :

« Monsieur le major, c'est le drapeau de Sa Majesté le roi de France et le mien. Saluez! »

John Smith tint conseil avec Steingold.

CHAPITRE XII

Un contre mille.

L'étonnement de Steingold fit bientôt place à la fureur.

« Rendez-vous, canailles, cria-t-il, ou je vous fais passer au fil de l'épée !

— Major, répliqua Montluc, un gentilhomme anglais doit toujours être poli...

— Je n'ai pas besoin d'être poli, reprit l'autre, je ne suis pas Anglais. Je suis le major Steingold, gentilhomme de Westphalie. Rendez-moi la place, ou je vous fais pendre.

— Et toi, dit Montluc, va-t-en, gentilhomme de Westphalie, ou je fais tirer sur toi à mitraille, et si je te prends vivant, je t'emploierai à cirer mes bottes. »

En même temps il fit pointer six canons sur les soldats et les marins qui suivaient Steingold et John Smith. Mais celui-ci, qui avait plus de sang-froid que Steingold et qui d'ailleurs n'avait pas encore de querelle personnelle avec Montluc, leva la main en l'air comme pour avertir qu'il voulait faire une question :

« Monsieur que je ne connais pas...

— Je suis Montluc le Rouge, le fils aîné du baron Annibal de Montluc. »

A ces mots, Steingold parut consterné. Le nom de Montluc le Rouge était si connu et si redouté dans toute l'Amérique du Nord qu'il vit tous ses soldats frémir et le vieux John Smith lui-même froncer le sourcil avec inquiétude. Pourtant il reprit la parole:

« C'est vous, monsieur de Montluc, dit-il, qui venez de brûler ma frégate?

— Apparemment.

— Et vous avez pris le fort?

— Comme vous voyez...

— Qu'est devenu le colonel Boykarentbock?

— Il est en enfer ou en paradis, je ne peux pas savoir. Ses mérites en décideront, je suppose.

— Et le lieutenant-colonel Reitenfels?

— Il a une balle dans le talon. Du reste, il se porte bien et vous fait ses compliments.

— Qu'avez-vous fait de la garnison?

— J'ai tué douze hommes, blessé vingt-quatre. Les dix-sept autres sont prisonniers. Les blessés et les prisonniers sont aussi bien traités que le lieu et mes moyens le permettent. Quant aux morts, si vous voulez les enterrer avec honneur, je suis prêt à vous les rendre.

— Pour brûler la frégate et prendre le fort, dit John Smith avec un profond soupir, combien aviez-vous d'hommes?

— Que vous importe, capitaine Smith? répondit simplement Montluc. Est-ce qu'un brave marin anglais compte ses ennemis?... Nous sommes peut-être quatre, peut-être quarante, peut-être quatre cents, peut-être quatre mille ou quarante mille. Qui le saura jamais, excepté vous, si vous donnez l'assaut?... Eh bien, qu'en pensez-vous? »

John Smith prit Steingold à l'écart et voulut tenir conseil avec lui.

« A propos, reprit Montluc, laissez-moi vous donner un conseil, capitaine Smith.

— A moi? dit l'Anglais se redressant fièrement.

— A vous, capitaine... Vous n'avez pas déjeuné, n'est-ce pas ?

— Monsieur de Montluc, dit le capitaine d'un air assuré, nous avons des vivres pour six mois, et si vous ne rendez pas la place de bonne grâce, nous allons donner l'assaut.

— Vous avez tort, répliqua Montluc. Vous n'avez qu'un moyen de déjeuner, c'est de rendre vos armes, de les déposer en tas à trente pas d'ici, où je les enverrai prendre, et de m'obéir en toutes choses, car sur mon honneur, excepté quelques élans et caribous qui courent mieux que vous, il n'y a pas à deux cents lieues tout autour une livre de viande fumée. Je ne parle pas, bien entendu, des provisions du fort, qui sont immenses, comme je viens de m'en assurer... Rendez vos armes si vous ne voulez pas mourir de faim. »

Steingold se mit à blasphémer comme un païen d'Alger ou de Tétuan... Se rendre ou mourir de faim, pour qui le prenait-on, ce fier gentilhomme ? Pour quelque croquant, sans doute ? surtout il regrettait son déjeuner.

John Smith, homme pieux et pratique, ne jura ni ne blasphéma. Il envisageait la situation d'un œil clair et d'un esprit dégagé de tout préjugé.

Autant que j'ai pu en juger par l'événement, ce brave marin anglais avait un cœur de lion, mais de lion qui n'a pas déjeuné, qui veut périr ou déjeuner à tout prix. Il dit tout bas au major : « Steingold, voilà donc la soupe à la tortue que vous me promettiez ? » L'autre poussa un grognement.

Alors John Smith ajouta : « Camarade, nous sommes aussi malheureux l'un que l'autre et du même malheur ; j'ai perdu ma frégate, vous avez perdu votre forteresse, quitte à quitte.

— J'ai perdu... j'ai perdu..., s'écria l'Allemand... c'est-à-dire que ce n'est pas moi qui ai laissé prendre le fort, c'est le colonel Boykarentbock.

— Absolument comme moi, dit John Smith se mettant à rire ; je n'ai pas laissé brûler le *Valorous* ; mais Jones le midshipman l'a laissé brûler pour moi. Chez vous, c'est le supérieur qui fait des sottises. Chez moi, c'est l'inférieur. Ça revient au même, Steingold, ça revient au même !

— Enfin, pourquoi me parlez-vous de ça ? demanda le Westphalien toujours furieux.

— Pour vous dire, cher ami, que, n'ayant ni pain, ni vin, ni viande, ni bière, ni légumes, ni même eau potable, car il n'y a de puits que dans le fort, il faut donner un assaut désespéré ou périr, ou nous rendre à discrétion, car nous n'avons pas d'autre moyen de déjeuner en cette vie.

— Eh bien, donnons l'assaut. Avez-vous des échelles ?

— Je n'en ai pas, répondit Smith, mais mes braves marins vont en fabriquer tout à l'heure avec les débris du *Valorous*, et alors vous verrez ce qu'ils savent faire, Steingold, vous verrez ce qu'ils savent faire !

— J'ai mieux que ça, répliqua finement le Westphalien ; vous allez voir, Smith. »

En même temps il passa de rang en rang, et donna des instructions secrètes. Nous vîmes les soldats allemands se rapprocher insensiblement du pont-levis. Ils comptaient sans doute se précipiter avant qu'il fût levé, enfoncer la porte à coups de crosse et reprendre le fort par surprise. Comme les soldats allemands se jetaient sur le pont-levis, Montluc, qui d'un air indifférent avait l'œil à tout, cria tout à coup avec son porte-voix : « Feu. »

Les six canons chargés à mitraille partirent en même temps. Monsieur le curé, vous n'avez jamais vu l'effet de la mitraille. Ce fut comme un abatis de têtes et de jambes. Trente ou quarante hommes tombèrent à la fois. Les autres prirent la fuite et ne s'arrêtèrent qu'à cinq cents pas du fort, tout près des débris de la frégate où déjà les marins les avaient précédés, John Smith en tête.

Cette fois les deux chefs s'arrêtèrent pour tenir conseil, et voici leur conversation telle qu'on me l'a rapportée depuis.

« Major, dit John Smith à Steingold, vous êtes un brave homme. Votre idée aurait été bonne si elle avait réussi ; mais...

— Enfin que ferons-nous ? demanda Steingold, car nous ne sommes pas ici pour nous faire des reproches.

— Attention ! répliqua Smith, et se tournant vers ses hommes : Mes enfants, leur dit-il, nous n'avons pas de chance aujourd'hui et la vieille Angleterre ne sera pas contente de nous quand elle saura que nous avons laissé brûler le *Valorous*... Tâchons de réparer ce malheur. Ramassez toutes les haches et tous les cordages que vous pourrez trouver dans les débris du *Valorous* et dépêchons-nous de fabriquer des échelles pour l'assaut, car si nous tardons vingt-quatre heures, avec le froid qu'il fait dans ce chien de pays et la neige qui va tomber, la faim sera terrible. Il n'y a de vivres que dans le fort. Il faut vaincre si nous voulons manger. »

Tout le monde se mit à l'œuvre. Du haut des remparts on voyait ces braves garçons fouiller avec ardeur, ramasser quelques haches, entasser des planches, fendre, scier, percer.

Montluc me prit à part et me dit : « Écoute, Kildare, je puis être tué. » Et comme je me récriais : « Tout le monde peut être tué, reprit-il... Dans ce cas, tu prendras le commandement. En attendant, charge-toi de veiller sur le côté sud de notre forteresse. Je devine que Steingold, qui est un malin, voudra nous prendre par derrière et que John Smith, au contraire, nous fera face avec ses matelots... Enfin l'on nous attaquera des deux côtés opposés et je désirerais me trouver face à face avec John Smith qui est un brave homme et qui a de la réputation.

— Alors tu me laisses le Steingold parce que c'est un gibier inférieur?

— Que veux-tu, Kildare? me répliqua Montluc en riant; je suis commandant en chef et, naturellement, je garde pour moi les meilleurs morceaux... Va, va, tu auras ton tour... Au reste, tu aurais tort de te plaindre. Steingold est une brute, c'est vrai, mais c'est une brave brute, ou, pour mieux dire, c'est un gentilhomme mal élevé comme tu as pu voir, mais qui te prêtera le collet vaillamment... On est aussi brave en Westphalie qu'ailleurs ; le malheur est qu'on ne peut pas se défaire d'une certaine grossièreté naturelle. » Tout à coup il s'interrompit, regarda l'ennemi et me prêtant sa longue-vue, me dit : « Qu'est-ce que j'avais prédit?... Vois-tu par ici le vieux John Smith qui s'avance avec précaution et en s'abritant derrière le talus de neige, mais de face pourtant comme un brave et solide marin anglais qui ne doute pas de la solidité de ses poings et de la pesanteur de sa hache? Vois-tu ces hommes armés de poutres, d'échelles, de marteaux et de cordages, et à l'avant-garde ceux qui étaient avec lui à la chasse des ours blancs et qui n'ont rien mangé depuis deux jours?... Vois comme leurs dents sont longues et tranchantes! Par la barbe de Jupiter, ce sont de hardis gaillards!... »

Et comme je lui montrais une autre troupe plus nombreuse, qui faisait un grand détour à gauche et suivait les sentiers en se baissant pour n'être pas vue...

« Ceux-là, dit Montluc, c'est la troupe de Steingold. Ils vont venir de ton côté. C'est à toi de les bien recevoir. Va prendre le commandement de ton poste.

— Je vais avec M. de Kildare, frère! s'écria alors Charlot.

— Pourquoi?... Reste avec moi. Le père ne sera pas content s'il apprend que tu m'as quitté.

— Avec toi, répondit naïvement l'enfant, il n'y en a que pour toi. Avec M. de Kildare, on peut espérer d'avoir sa part au moins! »

Je ne lui sus pas mauvais gré de sa franchise et je lui tendis la main en disant :

« Charlot, je ne t'en laisserai pas plus que ton frère, tu verras! »

Naturellement, Buffalo suivit son élève, car ils ne se quittaient jamais.

Cinq minutes après l'assaut commença. Chacun de nous étant à son poste et tout prêt à bien faire, le tambour retentit du côté des marins anglais que conduisait le capitaine Smith; et, par une ruse bien naturelle, comme la neige, haute de quinze pieds, où l'on avait tracé des sentiers profonds, les cachait souvent à notre vue, ils en profitèrent pour battre la charge d'un côté et nous étourdir le plus qu'ils pouvaient, pendant que leur troupe serrée en bon ordre s'avançait de l'autre. Mais Montluc l'avait prévu... Que ne prévoit-il pas ?... Ce n'est pas pour rien qu'on l'appelle Montluc le Rouge, car il joint le sang-froid de l'Européen à la ruse innée du sauvage. Montluc, donc, entendant tambouriner d'un côté, regarda de l'autre et vit tout à coup à dix pas du fossé trente-cinq ou quarante carabines qui le visaient. Il n'eut que le temps de se baisser derrière le parapet du rempart. Toute la décharge partit en même temps, et les balles sifflèrent au-dessus de sa tête et allèrent retomber à trois cents pas de là, hors du fort.

Un long hurrah suivit cette décharge. Comme on ne le voyait plus, les Anglais le crurent mort et John Smith, nous croyant désespérés d'un si terrible malheur, s'élança vers le rempart en criant à ses hommes : « Hurrah! mes *boys*, vous venez de faire un beau coup! Montluc le Rouge est mort! Hurrah! Hip! Hip! Hurrah! En avant! Posez les échelles. »

En effet, il semblait qu'il n'y eût plus qu'à placer les échelles, et qu'on ne rencontrerait plus de résistance. Personne ne se montrait sur cette face du rempart, et Montluc, toujours baissé et abrité derrière le parapet, ne commandait que par signes. Du côté des Anglais, on entendait la voix tonnante de John Smith : « Allons, mes boys, faites vite. Grimpez! Ne perdez pas le temps à recharger, servez-vous de vos haches d'abordage et de vos coutelas. »

A ce moment, le pauvre Jones demanda l'honneur de monter le

Montluc se leva tout à coup. (Page 145.)

premier à l'assaut, car il était pressé de réparer sa faute et de venger la perte du *Valorous*.

Le vieux Smith le regarda de travers et lui répondit : « Monsieur Jones, vous n'êtes pas digne de cet honneur, non, vous n'en êtes pas digne ; mais je ne vous empêche pas de vous faire tuer au service de Leurs Majestés le roi Guillaume et la reine Marie, que Dieu garde ! Allez et faites de votre mieux. »

Le jeune midshipman ne se le fit pas répéter. Il saisit la première échelle, en grimpa les échelons plus vite qu'un écureuil et mit le premier le pied sur le rempart en criant : « Hurrah ! pour la vieille Angleterre ! » Mais sa joie ne dura pas une seconde. Montluc, qui l'observait et l'attendait, se leva tout à coup, le saisit à la gorge d'une main, de l'autre le frappa de son épée et le renversa évanoui et blessé dans l'intérieur du fort.

En même temps il commanda : « Jetez les échelles dans le fossé. » Ce qui fut fait sur-le-champ ; mais, comme les échelles étaient hautes, soixante ou quatre-vingts bras ou jambes furent brisés dans la chute, ce qui ralentit l'ardeur des assaillants.

Montluc fit alors feu à mitraille sur les matelots du *Valorous*. Ce fut un véritable massacre qui ne dura pas dix secondes, mais où John Smith vit périr un cinquième de son équipage.

Voyant ce premier malheur, il fit sonner la retraite ou plutôt il abrita ses hommes derrière les talus de neige formés par les sentiers qui sillonnaient la plaine. Dans cet asile, où personne n'avait envie de le poursuivre, il maudissait la lenteur de Steingold, qui aurait dû le secourir et qui avait laissé périr les braves marins du *Valorous*, peut-être pour se réserver à lui seul l'honneur de la victoire. »

Une décharge renversa ce frêle abri.

CHAPITRE XIII

Une rapide victoire.

Dans le même temps ou peut-être cinq minutes plus tard le combat commençait de mon côté. Steingold, comme l'avait deviné Montluc, venait finement me surprendre par derrière. Ce bon West-phalien, rusé comme tous les gens de son pays, croyait que personne ne pourrait soupçonner sa manœuvre. Comme il me dit plus tard lui-même, il avait voulu faire un mouvement tournant.

Ça, voyez-vous, monsieur le curé, c'est le fort et le faible des grands capitaines. Quand ça réussit, c'est leur fort. Quand ça manque, c'est leur faible. Vous allez voir le succès que Steingold eut ce jour-là.

Il faut vous dire d'abord que nous avions ordre de Montluc de ne tirer que quand l'ennemi serait sur le bord du fossé. La raison, c'est que l'effet devait être plus grand, tous nos coups devant porter à cette distance, pendant qu'abrités derrière le parapet, nous donnions peu de prise à l'ennemi.

A vingt pas du fossé le major Steingold, brandissant son épée, cria à ses hommes : « En avant ! en avant ! » et s'effaçait déjà pour les laisser passer, lorsqu'un hasard le força d'attendre un peu et de retarder l'assaut.

Le fort, de ce côté-là, n'avait pas de porte ni de fenêtre, les bâtiments d'habitation étant enfermés à l'intérieur et sans communication avec le rempart. Il fallait donc ou bien faire brèche avec l'artillerie (chose impossible, puisque Steingold n'avait pas de canons), ou tenter l'assaut, comme le capitaine Smith, avec des échelles.

Mais pourquoi vous dirais-je encore, monsieur le curé, comment se passa la bataille ? Vous vous en doutez bien, en nous voyant, Montluc le Rouge et moi, si bien portants et de si grand appétit dans votre presbytère.

En deux mots, je vous dirai que nous essuyâmes six assauts le même jour; que le vieux John Smith fut tué sur le rempart par Montluc lui-même après l'avoir blessé d'un coup de poignard; que Steingold ne fut ni blessé ni tué, mais repoussé avec sa troupe, car nous répondions avec la mitraille des canons aux balles de leurs carabines, et que, voyant leurs munitions épuisées, la nuit qui approchait et sentant la faim qui les dévorait, ils finirent par demander, eux les assiégeants, une capitulation avec les assiégés.

C'est ici, monsieur le curé, que vous verrez la grande et profonde sagesse de mon ami Montluc. Quand l'envoyé du major se présenta, car Steingold, par la mort du capitaine Smith, était devenu le chef des deux troupes, Montluc ne voulut pas accorder d'autres conditions que celle-ci : « Que les Anglais et les Allemands auraient la vie sauve. »

Steingold jura et blasphéma suivant son habitude. (Nous l'entendions du rempart.)

Puis la nuit vint, assez claire comme elle l'est ordinairement dans le voisinage du pôle, mais horriblement froide et pleine des plus tristes réflexions.

Les soldats étant sortis du fort sans bagages, car ils croyaient le matin n'aller qu'à la parade, grelottaient dans leurs habits rouges, même recouverts de peaux d'ours blancs.

Réunis aux marins, ils construisirent à grand'peine une baraque

en bois avec les débris du *Valorous;* mais comme la baraque était
à trois cents pas seulement du fort, Montluc attendit que le feu
fût allumé, que les soldats et les matelots fussent assis ou
couchés tout autour, demi-glacés, affamés, consternés des mal-
heurs du jour et désespérés de ceux qu'ils prévoyaient pour le
lendemain...

Quand il fut bien sûr qu'ils ne demandaient plus, chefs et soldats,
qu'un peu de repos, il fit faire sur la baraque une décharge d'artillerie qui du premier coup renversa ce frêle abri, tua quatre
ou cinq hommes, dispersa le feu et les tisons et mit tout le monde
en fuite.

Comme je blâmais sa dureté, car enfin ces malheureux n'étaient
plus à craindre, ils ne demandaient qu'à dormir, il me répondit :
« Kildare, mon cher ami, je loue ta générosité ; il est bon d'être
généreux quand on est brave ; et moi aussi je serais généreux si
j'avais le temps.

— Comment ! que veux-tu dire : « Si tu avais le temps ? »

— Je veux dire ce que je dis.... Mon père, quand je suis parti,
m'a communiqué des secrets que je dois garder pour moi seul.
Mais sache bien que le salut du Canada dépend d'un retard ou d'une
avance de vingt-quatre heures. Si nous n'avions pas surpris le fort
ou si nous l'avions pris trois jours trop tard, vingt tribus sauvages
avec qui nous avions des traités d'alliance auraient passé aux Anglais, nous croyant perdus. Nous ne recevons rien de France, ni
renforts, ni munitions, ni argent. Nous ne pouvons nous soutenir
qu'à force d'audace. Mon père fait à ses frais la guerre aux Anglais.
Il prête au gouverneur du Canada, M. de Frontenac, un argent que
le roi ne lui rendra jamais. Il le sait, et il en rit, et il dit qu'il aime
mieux que le roi de France soit son obligé que s'il était l'obligé du
roi de France.... Voilà la situation, mon cher Kildare. Il faut que
Steingold se rende avant la fin de la nuit avec toute sa troupe afin
que je puisse partir à dix heures du matin et retourner à la Tour-
Montluc. Mon père m'attend avec impatience pour aller prendre le
commandement des guerriers Algonquins, des Hurons et de tous
nos Canadiens de l'Ouest qui n'obéissent qu'à lui. En son absence il
faut que je garde la Tour-Montluc. Si la maison était vide un seul
instant, ma mère, ma sœur et Lucy courraient de trop grands dangers. Entends-tu maintenant, Donald, et comprends-tu pourquoi
je ne puis pas être généreux aujourd'hui. Ma générosité, mon

bon Kildare, pourrait coûter la vie à tout ce que j'aime en ce monde. »

J'avouai qu'il avait raison et qu'il valait mieux tirer à boulet sur l'ennemi, que laisser périr son père, sa mère, sa sœur. Comme je faisais cet aveu, nous entendîmes sonner de la trompette. C'était l'envoyé de Steingold qui revenait en parlementaire.

Le pauvre garçon avait le nez gelé, les yeux humides, grelottait dans sa peau et claquait des mâchoires. Il était exténué de froid et de faim.

Montluc lui-même en eut pitié et lui fit donner un verre de whisky. Le malheureux remercia et parut ranimé.

« Parlez maintenant, dit Montluc.

— Monsieur, dit l'envoyé, voici un projet de convention que M. le major Steingold vous propose, me charge de vous proposer...

— Voyons.

— Voici, monsieur, les conditions que propose M. de Steingold : Premièrement...

— N'allez pas plus loin, dit Montluc. Se rend-il à discrétion, avec la seule condition d'avoir la vie sauve ?

— Pas tout à fait... Il désirerait...

— Eh bien, dites-lui que je n'accepterai pas autre chose, et partez ! »

Mais le parlementaire ne bougea pas. Il tira de sa poche des pleins pouvoirs et un blanc-seing signé de Steingold.

Montluc se mit à rire et lui dit :

« Mon pauvre camarade, vous faites bien de prendre votre parti tout de suite, car, sur mon âme, vous auriez négocié trente ans sans obtenir de moi autre chose que la vie sauve.... Écrivez ! »

Il dicta, et le parlementaire écrivit et remplit le blanc-seing sous sa dictée.

« Maintenant, ajouta Montluc après avoir signé, vous avez besoin de souper, n'est-ce pas ?

— Oh oui ! s'écria le parlementaire. Sans cela croyez-vous que...

— Que vous auriez rendu les armes ?... Non, je ne le crois pas... Aussi je remercie Dieu, la Sainte Vierge et saint Louis, mon patron, de la protection qu'ils nous ont accordée... Vous, mon ami, allez retrouver M. de Steingold ; dites-lui qu'il fasse reculer sa troupe et les marins du *Valorous* jusqu'à une distance de trois cents pas, sans

C'était un envoyé de Steingold. (Page 150.)

armes. Je vais envoyer des vivres et des couvertures pour vos hommes qui doivent en avoir un terrible besoin. Allez, allez.

— Ah ! monsieur de Montluc, s'écria le parlementaire, vous nous sauvez la vie, car nous mourons de faim et de froid. »

Alors, sans tarder, le régiment allemand et l'équipage du *Valorous* ayant déposé les armes et s'étant retirés assez loin, Montluc fit transporter les fusils, les sabres et les pistolets dans le fort, et fit donner cinq barils de morue salée, de porc salé et de bœuf salé, plus deux mille livres de biscuit, et cinq barils de bière ; mais il refusa d'accorder du whisky.

« Le whisky, dit-il, tournerait la tête à ces pauvres diables et leur donnerait peut-être quelque envie de tenter un nouvel assaut, ce qui serait dangereux, bien qu'ils n'aient plus de fusils ; nous serions obligés d'en tuer une centaine avant de faire entendre raison à tous les autres ; il est des cas où le nombre et le désespoir peuvent suppléer à tout. D'ailleurs, je n'ai pas de temps à perdre. Et maintenant, ajouta-t-il, les officiers commissionnés vont se rendre dans le fort et serviront d'otages. Dans le cas où quelque soldat ou sous-officier manquerait à mes ordres, je le ferai pendre sans rémission, et s'il n'est pas possible de le pendre, je ferai pendre un officier à sa place. »

J'essayai d'adoucir ces conditions. Il me répondit :

« Ami Kildare, la générosité n'est pas de saison. Mes prisonniers sont dix fois plus nombreux que mes hommes. Si je n'avais une verge de fer, ils nous égorgeraient. Je ne veux leur faire aucun mal, mais entre leur vie et celle de mes braves Canadiens, je n'hésite pas ; mon choix est fait. Va dormir. Demain matin à dix heures nous partirons.

— Et toi, ne dormiras-tu pas ?

— Si, quand tu seras debout, à cinq heures, pour commander à ma place. Au reste, je suis tranquille : le vieux Buffalo, qui ne dort que d'un œil et qui entend bramer les cerfs à trente lieues de distance, veille pour nous tous. »

C'est ainsi que nous passâmes la nuit, amis et ennemis. Nos hommes étaient couchés, mais la main sur leurs armes et dormaient, sauf quatre sentinelles placées aux quatre coins du fort. Les Anglais et les Allemands, moins heureux, mais contents d'avoir soupé (car ils avaient craint de ne plus souper jamais), dormaient aussi, sous une sorte de baraque construite avec les débris du *Valorous* et se serraient les uns contre les autres, sur cinq rangs de profondeur, autour d'un grand feu.

Par bonheur une neige épaisse tomba toute la nuit et empêcha le vent du pôle arctique de souffler sur eux, ce qui les aurait refroidis pour jamais.

La baraque n'avait ni cloison ni muraille, mais son toit assez habilement construit par le charpentier et les matelots du *Valorous* les préservait de la neige.

Cette nuit fut terrible et dura longtemps, comme toutes les nuits des régions voisines du pôle, où la lumière du soleil, même réfléchie par la neige, ne surpasse guère celle des vieilles lanternes. Vainqueurs et vaincus nous étions tous fort mal à l'aise, excepté deux : Montluc d'abord, et le vieux Buffalo ensuite. Ceux-là sans doute avaient été faits d'un métal particulier par le bon Dieu et coulés dans un moule que les chrétiens ordinaires ne connaissent pas.

Vers cinq heures, comme je dormais de toutes mes forces, couché près du poêle à côté des autres, je fus éveillé par Montluc qui me toucha légèrement le bras et m'avertit d'aller prendre sa place dans une sorte de guérite placée sur le rempart et d'où l'on dominait toute la plaine.

Pour récréation, j'avais le droit, enveloppé dans une épaisse fourrure, de me promener au pas de charge comme si j'avais voulu attaquer à la baïonnette un ennemi invisible. De temps en temps je me frottais le nez avec de la neige de peur de le laisser geler. Une bouteille de bonne eau-de-vie de France était au fond de la guérite, et toutes les heures une gorgée relevait mon courage.

Ah ! certes, j'étais content d'avoir pris ou aidé à prendre le fort de la baie d'Hudson, ce qui, j'ose le dire, est un exploit auprès duquel pâliraient ceux des Alexandre et des César, mais je ne pouvais pas m'empêcher de songer à mon vieux château de O'Brian-Castle, dans le beau comté de Kildare, où l'on jette pour se chauffer un chêne entier dans la cheminée, et de par les fenêtres duquel on voit les plus vertes et les plus fertiles prairies du monde entier ! Mais je n'avais pas le choix.

Au reste, Dieu, qui nous mène où il veut et par les chemins qui lui plaisent le mieux, avait sans doute décidé de me conduire au bonheur par celui-ci, de sorte que la neige, le froid, les coups de fusil et les marches forcées n'étaient que des moyens détournés de me faire connaître le paradis sur cette terre. Vous allez voir comment.

Vers neuf heures du matin Montluc se leva, fit battre le tambour, mettre notre monde sous les armes et dit : Maintenant, nous allons faire le partage du butin. »

A ces mots les yeux de nos Canadiens, Algonquins ou Français, brillèrent de plaisir. C'est bien naturel, car le roi de France pour qui l'on se battait avait rarement payé la solde, et cependant il faut vivre, n'est-ce pas vrai ? monsieur le curé.

— Assurément, répondis-je, mais dans un pays si sauvage où l'on ne voit que de la glace, en quoi pouvait consister le butin ?

— Monsieur le curé, répliqua en riant lord Kildare, le fort de la baie d'Hudson était rempli de marchandises de grand prix, de peaux de castor et d'autres pelleteries les plus belles et les plus précieuses des deux hémisphères. Nos Canadiens sont des sauvages, mais ce ne sont pas des imbéciles; ils savaient bien ce qu'ils faisaient en marchant avec Montluc à la conquête du fort. En vivres, munitions, fusils, armes de toute espèce, pelleteries, or et argent monnayé, eau-de-vie, bière, whisky et autres marchandises, il y avait environ pour huit ou dix millions de livres tournois.

Le seul argent monnayé valait un quart de cette somme, car les magasins du fort servaient d'entrepôt et de trésor, ou, si vous voulez, de banque à la grande compagnie anglaise qui fait le commerce avec toutes les tribus sauvages, dont l'usage est de se faire payer comptant et d'avance. La grande difficulté, c'était d'emporter ce butin précieux.

Nous en charger nous-mêmes, c'était nous mettre à la merci de nos prisonniers qui n'auraient pas manqué de se jeter sur nous, ayant eux-mêmes les mains libres. L'abandonner ou le brûler était bien dur, car nos braves Algonquins et nos chasseurs canadiens n'avaient pas d'autre récompense à espérer de leur courage.

Montluc réfléchissait.

Le vieux Buffalo s'avança tout à coup et dit :

« Grand chef, trouvé moyen.

— Quel moyen ? demanda Montluc.

— Moyen sûr !... Emporterons tout sans danger.

— Comment ? »

Buffalo sourit.

« Grand chef a promis vie sauve.

— Oui. Eh bien ?

— Grand chef toujours fidèle à sa parole.

— Sans doute.

— Grand chef généreux. Main ouverte comme son père.

— Oui. Après ?

— Grand chef va donner moitié butin aux visages pâles d'Angle-terre et d'Allemagne.

— Pourquoi faire ?

— Pour récompenser visages pâles, qui porteront pour nous l'autre moitié. »

Montluc se mit à rire et me dit :

« Qu'en penses-tu, Kildare ? Comment trouves-tu l'idée de Buf-falo ? »

J'avouai qu'elle était excellente... à condition que nos prison-niers voulussent obéir.

Buffalo sourit.

« Promis vie sauve, dit-il. Pas promis pain, ni viande, ni morue, ni bière, ni whisky, pour manger et boire. Pas promis habits, ni couvertures, ni bois pour se réchauffer. Obéiront prisonniers ou crèveront de froid et de faim. »

Montluc reprit :

« Buffalo est de bon conseil. » Et il fit appeler le baron ou le major de Steingold et le midshipman Jones, seul officier du *Valo-rous* qui eût survécu à l'assaut de la veille.

Le major se présenta d'un air fier et grognon, et attendit en silence les ordres qu'il allait recevoir. Jones ne disait rien non plus, mais il paraissait humilié.

« Monsieur le major, dit Montluc, je veux vous faire une propo-sition.

— Ah ! ah ! dit le Westphalien qui crut qu'on avait besoin de lui et qui voulut se faire valoir, voyons cette proposition, monsieur le baron de Montluc le Rouge.

— Voulez-vous entrer à mon service ? » dit Montluc.

L'autre fut si étonné qu'il n'en croyait pas ses oreilles, quoi-qu'elles fussent grandes, bien ouvertes et disposées par la nature en forme de contrevents.

« Monsieur le baron, dit-il, je n'ai pas bien entendu, sans doute ? Il n'est pas possible que...

-- Au contraire, major Steingold, c'est tellement possible, que c'est vrai. Je vous propose d'entrer à mon service.

— Oh ! s'écria Steingold indigné. Au service de Sa Majesté le roi de France, voulez-vous dire, et dans ce cas on pourrait réfléchir.

— Non, non, à mon service, au service de Montluc le Rouge, ici présent et qui vous parle en ce moment même. »

L'Allemand se redressa et dit :

« Jamais !

— Tant pis, répliqua Montluc. C'est malheureux pour vous. Avez-vous bien soupé cette nuit ?

— Euh ! le strict nécessaire, pas davantage !

— Avez-vous encore quelques provisions ?

— Trente livres de biscuit à peu près.

— Combien vous reste-t-il d'hommes ?

— Quatre cent vingt-trois.

— Bien... »

Montluc compta sur ses doigts.

« Une livre, c'est seize onces. Trente livres, c'est quatre cent quatre-vingts onces. Vous avez donc, vos hommes et vous, un peu plus d'une once de biscuit par tête, ou, si vous préférez, par bouche. Et ce sont de grandes bouches que vos bouches allemandes, des bouches qui s'ouvrent comme pour enfourner, comme des portes de four. Eh bien, en ménageant cette provision de biscuit, vous pouvez attendre la fonte des glaces de la mer d'Hudson. Avant trois mois, quelque vaisseau anglais, averti de votre détresse, viendra vous secourir et vous apporter des vivres.

— Mais, dit Steingold, est-ce que les provisions du fort sont épuisées ?

— Au contraire : j'ai de la viande, du poisson, du vin, de la bière, du whisky et du biscuit pour nourrir et abreuver ma troupe pendant cinq ans au moins.

— Eh bien ?

— Ma troupe, major, mais non la vôtre. Quand vous avez capitulé, je vous ai promis de ne pas vous tuer, et vous voyez que je tiens ma promesse. Mais je n'ai pas promis de vous nourrir, Dieu merci ! Cela me mènerait trop loin.

— Mais vous partez ?

— Oui.

— Que ferez-vous de vos provisions ?

— J'emporterai les unes et je brûlerai les autres.

— Oh ! s'écria Steingold indigné. Laisser perdre tant de bonnes choses...

— Quand tant d'honnêtes Allemands ont faim et soif, ajouta Montluc en riant. C'est un crime n'est-ce pas ? »

Steingold réfléchit un moment et finit par dire :

« Monsieur le baron, si vous faites cela, Dieu vous punira dans le ciel et sur la terre.

— Je serai puni, répliqua Montluc, mais je le ferai, mon cher major ; vous avez promis de me pendre, et moi, j'ai promis de vous faire cirer mes bottes. Le moment est venu de voir qui des deux tiendra sa promesse.

— Mais enfin, continua Steingold, qu'entendez-vous par entrer à votre service, monsieur le baron ?

— Rien que de simple et de facile, major. Vous, personnellement, vous cirerez mes bottes tous les matins au lever du soleil, vous allumerez le feu, vous ferez la soupe, vous brosserez mon manteau, mon chapeau, ma peau d'ours, vous serez poli, dévoué, respectueux comme un bon domestique..

— Alors, s'écria Steingold, vous comptez que mes soldats et moi nous allons être vos domestiques ?

— Oui, si vous voulez manger et boire.

— Jamais ! dit Steingold.

— Comme il vous plaira, major. »

Le Westphalien allait sortir du fort quand Montluc le rappela.

« J'oubliais, major, de vous dire deux choses : l'une, que vos soldats et vous, vous emporterez notre butin sur vos épaules ; l'autre, c'est qu'il y aura des gages.

— Des gages, à moi ! cria von Steingold de Westphalie.

— Aimez-vous mieux qu'il n'y en ait pas ? demanda Montluc avec sa tranquillité ordinaire... A votre aise, major.

— Jamais ! Jamais ! Plutôt mourir de faim ! » dit Steingold.

Il passait le pont-levis, mais, par réflexion, il rentra dans le fort et demanda : « Monsieur le baron, en quoi consistent ces gages ?

— Je vous donnerai, dit Montluc, la moitié de ce que vous emporterez sur vos épaules, outre les vivres et les provisions. »

A cette réponse, Steingold ne répliqua qu'en fermant la porte d'un air farouche et allant rejoindre sa troupe.

Montluc regarda l'heure à sa montre et dit : « Il est dix heures, Steingold est un homme régulier et bien discipliné qui dîne à midi tous les jours. Regarde bien, Kildare, il viendra vers midi moins le quart. »

Il se trompait d'un grand quart d'heure, car Steingold arriva, comme on verra tout à l'heure, quand il n'était encore que onze heures vingt-cinq minutes. »

On prit le chemin de la Tour-Montluc.

CHAPITRE XIV

Où la petite troupe reprend le chemin de la Tour-Montluc.
Étranges nouvelles et étrange messager.

Aussitôt que Steingold fut parti, Montluc se tourna vers le jeune midshipman et lui dit :

« A votre tour, monsieur. Vous êtes le commandant du *Valorous ?*

— Oui, monsieur, répondit tristement Jones. Tous mes chefs ont été tués dans l'assaut. Je suis le seul officier du bord.

— La fortune est journalière, monsieur Jones, reprit Montluc. Vous êtes jeune; un autre jour vous prendrez votre revanche. En attendant, il faut imiter Steingold et m'aider à transporter mon butin...

— Jamais ! dit Jones.

— Vous aussi !... Eh bien, comme il vous plaira. Je ne veux forcer personne. Liberté, *libertas !* Si vous mourez de faim, ce sera votre faute. Remarquez bien, Jones, que je vous fais des conditions plus honorables qu'à cet insolent Steingold. Vous ne cirerez pas mes bottes, vous... Aussi n'avez-vous pas menacé de me faire pendre.

— Monsieur, dit Jones, mes compagnons les braves marins du *Valorous* et moi, nous ne sommes pas des bêtes de somme... Nous aimons mieux rester seuls et sans ressources dans ce désert glacé que de subir des conditions déshonorantes.

— Vous avez raison, Jones, dit Montluc après un instant de réflexion, et vous parlez en homme d'honneur, mais vous m'embarrassez beaucoup. Vous laisser ici est impossible ; ce serait vous enterrer vif. Je vais faire sauter le fort et brûler tout ce que je n'emporterai pas. Vous donner des vivres, c'est vous fournir le moyen de rebâtir le fort, ce qui rendrait mon expédition inutile... Ma foi, je vais vous rendre la liberté ; je vous donnerai trois haches pour que vous puissiez abattre du bois pour vous chauffer, et des ours, des élans ou des coyottes pour vous nourrir. Après cela, que Dieu vous garde ! Je ne vous veux pas de mal, mais vous êtes vraiment trop entêté ! »

Le jeune midshipman le remercia d'un air joyeux, reçut pour deux jours de vivres destinés à sa troupe, qui n'était plus que de soixante-dix hommes, et partit dans la direction du lac Supérieur, vers le grand Ouest, dont on ne connaît pas encore les limites. Comme les marins du *Valorous* n'avaient de quoi manger que pour deux jours, ils sont peut-être morts de faim et de froid avant la fin de la semaine. Montluc n'en a plus eu de nouvelles. Quant aux bons Allemands de Steingold, ils ne se firent pas prier. On les chargea de toutes sortes de provisions et de marchandises, l'or et le whisky exceptés, qui furent réservés aux Canadiens et aux Algonquins, et l'on prit lentement le chemin de la Tour-Montluc et du lac Érié.

Mais auparavant on avait fait sauter le fort avec tout ce qu'il contenait et qu'on ne pouvait pas emporter ; on avait jeté à un endroit de la baie d'Hudson, profond de plus de trois mille pieds, toute l'artillerie ; enfin Montluc avait pris toutes les précautions possibles pour que les Anglais ne pussent trouver que des cendres ou des débris informes à la place de leur ancien entrepôt.

Ici Beaupoil prit la parole, pendant que lord Kildare vidait son verre.

« Monsieur, dit-il en le regardant avec des yeux brillants de curiosité et d'avidité, combien est-ce qu'il y avait d'or et d'argent dans le trésor des Anglais ? »

Je voulus arrêter cette question indiscrète, mais il était trop tard.

Lord Kildare répondit :

« Deux millions cinq cent mille livres tournois, mon garçon, pas davantage ; ou si tu préfères la monnaie anglaise, cent mille guinées ; ou si tu aimes mieux l'espagnole, deux cent cinquante mille pistoles...

— Et, sans vous commander, continua Beaupoil enhardi, combien chacun de vos hommes eut-il pour sa part ?

— Eh bien ! gronda Marion, ne dirait-on pas que tu veux entrer dans ce métier-là ?...

— Pourquoi pas, s'il est bon ? répliqua fièrement Beaupoil. Le fils de mon père vaut bien un autre homme, je pense !

— Il en vaut même deux, répliqua Marion, pourvu que ce soient deux fameux nigauds !

— Marion ! s'écria Beaupoil irrité.

— Beaupoil ! »

Pour mettre la paix dans le ménage, je dis avec autorité :

« Marion, allez barder le chapon de lard. »

Ce qui sépara les combattants.

Beaupoil répéta sa question. Il voulait avant tout savoir si chacun des soldats de Montluc avait fait fortune ; mais il fut bien affligé d'apprendre que, pour ne pas charger d'argent ses poches, on avait dû confier à chacun des Allemands mille écus d'argent, dont ils devaient restituer une moitié en arrivant à la Tour-Montluc, et garder seulement le reste, qui leur servirait à payer le prix du passage et du retour en Europe. Quant à la monnaie d'or, qui n'était que de vingt-quatre mille guinées, Montluc en avait donné cinq cents à chacun de ses soldats et des sauvages qui l'avaient suivi, réservant deux mille guinées pour les familles des deux hommes qui avaient été tués dans l'assaut du fort.

— Et les deux mille autres guinées ? demanda Beaupoil. M. de Montluc le Rouge les garda sans doute pour lui ? »

A ces mots le jeune gentilhomme, qui regardait avec attention une carte de la Nouvelle-France et du Mississipi qu'il avait apportée, leva la tête et dit :

« Beaupoil, la curiosité te perdra ! »

Mais lord Kildare répondit :

« Pourquoi ne veux-tu pas qu'il sache ce que tu fais?... Ces deux mille guinées furent ma part de butin, et, ma foi, depuis mon départ d'O'Brien-Castle, je n'avais jamais été en fonds comme ce jour-là; car Sa Majesté le Roi de France ne paie pas régulièrement ses troupes, il s'en faut !

— Mais lui, M. de Montluc? est-ce qu'il ne garda rien?...

— Pour argent de poche? dit l'Irlandais. Est-ce qu'on a besoin d'argent de poche quand on a des lacs, des prairies, des terres et des forêts, et que pendant cent cinquante lieues on peut se promener sans sortir de ses domaines?

— Ah ! dit Beaupoil en terminant, si M. de Montluc voulait me prendre à son service, je le suivrais bien volontiers ! »

Mais ce fut une inspiration du démon, car Marion, qui, loin de barder de lard son chapon, écoutait finement derrière la porte, entra furieuse et lui dit :

« Beaupoil, tu ne partiras pas !

— Je partirai si je veux, répliqua Beaupoil, et je ne partirai pas si je ne veux pas !

— Eh bien, je te suivrai ! »

Cette menace effraya Beaupoil.

Pour mettre fin à leur querelle renaissante, je les obligeai de sortir, et je priai lord Kildare de continuer son récit.

« Me voilà arrivé, monsieur le curé, au moment le plus doux et le plus solennel de ma vie. Mais, avant tout, il faut que vous sachiez d'abord pourquoi je vous raconte notre histoire et nos aventures comme à un vieil ami... Nous avons beaucoup causé de vous cette nuit avant de nous endormir, Montluc et moi, et nous avons des projets sur vous...

— Quels projets?

— Vous les connaîtrez tout à l'heure. Vous nous plaisez, vous nous convenez, votre hospitalité nous a séduits et charmés ; enfin vous êtes l'homme qu'il nous faut, et c'est Dieu même, j'en suis sûr, qui vous a placé sur notre route.

Pour revenir à notre expédition, nous étions tout près du lac Ontario, à vingt-quatre heures de distance environ, lorsque, à mon grand étonnement, nous reçûmes d'étranges nouvelles de la Tour-Montluc, et par un messager non moins étrange que les nouvelles. Devinez quel fut le messager.

« Un sauvage, sans doute ?

— Un sauvage ! pas du tout. L'être le plus doux, le plus beau, le plus vaillant qui fit jamais partie des vivants sur cette terre, — j'entends de ceux qui marchent à quatre pattes et qui sont nos amis dévoués... Viens ici, Phœbus, viens, tu as entendu M. le curé de Gimel qui t'appelle sauvage. Il a tort, il le reconnaîtra de lui-même tout à l'heure. Il ne faut pas lui en garder rancune. Quand il te connaîtra mieux, il t'aimera comme nous t'aimons... Tu m'entends bien, Phœbus ? »

Le grand chien de Terre-Neuve, aussi gros et aussi fort qu'un lion , aussi agile qu'un cerf, aussi gracieux qu'un chat, se leva debout sur ses pattes de derrière, appuya ses pattes de devant sur les épaules de lord Kildare, le regarda fixement et doucement comme un ami regarde un ami, et sur un geste de mylord se tourna vers moi et vint me caresser à mon tour. Je lui rendis ses caresses avec plaisir.

« Maintenant, dit le lord, vous êtes de la famille, monsieur le curé, et ce n'est pas un petit honneur, je vous assure, car dans la famille de Montluc il n'y a que des êtres beaux, vaillants et bons, et l'on ne fait presque aucune distinction entre les quadrupèdes et les bipèdes. Le vieux baron de Montluc dit souvent que c'est à ces trois signes qu'on reconnaît les créatures élues de Dieu, quel que soit leur rang dans la création, et le Père Fleury, qui est le meilleur et le plus saint des hommes, avoue lui-même qu'il ne sait qu'en penser.

D'ailleurs, ajouta-t-il, Notre-Seigneur Jésus-Christ avait bien assez à faire de recommander la fraternité aux hommes. Et encore il n'y a pas trop réussi ; car voyez comme on s'égorge sur toute la surface du globe, non-seulement entre païens et chrétiens, mais encore entre chrétiens. Avant de nous donner le superflu, Notre-Seigneur a voulu d'abord nous recommander le nécessaire. Qu'en penses-tu, Montluc, qui sembles rêver dans ton coin et n'être jamais à la conversation ?

— Je pense, répliqua M. de Montluc, aux douces et divines paroles de saint François d'Assise qui, se promenant dans la campagne, s'écriait en écoutant le chant du rossignol et de la fauvette : « Petits oiseaux, mes frères... » Mais va, mon ami, continue ton histoire et la nôtre, et celle de notre ami Phœbus. Après, je ferai à M. le curé de Gimel la proposition dont je t'ai parlé. »

M. de Kildare reprit son récit :

« Un matin donc, au milieu d'une clairière, pendant que notre

petite troupe marchait lentement, tout occupée d'escorter nos prisonniers qui pliaient eux-mêmes sous le poids des bagages, j'étais
à l'avant-garde, entre le vieux Buffalo, qui nous servait de guide à
travers les forêts, et le jeune Charlot, frère de Montluc, qui, suivant
son instinct vagabond, précédait de cent pas tous les autres et de
temps en temps venait nous rejoindre, lorsque Buffalo s'arrêta court
comme s'il eût entendu quelque chose et dit : « Phœbus ! »

Charlot avait prêté l'oreille et n'entendit rien encore. Mais Buffalo
reprit :

« Phœbus ! à une lieue d'ici ; nous a reconnus ; aboie ; vient au
galop. »

En effet, quatre ou cinq minutes plus tard Charlot entendit l'aboie-
ment et courut au-devant du chien, qui lui-même fendait l'air comme
une flèche et qui vint reconnaître son ami.

Rien ne pourrait vous exprimer, monsieur le curé, la joie de
Phœbus et de Charlot. Phœbus aboyait, Charlot criait et riait.
L'enfant serrait dans ses bras le chien qui le serrait dans ses
pattes.

Cela dura bien quelques instants, pendant lesquels on fit halte,
ce qui n'ennuya personne, je vous assure, car nous étions bien
fatigués. Montluc, qui se tenait à l'arrière-garde pour forcer les
traînards à marcher, accourut à la tête de la colonne et reconnut
Phœbus.

A sa vue, le bon chien, après lui avoir sauté au cou, s'assit gravement sur son derrière, et de sa patte droite de devant frotta son collier armé de pointes de fer pour avertir que quelque chose le
gênait.

Montluc défit le collier et trouva dans l'intérieur un billet, puis il
l'agrafa de nouveau, et Phœbus, content d'avoir fait sa commission,
regarda son maître d'un air attentif, comme un aide de camp qui a
rempli une mission importante et qui attend la réponse de son
général.

Montluc lut ce billet, appela le vieux Buffalo et nous dit :

« Voici l'ordre de mon père.

« La Tour-Montluc, 15 octobre 1636.

» Graves nouvelles !

» Six mille Anglais en marche sous le commandement de Robert
Carroll, gouverneur de Boston. Le fort Richelieu est pris, Montréal

Montluc lut ce billet. (Page 166.)

est menacé. L'entrée du Saint-Laurent est fermée par les glaces. Nul secours à espérer de France. Québec manque de vivres. Fermes partout ravagées et brûlées. M. de Frontenac me supplie de le joindre.

» Vainqueur ou vaincu, viens à l'anse du Renard, sur le lac Ontario. Si tu as des prisonniers, laisse à lord Kildare le soin de les conduire. Je t'attendrai cinq jours. Je serai seul avec deux de nos Canadiens, les deux frères Carréguy. J'ai laissé le père avec ses trois autres fils à la Tour-Montluc pour ne pas exposer ta mère, ta sœur et Lucy à un coup de main. J'y ai laissé aussi trente hommes de garnison. Pour moi, je puis aller seul. Depuis les grands lacs jusqu'à Québec, il n'y a pas un homme assez hardi pour mettre la main sur moi.

» ANNIBAL DE MONTLUC. »

» *P. S.* Pas de nouvelles certaines des Iroquois. On dit qu'ils ont rejoint les Anglais et que tous ensemble marchent sur Québec. Cependant le Père Fleury a confiance en eux, et moi j'ai confiance dans le Père Fleury. Et si quelque malheur devait frapper notre maison, mon fils, c'est à toi de veiller sur tous.

» Je t'envoie ce billet par Phœbus, qui est le plus agile, le plus vaillant et le plus sûr des aides de camp. Il se fera tuer s'il le faut et surtout, s'il est pris, il ne révélera rien, car il n'est pas bavard.

» Ta mère t'envoie mille baisers pour Charlot et deux mille pour toi. Charlot n'a qu'un tiers de ses caresses, étant parti malgré ses prières. Moi je vous aime tous deux. Quant à Lucy et à Athénaïs, comme elles ignorent le départ de Phœbus et le mien qui vont se faire de nuit afin qu'on l'apprenne le plus tard possible en pays ennemi, elles n'écrivent rien, elles vous attendent de pied ferme en faisant chaque matin des vœux ardents et des neuvaines pour ton heureux retour et celui de tes compagnons. »

Montluc déchira la lettre en cent petits morceaux que le vent emporta au loin, puis il se tourna vers Phœbus et lui dit : « C'est bien, mon ami. Je porterai moi-même la réponse. Va dîner en attendant. »

Et en effet le pauvre Phœbus en avait besoin. Il venait de faire cent lieues à pied, ce qui est aussi fatigant pour les chiens que pour les chrétiens, et même davantage, car ils usent leur peau au lieu

d'user les semelles de leurs bottes. Il avait dîné en passant d'un renard et d'un coyotte, ou du moins Buffalo, qui est un fin connaisseur
en ces matières, avait cru en reconnaître la trace autour de sa
gueule. Comme le fit très-justement observer Charlot, Phœbus n'a-
vait pas tous les matins sa serviette attachée autour du cou pour
dîner en ville comme le chien de M. Dubois, huissier audiencier
mais malhonnête, et bourgeois économe. Il s'essuyait donc rarement
les lèvres après le repas... Vous l'excuserez, monsieur le curé,
si vous songez qu'il était quadrupède, né à Terre-Neuve, île où l'on
ne trouve que des morues sans éducation, et qu'il n'avait jamais vu
la cour.

Phœbus ayant donc profité de la permission pour dîner copieuse-
ment, — car Charlot eut soin de lui comme d'un frère, — Montluc
dit à Buffalo, qui était son conseiller intime, à l'intrépide Pied-
de-Cerf, qui commandait aux Algonquins et qui ne jurait que par
lui, et à moi, son successeur désigné :

« Mes amis, il faut doubler l'étape et venir avec moi jusqu'à l'anse
du Renard. Mon père nous donnera ses ordres. Je vois au ton de
sa lettre qu'un danger terrible menace la colonie tout entière. Sans
cela rien n'aurait pu le déterminer à quitter ma mère et ma sœur,
qui sont elles-mêmes entourées d'ennemis. »

Puis, rassemblant ses prisonniers, il dit à haute voix :

« Nous allons partir au petit trot. Nous ferons deux lieues à
l'heure. »

La plupart se récrièrent. Ils tombaient de fatigue.

Montluc reprit sans s'émouvoir :

« J'ai promis la vie sauve. Je n'ai pas promis de vous nourrir.
Quiconque s'arrêtera sera abandonné sans nourriture et sans armes.
Ces forêts sont pleines de loups affamés dont vous avez entendu les
hurlements et qui nous suivent à la piste. A vous de voir si vous
voulez les attendre. »

Alors, et sans débrider, après que chacun eut mangé et bu de
toutes ses forces, on reprit, en faisant deux lieues à l'heure, le chemin du lac Ontario.

Les pauvres prisonniers allemands pliaient sous le poids des bagages ; ils soufflaient comme des marsouins en pleine mer ; ils
étaient rouges et couverts de sueur, malgré un froid terrible. Quant
à nos Canadiens et aux braves Algonquins nos alliés, on eût dit, à
les voir courir sur la neige glacée, qu'ils étaient, non pas des hommes

à demi gelés, mais des poissons nageant dans l'eau, tant ils étaient habitués aux courses forcées et à ce rude climat.

 ' Vers dix heures du soir nous arrivâmes à l'anse du Renard, où le vieux baron Annibal de Montluc nous avait donné rendez-vous... Phœbus nous avait précédés avec Charlot et Buffalo, car ces trois amis se séparaient rarement et semblaient avoir le même goût pour les aventures et les courses lointaines.

Pied-de-Cerf sonna de la trompe.

CHAPITRE XV

Le major Steingold perd son procès. — Le Père Fleury et les Iroquois

Nous fûmes très-surpris en arrivant, reprit M. de Kildare. Au lieu de trouver le baron Annibal de Montluc tout seul avec deux hommes, comme il l'avait annoncé, nous vîmes un camp de sauvages et des feux innombrables. J'en eus même quelque inquiétude ; mais Montluc me rassura.

Pied-de-Cerf, notre ami l'Algonquin, sonna de la trompe. Aussitôt on lui répondit du camp.

« Ce n'est rien, me dit Montluc : ce sont nos amis les Algonquins. Mais qu'est-ce qui a pu amener là ces braves gens ? Mon père voulait venir seul. »

Au même instant le vieux baron de Montluc, qui nous attendait sur le bord du lac, nous vit arriver et fit trois pas en avant pour nous recevoir.

Après les premiers embrassements, Montluc le Rouge dit :
« Mon père, je vous ai fait attendre.

— Cinq jours seulement, répondit le vieux baron, et je craignais
d'attendre bien davantage ; mais, comme tu vois, je n'ai pas perdu
de temps. J'ai fait avertir nos amis les Algonquins que j'avais besoin
de leurs services. Ils sont venus avec empressement et les voilà...
Monsieur de Kildare, je suis heureux de vous revoir. Charlot m'a
dit que vous aviez très-bien fait dans l'affaire du fort d'Hudson. Je
n'attendais pas moins de vous et du sang des O'Brian qui coule dans
vos veines. »

Ce compliment me transporta d'aise, mais je n'eus guère le
temps de répondre, car, sans perdre une minute, il se fit raconter
toute l'expédition, approuva l'ensemble, blâma quelques détails et
en particulier l'imprudence que son fils avait eue de charger Charlot
et Buffalo de l'incendie du *Valorous*... De quoi Montluc le Rouge
s'excusa modestement sur l'indomptable témérité de Charlot...

Cela fait, le vieux baron dit d'un ton de commandement : « Dor-
mez. Vous partirez à cinq heures du matin. Les Algonquins vont
garder les prisonniers. »

Alors le major von Steingold, qui depuis notre départ de la baie
d'Hudson n'avait pas soufflé mot et avait au contraire rempli avec
exactitude les modestes fonctions que Montluc le Rouge lui avait
confiées, s'avança vers le vieux baron Annibal, le salua et dit :

« Monsieur le baron, je viens me plaindre à vous.

— De qui ?

— De votre fils ! »

Annibal le regarda de côté et appela Montluc le Rouge.

« Maintenant, dit-il, parlez ! »

Le major Westphalien reprit :

« Il m'a traité d'une façon indigne, monsieur le baron, d'une
façon qui déshonore en ma personne la noblesse allemande tout
entière. »

Et il expliqua que Montluc l'avait forcé de cirer ses bottes depuis
douze jours.

« Vraiment ! dit le vieux baron. Et pourquoi ? »

Alors Montluc le Rouge expliqua qu'avant l'assaut Steingold
l'avait menacé de le faire pendre s'il ne capitulait pas.

Le baron fronça les sourcils.

« Et enfin, demanda-t-il encore, est-ce à coups de bâton, à coups de fouet ou de quelque autre façon qu'il vous a forcé de cirer ses bottes?... Comment s'y prenait-il enfin?

— Il avait défendu qu'on me laissât manger avant que les bottes fussent cirées.

— Et vous avez obéi?

— Comment aurais-je pu désobéir dans un pays où l'on ne voit que de la neige et de la glace?...

— Eh bien, Steingold, rendez grâce à la douceur de mon fils et à sa générosité, car si vous m'aviez fait, à moi, la menace que vous lui avez faite, non-seulement vous auriez ciré mes bottes pendant un mois, mais je vous aurais fait pendre ensuite. »

A ces mots le pauvre Steingold frémit et se retira suivi du vieux Buffalo, qui lui dit pour le consoler :

« Major trop bête. Langue trop longue. Éviter le *Grand-Ours-Noir*... (C'est le nom que les sauvages du Canada donnent au vieux baron de Montluc.) Main ouverte et pleine de présents pour l'ami, *Grand-Ours-Noir*. Épée nue, poing fermé pour l'ennemi. Généreux toujours, mais pas pardonneur. Et dur comme fer, tranchant comme acier. »

Je ne m'arrêtai pas à écouter les autres exhortations de Buffalo, qui s'amusait, je crois, à redoubler la frayeur du Westphalien, et sur un signe du vieux baron Annibal, j'allai le rejoindre avec son fils. Là nous tînmes conseil ou plutôt il nous donna ses ordres.

Il dit d'abord à son fils : « Je suis content de toi, Rougeot... (C'était son mot d'amitié.) Tu as mené ta troupe vite et bien. C'était nécessaire d'ailleurs, car autour de nous tout s'écroule. Le Roi n'envoie pas de renforts. Le ministre Ponchartrain écrit à M. de Frontenac, gouverneur de la colonie, qu'il compte sur son courage et ses talents administratifs et militaires. Frontenac à son tour lève les épaules, m'envoie la dépêche et m'écrit qu'il n'a plus d'hommes ni d'argent, qu'un parti de trois cents miliciens a été surpris et battu par l'armée anglaise, que la moitié de ces pauvres gens ont péri après un combat terrible, que le reste a été pris et conduit à Boston, où d'ailleurs ils sont bien traités. Il ajoute qu'il n'a plus d'espérance qu'en moi et qu'il faut lui donner tout, même des armes et de l'argent... Tu vas donc partir...

— Seul, mon père?

— Non, avec M. de Kildare.

— Pour Québec?

— Non, pour la Tour-Montluc. Tu verras ta mère, ta sœur et Lucy. Tu les embrasseras, tu prendras cinq cent mille livres en onces d'or d'Espagne, de celles qui me viennent du fameux galion que j'ai pris autrefois à l'Amirauté de Castille et que le défunt cardinal Mazarin voulait me voler comme un grigou sicilien qu'il était. Tu porteras cela par eau, à Québec, avec deux cents fusils, de ceux que tu as pris dans le fort. Les autres resteront dans notre arsenal pour armer nos amis algonquins dont la plupart n'ont que des flèches.

— Mais vous, mon père?

— Ne t'inquiète pas de moi. Je reste avec mes sauvages et tes prisonniers, que je vais conduire moi-même à trente lieues de Boston. De là je proposerai l'échange de nos malheureux miliciens.

— Mais, monsieur le baron, osai-je dire, nos prisonniers sont trois fois plus nombreux que ceux des Anglais... La partie n'est pas égale.

— Mylord Kildare, répondit-il, vous ne connaissez pas nos miliciens. Chacun d'eux, pour la sobriété, la force, l'agilité, l'adresse à manier les armes vaut quatre de ces Allemands mercenaires, et quant au courage, il n'y a personne qui les surpasse, si par hasard quelqu'un les égale, ce que je ne crois pas... nos Canadiens! Est-ce que vous ne les avez pas vus le jour de l'assaut? Le marché sera excellent pour nous et les Anglais le feront avec plaisir, le croyant meilleur encore pour eux-mêmes.

— Mais qui gardera le fort de Catarocouy en mon absence?

— Votre lieutenant... Pour vous, en mon absence vous garderez la Tour-Montluc et vous serez amiral et général en chef sur le lac Érié, en attendant mon retour et celui de mon fils... Cet arrangement vous convient-il? Montluc le Rouge se charge de le faire agréer à M. de Frontenac. »

Ah! certes, oui, l'arrangement me convenait. Il faisait même mon bonheur, et je me flattais d'avance du plaisir de raconter aux dames mes exploits et ceux de Montluc. Mais j'étais bien loin de prévoir ce qui m'attendait là.

Le lendemain, de grand matin, nous prîmes congé du baron Annibal, qui, de son côté, nous laissa emmener les hommes qui nous avaient suivis jusqu'à la baie d'Hudson et partit du côté de Boston avec ses prisonniers, que les Algonquins avaient en quelques minutes dépouillés de tout, excepté des vêtements les plus indispensables, et attachés avec des cordes pour les mener en laisse comme des chiens.

Peu s'en fallut même que les pauvres Allemands, étant sans armes,. ne fussent massacrés par leurs nouveaux gardiens ; mais le vieux Montluc s'y opposa, non sans me dire : « Je ne suis pas fâché de ce début. Il faut faire peur à ces gens-là pour les faire marcher, et j'ai besoin d'aller vite. »

Quant à Montluc le Rouge, il était si pressé lui aussi, mais pour d'autres raisons, d'arriver au but du voyage, qu'il ne nous donna pas un instant de repos et que, soit par terre, soit par eau (les uns ramant pendant que les autres se reposaient), nous fîmes cent lieues en trois jours et nous mîmes pied à terre dans l'île de la Tour-Montluc, à neuf heures du matin, le quatrième jour.

Comment nous fûmes reçus, monsieur le curé, je n'ai pas besoin de vous le dire. Montluc le Rouge surtout, car les trois dames l'embrassèrent fort et ferme, sous prétexte qu'il était leur fils, leur frère et leur fiancé. Le vieux Carréguy lui-même, un Basque qui avait quatre-vingts ans et qui gardait le château et surveillait le lac en l'absence du baron Annibal, se jeta dans les bras de Rougeot (il l'appelait du même nom que son père) et lui dit tout haut : « Le fils vaudra le père. C'est tout ce que peut faire un chrétien, car le *Grand-Ours-Noir*, voyez-vous, c'est un homme qui n'aura jamais eu son maître dans la nature, et si le Roi savait ce qu'il fait, c'est lui qu'il aurait nommé Gouverneur du Canada, et les affaires marcheraient autrement, je vous en réponds, mes enfants ! »

A quoi mon ami Montluc répondit en riant et en l'embrassant à son tour : « Père Carréguy, les fils n'ont jamais valu les pères en aucun temps et en aucun pays ; mais nous ferons de notre mieux, tes fils et moi, pour en approcher. »

Et alors on se mit à table tous ensemble dans la grande salle, et Mᵐᵉ de Montluc la mère fit les honneurs de sa maison comme la plus noble femme d'Europe ou d'Amérique aurait pu faire. Elle me fit asseoir à sa droite entre elle et sa fille, qui daigna me sourire en apprenant de Montluc lui-même que j'avais fait très-bien mon devoir pendant l'assaut de la baie d'Hudson.

Le Père Fleury dit le *Benedicite*, fut servi le premier, comme il convenait à son âge et au crédit qu'il avait dans la colonie, où l'on n'avait pas moins de respect pour lui que pour un évêque, et nous fit raconter nos aventures, Montluc s'en acquitta avec modestie pour lui-même et toutes sortes de compliments pour moi, de sorte qu'il fut reconnu dès ce jour-là et sur son témoignage que j'étais,

moi, Donald O'Brian, comte de Kildare, un guerrier redoutable....
Et, ma foi, si modeste qu'on soit, cela fait toujours plaisir quand
il y a des dames. Qu'en penses-tu, Beaupoil? »

Le bon Beaupoil s'était glissé de nouveau dans ma chambre, se
faisant petit pour n'être pas remarqué et ne gêner personne, et
prêtant l'oreille aux récits de M. de Kildare.

« Je pense, mylord, dit le pauvre garçon, que M. le baron de
Montluc et vous, ma foi, vous en valez bien à vous deux une trentaine d'autres. Hier au soir, quand j'étais aux prises avec les loups,
vous leur avez travaillé terriblement les côtes. »

Alors Marion, entra et cria :

« Laisse donc parler M. de Kildare au lieu de nous dire ce que
tu penses, comme si tu pouvais penser quelque chose, excepté ta
panse, homme pansu ! »

Ici elle s'interrompit pour rire aux éclats de sa propre plaisanterie.

Alors Beaupoil baissa la tête, et lord Kildare reprit :

« Malgré la joie de se revoir et qui était égale des deux parts, les
convives ne paraissaient pas sans inquiétude. Le Père Fleury racon-
tait des histoires qu'on n'écoutait presque pas, et lui-même était
préoccupé. Il attendait quelque chose. A la fin, comme il s'était levé
pour regarder le lac, Charlot, qui s'était levé en même temps que lui,
mais qui, étant plus jeune, avait des yeux meilleurs, s'écria : « Je
vois la fumée. »

C'était assez difficile, car nous étions à trois lieues du rivage ;
mais je pris la lunette marine et j'aperçus en effet, à trente pas à
peu près l'un de l'autre (autant du moins qu'on pouvait le distinguer de si loin), trois grands feux allumés sur une même ligne.

Alors le Père Fleury leva les mains au ciel et dit d'une voix cassée,
mais forte encore : « Dieu soit loué ! Carréguy, faites-moi préparer
une barque. Je veux aller là-bas. »

On voulut le retenir, mais il insistait, lorsque nous vîmes tout à
coup un bateau se détacher du rivage opposé et venir à nous en faisant force de rames. Ce bateau portait trois sauvages.

« Ce sont mes amis les Agniers, dit le Père Fleury. Ils m'ont
tenu parole et viennent me l'annoncer. La colonie est sauvée.

— Je savais bien que sa négociation avec les Iroquois ne nous
serait pas inutile, me dit Montluc. Tu vas en voir les effets. »

Quelques instants après les trois Iroquois débarquèrent. C'étaient trois guerriers de haute taille et d'aspect imposant. Chacun d'eux avait son tomahawk sur l'épaule, son couteau à scalper et six chevelures suspendues à sa ceinture, sa carabine en main. Ils traversèrent majestueusement la salle, saluèrent à la manière iroquoise Mme de Montluc et demandèrent à parler à Montluc le Rouge et au Père Fleury. Ceux-ci se retirèrent dans un coin, m'appelèrent à eux et firent sortir tout le monde, excepté les dames, auxquelles d'ailleurs ces farouches sauvages ne firent pas plus attention que si elles n'avaient jamais existé.

« C'est donc pour ça, interrompit Beaupoil qui s'était glissé dans la chambre pendant le récit, qu'en France on appelle Iroquois les gens sans politesse qui ne savent pas se conduire avec les dames et qui leur font des misères.

— Précisément ! répliqua lord Kildare. Enfin mes trois Iroquois, invités par le Père Fleury et par mon ami Montluc, s'accroupirent sur leurs talons, et nous nous assîmes, nous, à terre ; après quoi le plus âgé des trois prit la parole.

« Père des Prières, dit-il (c'était le nom du Père Fleury parmi les sauvages), je viens t'annoncer un grand malheur... »

Il s'interrompit pour étudier sur le Père Fleury et sur Montluc l'effet de ses paroles, mais Montluc le Rouge garda l'air riant que vous voyez, ce qui est aussi naturel sur sa figure que le vent sur la mer. Quant au Père Fleury, il répondit avec calme :

« Que la volonté de Dieu soit faite en toutes choses ! Sa main s'étendra sur ses serviteurs pour les protéger et leur donner la victoire quand le moment sera venu. »

Pour moi, j'imitai de mon mieux la belle contenance de mes deux compagnons, mais je n'étais pas rassuré et je craignais que la colonie n'eût subi quelque nouveau désastre du côté de Québec, que je savais menacé et presque sans défense.

L'Iroquois, satisfait sans doute du sang-froid de Montluc et du Père Fleury continua :

« C'est malgré nous que la guerre a commencé. Nous ne désirions que la paix, mais les Visages Pâles, dont le Grand-Esprit sans doute a troublé la raison, ont voulu s'exterminer. Deux mille cinq cents ont péri et sont enterrés aujourd'hui sur le bord du grand fleuve.

« Deux mille cinq cents ! » s'écria miss Lucy, effrayée.

« Mon mari en est-il ? » demanda Mme de Montluc, à qui Mlle Athénaïs répliqua d'un air que rien ne peut exprimer, tant on y voyait d'orgueil tranquille et assuré de la victoire :

« Est-ce que mon père se laisserait tuer ! »

Montluc le Rouge, sans rien dire, attendit l'explication de l'Iroquois, qui continua :

« Le Grand-Ours-Noir n'en était pas. Son tour n'était pas venu sans doute. »

Puis, redoublant de gravité, il ajouta :

« Ces Visages Pâles sont des Anglais, et il n'y a pas eu de bataille. Nous l'avions promis au Père des Prières, et jamais un guerrier des six nations iroquoises n'a manqué à sa promesse !

» Voici ce qui s'est passé : Les six nations iroquoises avaient promis d'envoyer trois mille guerriers au secours des Anglais pour prendre Québec et tuer tous les Français jusqu'au dernier. Les six nations ont tenu leur parole. Nous nous sommes arrêtés sur le bord de la rivière Richelieu, nous pour chasser, les Anglais pour attendre des vivres, car ces Visages Pâles ne comptent pas sur le Grand-Esprit pour se nourrir, mais sur des magasins remplis de viande, de pain et de whisky. Nous étions campés sur le haut de la rivière et les Anglais à une lieue plus bas. Quatre jours après, une peste s'est déclarée dans le camp des Anglais, et a duré dix jours. Après quoi tous ceux qui vivaient encore ont repris le chemin de Boston. Pendant ce temps, deux mille cinq cents ont péri, c'est-à-dire un tiers de l'armée.

— Et combien des vôtres? demanda Montluc le Rouge, qui écoutait cette histoire avec une attention singulière.

— Pas un, répondit l'Iroquois. Le Grand-Esprit protége ses enfants rouges. Père des Prières, nous t'avions promis que les Anglais n'iraient pas jusqu'à Québec. Tu vois que nous avons tenu notre promesse.

— Vous avez bien fait, » dit le Père Fleury.

Et comme je voulus demander ce qui avait causé la peste, il me ferma la bouche d'un mot : « Mon fils, c'est la volonté de Dieu, dont les voies sont impénétrables. »

Il fallut se contenter de cette explication, l'Iroquois n'ayant pas voulu en dire davantage et le Père Fleury ne paraissant pas curieux. Quelques jours plus tard, nous apprîmes la vérité par Buffalo qui était allé chercher des renseignements. Les Iroquois avaient, à force d'y jeter des cadavres d'animaux tués à la chasse, empoisonné une

Ils demandèrent à parler au Père Fleury. (Page 179.)

petite rivière qui bordait le camp anglais et où ces malheureux puisaient l'eau. De là un horrible typhus qui fit périr le tiers de leur armée et mit pour quelque temps le reste hors de combat. Le Père Fleury, qui soupçonna quelque chose de cette ruse abominable qui pouvait passer pour trahison, se garda bien de prendre des informations qui n'auraient ressuscité personne et qui pouvaient nous aliéner les Iroquois [1].

Ayant terminé son récit, le grave sauvage, qui paraissait un des orateurs les plus distingués de sa nation, jeta un collier devant le Père Fleury et conclut :

« J'ai dit. »

Puis il ralluma sa pipe et les deux autres suivirent son exemple.

Le Père Fleury alluma la sienne à son tour, réfléchit un moment et répliqua :

« Mon fils le Rusé-Coyotte (c'était le nom de l'Iroquois) a parlé comme un sage. Il a rendu avec ses frères un grand service à la colonie. Veut-il que je le réconcilie avec son père Ononthio Frontenac, le gouverneur de Québec ? »

Le Rusé-Coyotte secoua gravement sa pipe, la vida complétement, la bourra, l'alluma de nouveau, en tira douze ou quinze bouffées en regardant le lac Érié, consulta de l'œil ses compagnons et répondit :

« Ce n'est pas nécessaire. C'est dans notre intérêt que nous avons agi, et non dans celui des Français ou des Anglais. »

Alors le Père Fleury n'insista pas davantage et le silence recommença.

C'est alors que je crus bien faire et assurer des alliés précieux à la colonie en disant :

« Le gouvernement sera heureux de vous rendre service à son tour. »

Le Rusé-Coyotte alluma une sixième pipe et dit :

« Mon frère, le visage pâle d'Irlande a mal parlé. Les six nations n'attendent rien d'Ononthio Frontenac ni de personne. Les Iroquois sont nés libres, veulent vivre et mourir libres. Ils n'acceptent rien de personne, pour n'être pas reconnaissants. La reconnaissance est une chaîne. J'ai dit. »

---

1. L'empoisonnement d'une armée anglaise par les Iroquois est un fait historique, raconté par le Père Charlevoix dans son *Histoire de la Nouvelle-France*.

J'allais répliquer, mais Montluc le Rouge prit la parole :

« Mon frère le Rusé-Coyotte a parlé sagement. Il ne faut rien accepter de personne. »

Puis s'adressant à moi :

« Kildare, tu goûteras bien sans doute un peu de ma vieille eau-de-vie de France qui nous est arrivée le mois dernier. »

Au mot « de vieille eau-de-vie de France », les Iroquois, qui s'étaient levés pour prendre congé, se rassirent. Leurs yeux étincelaient comme des charbons ardents au milieu de la nuit.

Mᵐᵉ de Montluc fit apporter trois bouteilles et six verres. Le Père Fleury s'excusa sur son âge et ne goûta point cette liqueur excellente. Montluc et moi nous y touchâmes à peine. Mais nos trois Iroquois vidèrent en peu de temps les trois bouteilles.

« Voilà, dit Montluc en les voyant ivres-morts, comment on séduit ces guerriers farouches.

— Voilà comment on les corrompt ! s'écria le Père Fleury.

— Aimez-vous mieux, demanda Montluc le Rouge, qu'ils reçoivent leur eau-de-vie des Anglais et qu'ils viennent ensuite, par reconnaissance pour leurs bienfaiteurs, brûler nos fermes et nos villages, massacrer les femmes et les enfants, faire enfin la besogne des hérétiques et des païens idolâtres et abolir sur ce continent jusqu'au nom de la Nouvelle-France ? »

A quoi le Père Fleury ne répliqua rien.

Les dames tenaient le gouvernail.

CHAPITRE XVI

Une partie de chasse. — Sur le dos d'un élan.

» Deux heures plus tard, nos Iroquois s'embarquèrent ou plutôt furent embarqués avec des présents, dont le plus précieux était une petite caisse contenant trois pintes d'eau-de-vie, qu'ils promirent de boire à la santé du Grand-Ours-Noir, comme ils appelaient le vieux baron de Montluc.

Aussitôt après, je pris, suivant l'ordre de Montluc le Rouge lui-même, le commandement de l'île et du lac Érié tout entier. Quant à lui, il fit pour le lendemain ses préparatifs de départ, embarqua cent cinquante fusils avec des munitions, plaça au fond du bateau les deux cent mille livres en or que son père avait ordonné d'apporter au gouverneur de Québec et, pour nous distraire, proposa une promenade sur le lac.

Comme nous étions en temps de paix, les dames voulurent en

être et Montluc s'y prêta volontiers. Nous prîmes chacun un canot, Athénaïs monta dans le mien et Lucy dans celui de Montluc. Lui ramait et moi aussi. Les dames tenaient le gouvernail. Charlot lui-même voulut être de la partie avec Buffalo, Mme de Montluc et le vieux Carréguy, qui, malgré son grand âge, n'était pas le moins robuste et surtout le moins habile pilote de nous tous.

On s'arrêta pour pêcher aux flambeaux à l'embouchure d'une petite rivière qui vient tomber dans le lac Érié, à deux lieues de la Tour-Montluc, et où les saumons sont aussi communs que les goujons dans vos rivières de France ; mais comme l'heure n'était pas encore venue (il fallait attendre la nuit), on débarqua quelques provisions et l'on soupa gaiement.

Le Père Fleury, qui n'avait pu partir en même temps que nous, étant occupé à convertir quelques Algonquins, vint à son tour dans son canot, que conduisaient deux Canadiens vigoureux, et, pour nous amuser et faire attendre plus patiemment la nuit, il nous fit le récit de quelques-unes de ses courses au milieu des sauvages, où il avait, terminait-il en soupirant, cent fois échappé le martyre.

« Alors, lui dit Montluc le Rouge en riant aussi, vous n'espérez plus devenir martyr ?

— Hélas non ! à mon âge !... Songe donc, mon enfant, j'ai quatre-vingt-dix ans passés ! » Et, comme il vit que cette pensée attristait tous les assistants, il ajouta : « Au lieu de m'exhorter à demeurer toujours sur cette terre, ce qui ne dépend ni de vous ni de moi, mais de la volonté de Dieu, vous devriez, mes chers enfants, me chercher d'avance un successeur.

— Jamais de la vie ! s'écria Montluc. Jamais de la vie ! Et d'abord qui est-ce qui pourrait nous marier, Lucy et moi, si vous veniez à nous quitter ?

— Oh ! personne ! dit Lucy en riant. J'aimerais mieux ne pas me marier du tout.

— Ah ! répliqua Mlle de Montluc, ça, c'est trop de zèle, ma chère Lucy. Mon frère ne t'en demandait pas tant ! Il faut aimer ses amis, mais non pas aux dépens les uns des autres. Le Père Fleury lui-même ne le trouverait pas bon. »

Alors Montluc s'écria qu'Athénaïs avait bien raison et qu'elle avait plus de sagesse dans son petit doigt que Lucy, que lui-même Montluc le Rouge, et même que Donald O'Brian, comte de Kildare, qui ne disait rien, mais qui sans doute pensait les plus belles choses du monde et qui ne voulait pas s'interrompre pour causer avec de simples mortels.

Il croyait rire et ne se trompait pas. Je regardais Mlle de Montluc, sa mère, son frère, ce grand lac d'un vert d'émeraude, ces îles fertiles, où l'on ne voit encore que des arbres, de l'herbe, des daims, des chevreuils, des élans ou des caribous paissant en liberté. Je pensais à ce vieux baron, chef d'une race illustre, qui, chassé de sa patrie, condamné à mort, était venu là, l'épée à la main, avec quelques compagnons intrépides, chercher la liberté, et qui s'était fait un fief plus grand que trois provinces, qu'il gouvernait avec la triple autorité du magistrat choisi par ses concitoyens à cause de son équité, du héros qui défend ses amis et lui-même, et du citoyen qui porte au loin les armes et la gloire de sa patrie, et qui prépare pour l'avenir des nations nouvelles. Je pensais à ce vieux prêtre qui ne possédait rien sur la terre, — rien si ce n'est une croix de bois, — qui prêchait aux sauvages les plus féroces la loi du Christ : « Aimez-vous les uns les autres, » et qui donnait l'exemple, qui marchait seul, sans armes et sans peur au milieu de vingt nations ennemies, ayant toujours devant les yeux les supplices les plus horribles, qui rêvait, pour toute récompense, le martyre, et que la protection du Seigneur couvrait partout comme d'un bouclier, ne le défendant pas des coups, des blessures, des tortures les plus atroces et les moins méritées, mais de la tristesse et du découragement, lui promettant le ciel pour récompense, mais le faisant attendre.

Je voyais encore mon ami Montluc le Rouge, — un ami de six semaines, que je croyais avoir aimé avant ma naissance, — le fils du vieux baron Annibal, l'élève du Père Fleury, né au confluent de deux races illustres en France et au Canada, comme l'Ohio, la plus belle rivière de l'Amérique du Nord, naît au confluent de l'Alleghany et du Manongahela, le premier des Blancs par son père et le premier des Peaux-Rouges et des Blancs par sa mère, redouté de ses ennemis comme la foudre du ciel, adoré de ses amis et suivi dans la bataille avec une confiance aveugle comme Areskoni, qui est le dieu de la guerre chez les sauvages, et qui déjà m'avait sauvé une fois la vie, comme en se jouant, et je pensais, au fond de mon âme : Reverrai-je jamais O'Brian-Castle et le vert comté de Kildare ? Serai-je toute ma vie un proscrit errant et malheureux, sans famille, sans toit et sans amis, quand ceux-ci m'ouvrent les bras et m'accueillent comme un frère ?

Et alors, ces réflexions et d'autres encore que je ne vous dirai pas, monsieur le curé, parce qu'elles conviennent mieux à mon état qu'au vôtre, et le désir de fonder une nouvelle famille, une nouvelle race des O'Brian et un nouveau comté de Kildare, une nouvelle patrie dans les forêts sans fin du Nouveau-Monde et d'y attirer tout le peuple catholique d'Irlande, me suggérèrent un projet dont je vous parlerai bientôt.

Lord Kildare en était là de son récit, lorsque M. de Montluc se leva et dit :

« Monsieur le curé, il fait soleil. Pendant que mon ami Donald vous raconte notre histoire et ses sentiments intimes, dont il faudra que vous soyez instruit tôt ou tard, je vais, avec Phœbus, voir si la neige commence à fondre et si nous serons bientôt en état de partir. Car la mission que j'ai reçue du roi est pressée, et nous partirons aussitôt qu'il sera possible. » Puis se tournant vers Beaupoil : « Toi, dit-il, viens avec moi. Tu me montreras le chemin de Tulle, et emporte ta carabine, comme je vais emporter la mienne. On ne sait pas ce qui peut arriver. Nos loups d'hier voudront peut-être prendre leur revanche.

— Ah ! monsieur de Montluc, dit Marion, élevant la voix, ne l'emmenez pas, je vous en prie, on prenez-en bien soin. Mon pauvre Beaupoil se perdra dans la neige.

— Je vous le ramènerai, je vous en donne ma parole, répondit Montluc le Rouge en riant.

— Toi, Marion, s'écria Beaupoil irrité, si tu ne fermes pas ton bec, si tu continues de dire du mal de moi, si tu passes ta vie à me déshonorer par tes discours comme par ta paresse, je donnerai ma démission de mari et je t'abandonnerai ici toute seule avec ma mère. Vous aurez la vie éternelle pour vous disputer, car monsieur le curé te lâchera, aimant mieux convertir des sauvages et des anthropophages que de t'entendre, matin et soir, piailler et quereller un homme qui vaut cent fois mieux que toi, je m'en vante. »

Cette menace apaisa ou épouvanta Marion, je ne sais lequel des deux, mais la fit taire, et permit à Beaupoil de partir sans obstacle avec M. de Montluc et Phœbus. Alors elle descendit à la cuisine et me laissa seul avec M. de Kildare, qui reprit son récit en ces termes :

Nous causions gaiement, comme vous venez de voir, pensant à l'avenir, à la vie future, au paradis, où chacun sans doute espérait trouver sa place un jour, lorsque Charlot, que toutes ces choses ennuyaient, se leva tout à coup et dit à sa sœur :

« Athénaïs, veux-tu venir avec moi? Je vois que Phœbus s'agite, cherche quelque chose avec son nez, remue la queue, me regarde comme pour me dire qu'il a trouvé quelque gros gibier... Certainement il y a quelque chose ou quelqu'un dans le voisinage. Je ne sais pas qui ni quoi, mais il y a quelqu'un assurément.

— Si c'était un ours? » dit la mère.

Et elle voulut les retenir. Montluc le Rouge voulait les accompagner ; mais l'un et l'autre refusèrent ; Charlot surtout.

« Tu nous ennuies, dit l'enfant. S'il venait un ours, tu voudrais le tuer, tu ne manques jamais ton coup, tu ne me laisserais rien à faire. C'est insupportable à la fin. Il n'y en a que pour toi. »

Athénaïs dit à peu près la même chose. Mais comme la mère insistait d'un air d'autorité et comme je m'étais levé en même temps que Montluc, il fut convenu que je pouvais accompagner Charlot et Athénaïs.

« Avec M. de Kildare du moins, ajouta Charlot, il y a des chances de bien faire. »

Quoique ce mot ne fût pas trop obligeant pour moi, le désir ardent que j'avais de les suivre me fit passer par-dessus cette petite blessure d'amour-propre.

Quant à Montluc, il me dit en riant :

« Kildare, je te les confie. Athénaïs est de seconde force au tir à la carabine. Quant à Charlot, s'il prenait le temps de viser, il serait un tireur parfait, mais il est toujours trop pressé. Souviens-toi de réserver ton coup pour le dernier moment et pour tirer à bout portant ; car, si vous veniez à rencontrer un ours, la partie serait dangereuse. »

Munis de ces instructions, nous partîmes tous les quatre, car je compte aussi Phœbus, qui, je dois l'avouer, était suivi de nous plutôt qu'il ne nous suivait. Il s'écartait à droite, à gauche, dans les bois, dans les bruyères, dans les éclaircies où les sauvages avaient campé ; mais, bien différent de nous, qui marchions au hasard, il paraissait suivre une piste déterminée et chercher un gibier que son instinct lui avait depuis longtemps fait connaître. Charlot le suivait, l'encourageait, l'excitait, le retenait, le lançait ou croyait le lancer, et faisait avec lui mille détours à travers la forêt. Pendant ce temps, je marchais à côté de Mlle de Montluc.

Monsieur le curé, je ne suis pas né éloquent, Dieu le sait. J'ai laissé cela aux avocats et à tous ceux qui en vivent. Cependant je puis parler à mon tour quand c'est nécessaire, et même je parle très-passablement, au dire des connaisseurs, cinq langues différentes, dont la première est la langue celtique, celle que parlaient les anciens Gaulois, et que parlent encore les Bretons et tous les vrais Irlandais. Je suis d'une force moyenne en latin. Je parlerais l'anglais comme ma langue maternelle si je voulais, mais je ne veux pas, de peur de ressembler à ces Anglo-Saxons.

Enfin je parle le français comme vous voyez, c'est-à-dire très-passablement. En tout cas, je me fais comprendre, ce qui est l'essentiel. Eh bien, croiriez-vous qu'avec tant de talents et de manières de dire des choses aimables à tout le monde, je ne trouvai pas un mot à prononcer quand je me vis seul ou presque seul avec Mlle de Montluc au milieu de la forêt, car Charlot et Phœbus étaient parfois si loin qu'on aurait pu les croire absents, si l'on n'avait entendu, de temps en temps, le cri de l'un et les joyeux aboiements de l'autre.

Pourquoi ne trouvais-je rien à dire? Je n'en sais rien. Mais j'étais muet comme une tanche hors de l'eau. Ce silence dura bien un bon quart d'heure. Quand la jeune demoiselle vit que je ne disais rien, elle prit la parole, et d'une voix claire et pure comme le cristal :

« Mylord Kildare, y a-t-il longtemps que vous avez quitté l'Irlande?

— Six ans, mademoiselle. »

Cette question me fit grand plaisir, car elle soulevait le poids énorme de silence qui pesait sur ma poitrine, et me rendait la vie et le souffle en même temps.

Mais elle ne borna pas là sa curiosité, la belle Athénaïs. Elle voulut savoir si le comté de Kildare était un beau pays.

« Assurément, mademoiselle, et le plus beau de l'univers.

— Plus beau que notre Canada, alors? »

Je répondis qu'il m'était impossible de croire qu'un pays où elle vivait ne fût pas le plus beau pays de la terre.

Alors elle se mit à rire, et demanda si O'Brian-Castle, le château de mes pères, était aussi le plus beau de tous les châteaux.

« Après celui de la Tour-Montluc dans le lac Érié, oui, mademoiselle. »

Alors elle demanda combien de tours avait le château, combien de fenêtres ou de lucarnes avait chaque tour, combien aussi de corps de logis, s'il y avait une belle salle des gardes, des armures, des épées, des lances, des arquebuses du temps passé, ce que je regrettais le plus après mon père et parmi les tenanciers des O'Brian.

Je répondis à tout, heureux de voir qu'une aussi belle personne, la sœur de mon meilleur ami, prît tant d'intérêt à toutes mes affaires. Elle ne borna pas là ses questions et me demanda si j'avais eu des chevaux et des chiens, et si je les avais aimés.

Je lui dis que j'avais eu, non pas un ou deux chiens, mais toute une meute de soixante lévriers d'Écosse, qui remplissaient jour et nuit de leurs aboiements tout le comté de Kildare.

A quoi elle répliqua ceci : qu'avoir soixante chiens c'était n'en avoir aucun, que le chien était l'ami le plus intime de l'homme, et qu'on ne peut pas avoir soixante amis intimes ; que d'ailleurs on ne saurait qu'en faire si on les avait.

Elle ajouta que si le comté de Kildare entendait jour et nuit les aboiements de mes chiens, je devais être un voisin gênant pour le bourgeois et insupportable pour les paysans...

Quand je vis le peu de succès qu'avaient mes chiens, j'essayai de parler de mes chevaux, et je racontai (ce n'était que trop vrai) l'infâme volerie des Anglais qui m'en volèrent quarante en un seul jour, parmi lesquels cinq étalons de grande race.

Elle me plaignit sincèrement et demanda :

« Qui vous les a volés ?

— Les soldats de l'usurpateur qui se fait appeler le roi Guillaume. Un seul m'est resté, que j'appelle Black-Eye, l'*Œil noir*, sur lequel j'ai chargé cinq fois le sabre à la main l'infanterie anglaise et allemande à Steinkerque. Ah ! le bon Black-Eye ! Il saute par-dessus des murs de six pieds de haut comme si c'étaient de simples mottes de terre.

— Vous me le ferez voir ! demanda mademoiselle de Montluc. Je veux le comparer avec le mien qui est dans l'île des Cerfs à une demi-lieue de la Tour-Montluc ; nous verrons qui des deux saute le mieux.

— Black-Eye est un Irlandais de pure race.

— Oui, mais mon Esplandian est un genet d'Espagne pour qui la montagne, la plaine et la vallée, c'est tout un... et doux avec cela, docile, charmant, qui me connaît, qui mange dans ma main, qui me regarde avec des yeux profonds, et qui ferait six lieues à l'heure si j'en avais besoin !

— Oui, mademoiselle ; mais Black-Eye... »

Comme nous en étions là, Charlot, sans parler, nous fit de loin signe de nous arrêter et rappela du geste Phœbus.

J'examinai avec soin l'amorce de ma carabine. Mˡˡᵉ de Montluc en fit autant pour la sienne et nous attendîmes en silence.

Charlot venait à nous, se glissant dans les hautes herbes et suivi de Phœbus, qui semblait avoir compris ou plutôt signalé qu'il se passait quelque chose de grave dans le voisinage.

La forêt où nous étions et que traverse la rivière à l'embouchure de laquelle nous avions campé, était composée, comme la plupart des forêts du Canada, de chênes deux fois plus hauts et plus gros que ceux de France, parce qu'ils sont pour la plupart contemporains de Notre-Seigneur Jésus-Christ. Parmi ces chênes s'élèvent des hêtres plus grands encore, et parmi les feuilles desquels, dans les beaux jours, se glissent mille rayons de soleil. A terre, au pied des chênes et des hêtres, qui sont fort écartés les uns des autres, se trouve un gazon épais que broutent les cerfs, les daims, les élans, les chevreuils et toutes les bêtes de la forêt. Dans les clairières, les herbes ont presque la hauteur de l'homme. Vous voyez d'ici, monsieur le curé, le lieu de la scène. Il faut que vous sachiez encore que nous n'étions pas à plus de cinq cents pas du lac où la rivière a son embouchure. Ceci vous fera comprendre la tragédie.

Charlot, dès qu'il fut à cinquante pas de nous, se redressa, car il était jusque-là courbé parmi les hautes herbes et nous cria :

« Attention ! Garde à vous ! Les voilà ! »

— Qui ? »

Mais Charlot ne répondit pas ; il était trop occupé à mettre en joue un objet invisible. Mˡˡᵉ de Montluc me fit à son tour signe de regarder à l'ouest, du côté de la forêt, et me montra deux beaux élans qui venaient lentement à nous, comme deux philosophes, et qui prêtaient le flanc à Charlot.

L'élan, monsieur le curé, est un animal aujourd'hui fort rare et dont la race couvrait autrefois l'ancien continent. C'est un quadrupède, un mammifère, un plénicorne, un cousin du cerf et par conséquent de la biche, et qui leur ressemble, mais ses andouillers sont plus courts, plus larges et plus forts. Quant à sa taille, c'est celle d'un grand cheval normand. Pour courir, il est sans égal. Pour frapper avec ses andouillers (ou, si vous préférez, ses cornes), il dépasse de bien loin le taureau le plus sauvage et, de ses pieds de devant, il briserait une enclume. Quant à le devancer au galop, aucun animal ne peut l'espérer. Très-doux du reste, mais terrible quand on l'attaque.

Les deux élans venaient à nous au petit trot sans être émus des aboiements de Phœbus et sans nous voir.

Tout à coup M{{lle}} de Montluc épaula sa carabine, visa lentement, et allait faire feu sur le plus grand des deux lorsque Charlot la prévint et tira sur le premier, sur l'autre élan. Alors, sans viser davantage, elle tira à son tour.

Pour moi, suivant la recommandation de Montluc le Rouge, j'avais réservé mon coup et j'attendais, le doigt sur la détente, l'effet du premier choc.

Les deux animaux furent touchés, mais de façons différentes. La balle de Charlot brisa par le milieu l'un des andouillers du plus petit élan, qui paraissait être une femelle et ébranla l'animal, comme aurait pu faire un vigoureux soufflet.

Au fond cependant il n'était pas blessé, mais l'affront qu'il venait de recevoir le rendit furieux. Il se tourna du côté de Charlot et le chargea si impétueusement que l'enfant, qui n'était d'ailleurs qu'à soixante-dix ou quatre-vingts pas de l'ennemi, n'eut pas le temps de charger sa carabine, ni même de se mettre en défense.

Je ne pouvais pas davantage venir à son secours, car j'étais moi-même occupé ailleurs comme vous allez voir, et certes j'avais besoin de toute ma force et de tout mon sang-froid.

Mais bon sang ne peut mentir. Il était de trop bonne race pour se troubler. Avant tout, comme il vit bien qu'il n'était pas de force à soutenir le choc, il pensa à faire le tour du tronc d'un gros chêne pour laisser passer l'élan, car celui-ci s'avançait, comme un ouragan, renversant devant lui ou franchissant d'un bond les buissons qui le séparaient de Charlot.

Phœbus, qui avait fait un détour, le suivait, mais à vingt pas de distance. Si l'élan, de ses cornes ou de ses pieds, avait pu atteindre l'enfant, il l'aurait éventré ou broyé... Or, voyez ce qui arriva :

Charlot n'eut pas le temps de tourner autour du chêne. L'animal était déjà si près de lui qu'il sentait presque son souffle. Il prit donc un autre parti, et bondissant jusqu'à quatre pieds de terre, tant il était agile et nerveux, il saisit une branche du chêne, s'enleva à la force des poignets jusqu'à s'asseoir sur la branche et regarder passer au-dessous de lui son ennemi étonné.

Il se mit alors à rire, en frappant des mains pour se moquer de l'élan ; puis il voulut recharger sa carabine, mais il n'en eut pas le temps. Le puissant animal qui, dans son impétuosité, avait dépassé le chêne de quelques pas, revint à la charge, et, se dressant sur ses jambes de derrière, s'appuyant des pieds de devant sur le tronc de l'arbre, essaya de le frapper avec ses andouillers, armes redoutables, quoique l'un des deux fût à demi brisé.

Charlot, sans s'étonner, grimpa sur une branche plus élevée et de là, comme du haut d'une tour, défiait son adversaire.

Malheureusement, la branche trop faible se brisa tout à coup. Charlot, occupé à charger sa carabine, voulut se retenir, la laissa tomber avec la poudre et les balles et se trouva désarmé.

Pire encore, il tomba lui-même sur l'élan et, cherchant à se retenir, s'accrocha des deux mains aux andouillers. Situation plaisante et terrible, s'il avait eu moins de présence d'esprit.

L'élan, indigné de ce fardeau inaccoutumé, essaya de le frapper avec ses cornes en relevant sa tête en arrière, mais il n'y réussit pas, et Charlot, à califourchon, voyant qu'il était sans armes et que son ennemi ne pouvait pas non plus se servir des siennes, lui cria joyeusement, en le frappant dans le ventre avec ses talons, comme s'il avait eu des éperons : « Hop ! hop ! au galop ! »

De son côté, l'élan, comme s'il avait entendu le français, obéit et se mit à galoper furieusement. Par bonheur, il suivit la direction de la vallée du côté du lac, toujours accompagné de Phœbus qui essayait de le saisir, mais qui n'y réussissait pas.

Au bout d'un quart de lieue, ils arrivèrent tous les trois ensemble au campement où Montluc le Rouge, le Père Fleury, Mme de Montluc et Lucy étaient restés avec nos Canadiens.

Vous jugez des cris, de l'étonnement de tout le monde, de la frayeur de la mère et de la joie du bon Charlot qui, tout rouge, joyeux et presque aussi essoufflé de la course que l'élan lui-même, criait : « Place ! place pour mon cheval et pour moi ! » On fit place en effet, car l'élan traversa le campement avec la rapidité de l'éclair et se jeta dans le lac Érié.

Tous les assistants poussèrent un cri d'épouvante et d'horreur, tous, excepté Montluc le Rouge et le vieux Buffalo, qui, sans se troubler, coururent l'un à sa carabine et l'autre à son canot.

Mlle de Montluc me fit signe de regarder. (Page 192.)

D'un mot, Montluc le Rouge rassura sa mère et lui dit :

« Ne craignez rien, mère. Je réponds de tout. »

Elle se mit à genoux sur le gazon en récitant avec Lucy un *Pater* et un *Ave.*

Le père Carréguy et ses deux fils détachèrent la grande barque en un clin d'œil et se mirent à la poursuite de Charlot et de sa monture.

Par un bonheur extraordinaire, l'élan savait nager comme presque tous les quadrupèdes, et ne s'était jeté à l'eau que pour se débarrasser de son cavalier, mais non pour se noyer lui-même.

Par un bonheur non moins rare, Charlot ne perdit pas la tête, comme disait le vieux Carréguy, et quoiqu'il nageât lui-même très-bien pour son âge, ne s'avisa pas de lâcher l'élan. Au contraire, il s'y cramponna de toutes ses forces, et comme le robuste animal avançait lentement dans le lac, il tourna la tête et cria :

« Mère, n'ayez pas peur. Je me tiens bien. »

Il se tenait bien en effet, mais l'élan pouvait se fatiguer, faire le plongeon et l'entraîner avec lui dans l'abîme. Alors Phœbus, qui les avait suivis dans le lac, l'obligea de changer de route et de se rapprocher du rivage. Mais là, à droite et à gauche, le vieux Buffalo et le père Carréguy l'attendaient, chacun dans son canot, et Montluc le Rouge le visait entre les deux yeux avec sa carabine qui ne manque jamais le but.

Alors le pauvre animal vit qu'il ne pouvait plus échapper à la mort, et voulut du moins rendre le dernier soupir sur la terre où ses ancêtres avaient vécu. Il se mit, tout en nageant vers le rivage, à bramer d'une façon pitoyable.

Charlot fut touché de sa détresse et, comme Buffalo se rapprochant allait tirer sa flèche sur l'élan, il lui cria : « Ne le touche pas, Buffalo ! ne le touche pas ! Il ne peut pas me faire de mal. »

Il fit signe de même aux trois Carréguy, qui se bornèrent à couper la retraite à l'élan dans le cas où il aurait voulu prendre la fuite.

Mais le pauvre animal n'en pouvait plus. Soit tristesse, pressentiment de la mort prochaine ou découragement de la vie, il ne pensait plus qu'à mettre pied à terre, ce qui d'abord n'était pas aisé, car le bord était élevé de trois pieds au-dessus de la surface du lac; mais Montluc le Rouge, qui venait de déposer sa carabine encore toute chargée et amorcée (il n'avait pas voulu tirer sur l'élan de peur de blesser son frère), saisit l'élan par un de ses andouillers, l'enleva d'un effort sur le rivage et permit à Charlot de descendre et de mettre pied à terre.

Arrivé là, le pauvre animal voulut repartir de plus belle dans la forêt, mais Montluc le retint en le forçant à plier les genoux, sans lui faire d'ailleurs aucun autre mal, et, sur la demande de miss Lucy, il fut remis en liberté et partit au galop, tout fatigué qu'il devait être de sa première course et de son bain dans le lac Érié, mais pressé sans doute de retrouver son compagnon, avec lequel pendant ce temps nous avions eu maille à partir, Mlle de Montluc et moi. Vous allez voir comment.

Je lâchai la détente.

CHAPITRE XVII

Comment Mlle de Montluc dompta un élan, et ce qui s'ensuivit.

Pendant que Charlot tirait sur son élan, Mlle Athénaïs avait tiré sur le sien. Pendant que Charlot cassait un andouiller, Mlle Athénaïs blessait une épaule. Pendant que l'élan de Charlot se précipitait sur lui d'un air sauvage, celui de Mlle Athénaïs se jetait sur nous d'un air furieux, — je dis sur nous, car je me jetai en avant de Mlle de Montluc pour la défendre plus aisément, — et arrivait ventre à terre en poussant des mugissements de colère pareils à ceux des taureaux. Mais, Dieu merci, ses mugissements et sa fureur n'étaient pas faits pour troubler Donald O'Brian, comte de Kildare.

Donc, sans me troubler, j'écartai de la main Mlle de Montluc et la poussai derrière un hêtre immense qui couvrait de son ombre le lieu du combat. Puis, un genou en terre, attendant et visant l'élan qui n'était plus qu'à vingt pas de moi, je lâchai la détente.

J'ai la main sûre, monsieur le curé, la vue excellente, car je ne

l'ai pas fatiguée à lire les auteurs grecs et romains, ou les livres
de géométrie ; pour le sang-froid, j'en suis, grâce au ciel, abondamment pourvu ; quant au tir de la carabine, excepté mon ami Montluc
et deux ou trois autres Canadiens de ma connaissance, je n'ai jamais
rencontré ni maîtres ni rivaux ; enfin, je n'étais distrait par aucune
autre pensée, au contraire ! je désirais ardemment sauver la vie de
Mⁱˡᵉ de Montluc que je voyais en danger, et de plus le gibier, ou
l'ennemi, comme vous voudrez l'appeler, était d'une belle dimension, ayant à peu près la forme et la complexion d'un grand cheval
normand ; vous devez donc croire qu'ayant ma carabine à l'épaule,
mon doigt sur la détente, visant avec un soin infini depuis quelques
secondes et n'étant plus qu'à vingt pas de l'élan, je dus l'abattre du
premier coup ou tout au moins le blesser grièvement... Pas du tout.

Je lâchai la détente. Le coup ne partit pas. Au moment même
où j'allais tirer, une goutte d'eau venue je ne sais d'où tomba dans
le bassinet, mouilla la poudre et me désarma complétement. Ma
carabine n'était plus qu'un bâton, plus long, plus lourd, plus cher
et plus incommode que les bâtons ordinaires, mais aussi peu propre
à me défendre contre les bêtes fauves.

L'élan qui venait sur moi ne s'aperçut pas de mon malheur. Il
arriva donc sur moi, prompt comme la foudre, pour me renverser,
mais je m'étais jeté ventre à terre, ce qui me permit d'éviter le choc.
Il revint ; je l'évitai encore et de la même manière. Sans doute il
me prenait pour l'auteur de sa blessure et voulait se venger. Je
n'essayai pas de le détromper. A quoi cela pouvait-il servir ? N'étais-je
pas trop heureux de détourner sur moi la fureur du farouche et redoutable animal ?

Ce manége et quelques autres qui avaient pour but de l'éviter,
puisque ma carabine n'était plus qu'un meuble inutile, nous occu-
pèrent l'un et l'autre pendant quelques minutes qui peuvent compter
parmi les plus longues de ma vie. Faire feu sur l'élan était impossible. Saisir l'animal à bras-le-corps comme un ours et le poignar-
der ensuite était encore plus impossible, car l'animal était trop
disproportionné. Imaginez un homme essayant de tenir dans ses
bras et d'étouffer un grand cheval normand ! C'est insensé, n'est-ce
pas ? Eh bien, monsieur le curé, je n'avais pas d'autre ressource
pour me tirer d'affaire.

Franchement, j'étais heureux de pouvoir donner ma vie pour
Mⁱˡᵉ de Montluc ; mais franchement aussi, j'aurais été encore plus

heureux de la conserver pour elle, et malheureusement je craignais de n'avoir plus le choix.

C'est alors que la sainte Vierge, patronne des O'Brian, suggéra à Mlle de Montluc une idée, à laquelle je dois la vie, et qui mit fin au combat. Mais avant de vous expliquer cette idée et le succès dont elle fut couronnée, il faut que je vous fasse une courte description du terrain. Vous jugerez si j'étais à mon aise.

Au milieu du bosquet de chênes où nous nous démenions tous deux, l'élan et moi, se trouvait un magnifique chêne, des racines duquel s'élevaient à la fois quatre grands troncs, ou, pour mieux dire, quatre grands arbres, entre lesquels un homme ordinaire pouvait se glisser fort à l'aise et se mettre à l'abri des cornes de l'élan. Je tournai rapidement autour du chêne et j'entrai dans cet espace libre où l'élan, aveuglé par sa fureur et voulant me tuer à tout prix, essaya de me poursuivre et s'engagea de biais, de sorte qu'un de ses andouillers seulement put entrer sans peine. Mais je l'avais prévu, et j'évitai le coup en sortant par l'ouverture opposée.

L'intrépide animal voulut alors se dégager, mais comme il arrive souvent quand on essaye de débrouiller un écheveau de fil embrouillé, il s'embrouilla et s'embarrassa davantage. Son second andouiller s'accrocha à un autre tronc, et il demeura immobile tout en s'agitant et se démenant comme un possédé. Il baissait la tête ; il la relevait ; il frappait de son front un troisième tronc qui était en face de lui et qui l'empêchait d'avancer, comme les autres l'empêchaient de reculer ; en un mot, il était prisonnier.

Mais en même temps il se mit à bramer terriblement, appelant au secours sa compagne, son épouse chérie, celle qui, en ce temps-là même, comme je vous l'ai dit tout à l'heure, entreprenait avec Charlot la traversée du lac Érié et venait échouer sur la rive. Il y avait dans ces longs cris qui ressemblent au mugissement des bœufs un accent de colère, d'orgueil blessé, de douleur, de désespoir qui pouvait troubler l'âme du chasseur le plus endurci.

Je crois que ce bramement signifiait :

« Regarde, mon amie, comme ces êtres humains m'ont attrapé par leurs indignes ruses : ceux-ci sont venus nous attaquer quand nous ne pensions, toi et moi, qu'à vivre en paix et à jouir honnêtement des bienfaits du créateur, qu'à paître l'herbe des prés, la fleur des sentiers et la feuille des arbres. Leur avions-nous fait quelque mal ? Cette herbe, cette fleur, ces feuilles, peuvent-ils les partager avec nous?... Ils s'en garderaient bien, ces êtres goulus et perfides qui ne peuvent rien manger sans le faire cuire et sans l'assaisonner de sel, de poivre ou de quelque autre poison ! Encore si, comme le tigre et le lion, ils tuaient pour dîner et parce qu'ils n'ont pas d'autre moyen d'existence, on pourrait comprendre leur infamie. Mais non ! Ils tuent pour le plaisir et pour faire dire qu'ils sont adroits et qu'ils n'ont pas peur de la mort ! Ils acquièrent de la gloire à nos dépens, les scélérats ! Ils se font valoir aux yeux des dames en nous brûlant la cervelle, ces misérables ! Notre malheur fait leur joie ! Notre mort fait leur vie ! Notre... »

Enfin, vous devinez aisément, monsieur le curé, tout ce que signifiait le bramement du pauvre élan. J'en étais ému moi-même, mais non jusqu'à vouloir lui rendre sa liberté.

Je criai à Mlle de Montluc, qui venait de recharger sa carabine, de me la prêter pour un instant, car j'étais bien sûr de pouvoir faire feu de près avant qu'il fût dégagé. Elle me la remit ; mais alors elle se trouva face à face avec l'élan comme j'allais tirer, et la pauvre bête en voyant Athénaïs se mit à bramer d'une façon si pitoyable, qu'elle en fut touchée et s'écria vivement, pendant que je mettais le doigt sur la détente : « Ne tirez pas ! Le pauvre animal a l'air si triste et si doux ! Voyez ses beaux yeux gris, comme ils se tournent vers moi pour demander grâce ! »

Je m'arrêtai ; et pendant que l'élan se débattait toujours avec impatience, mais sans pouvoir changer de place, Mlle de Montluc le caressa de la main et le flatta comme un chien favori.

Cela dura quelques moments. Pour plus de sûreté, je retenais de toutes mes forces l'andouiller de droite. Mais cette situation était fort pénible, et l'élan pouvait m'échapper et fuir ou même revenir sur nous. Il fallait donc prendre un parti.

J'ôtai ma cravate, qui par bonheur était fort longue et assez solide. J'en fis un nœud coulant que je passai autour de l'andouiller de l'élan, et que j'accrochai à l'une des plus fortes branches du chêne. En même temps, Mlle Athénaïs en fit autant avec son écharpe, et j'accrochai par le même moyen le second andouiller.

Nous en étions là, Mlle de Montluc et moi, vainqueurs assurément, mais assez inquiets, et ne sachant que faire de notre victoire et de notre butin, lorsque nous entendîmes tout à coup quelque chose ou quelqu'un qui se précipitait sur nous au galop. C'était notre ami Phœbus, le meilleur et le plus intelligent des chiens, qui,

Ne tirez pas !... (Page 202.)

voyant Charlot en sûreté, venait s'informer d'Athénaïs, et, s'il était nécessaire, nous porter secours.

Mais il s'en fallut de peu que son zèle ne nous portât malheur, car l'élan, voyant arriver ce nouvel ennemi, fit un effort terrible pour se dégager, et battit la terre avec fureur de ses deux pieds de devant. Alors Mlle de Montluc fit signe de la main à Phœbus de se tenir tranquille. Pour plus de sûreté, d'une main elle le prit par son collier, et, le menaçant de l'autre, mais comme on menace un ami, pour l'avertir, elle lui dit :

« Phœbus, soyez sage !... Phœbus, regardez-moi dans les yeux !... Phœbus, tâchez de comprendre !... vous êtes un animal à quatre pattes et les gens qui sont bêtes vous croient de leur espèce, mais ils se trompent... Phœbus, vous avez beaucoup d'esprit... »

Elle fit une pause, afin de laisser à Phœbus le temps de méditer cet exorde flatteur et de s'en pénétrer. Ensuite elle reprit :

« Phœbus, il ne suffit pas d'avoir de l'esprit comme un philosophe. Il faut aussi m'obéir. Le devoir de toutes les personnes bien élevées est d'obéir aux dames... C'est bien, je vois que vous me baisez la main. C'est signe que vous avez compris et que vous obéirez comme il faut... Vous remuez la queue... C'est très-bien... Vous demandez où je veux vous envoyer ?... Phœbus, voici mes ordres. »

Et alors lui montrant du doigt l'élan sur lequel il avait voulu s'élancer d'abord :

« Vous voyez, Phœbus, cet étranger ?.... »

Phœbus le regarda d'un air équivoque.

Mademoiselle de Montluc continua :

« Voici un ami que je viens de conquérir avec l'aide de lord Kildare... Et à ce propos, Phœbus, je veux que vous aimiez toujours lord Kildare à cause de moi. Mylord m'a sauvé la vie tout à l'heure pendant que vous étiez occupé à courir dans la forêt avec Charlot... Je veux que vous lui fassiez vos remercîments. »

Ma foi, je crois que le bon chien avait compris d'un bout à l'autre ce petit discours, car, avant que j'eusse pu remercier Mlle Athénaïs, il vint me lécher ou, comme elle disait, me baiser les mains et sauter autour de moi pour témoigner sa joie et sa reconnaissance du service que j'avais rendu à sa maîtresse.

» Maintenant, ami Phœbus, reprit-elle, faites la paix avec ce pauvre élan. Ne le tourmentez pas, car il est blessé ; ne le méprisez pas, car il s'est bravement défendu ; ne le mordez pas, car il ne faut mordre

que les malhonnêtes gens, et surtout quand ils peuvent se défendre ;
n'aboyez pas contre lui, car il ne faut pas insulter les malheureux.
Aimez-le, car Dieu nous a commandé de nous aimer les uns les
autres.

« Mais, mademoiselle, dis-je, cet ordre a été donné pour les
hommes et non pour les chiens.

— Il n'est question dans l'Évangile, me répondit-elle de sa voix
douce et profonde, ni des hommes ni des chiens, mais de toutes les
créatures de Dieu, et je le croirai aussi longtemps que le bon Père
Fleury, qui sait mieux que nous ce qui se passe sur la terre et dans
les cieux, ne m'aura pas dit le contraire. »

Il y eut un assez long silence, pendant lequel M\ie Athénaïs prit
soin du pauvre élan, mouilla son mouchoir dans l'eau de la rivière
qui coulait près de là, puis lava sa blessure, qui par bonheur n'était
pas grave, car la balle n'avait fracassé aucun os, et, traversant deux
fois la peau, était tombée à terre à quelques pas de là ; enfin elle prit
soin de lui comme une nourrice fait d'un petit enfant, arrêta le sang
qui coulait, ôta la cravate qui lui tenait la tête trop élevée vers le
ciel, et lui montra tant d'amitié qu'à la fin je ne pus m'empêcher
d'envier le sort de l'élan et de le dire.

Elle me regarda en riant et répliqua : « Faites-vous blesser à
mon service et vous n'envierez rien à ce pauvre animal.

— Et vous prendrez soin de moi ?

— Comme de lui.

— Et vous m'aimerez comme lui ?

— Absolument comme lui, si vous le méritez. »

Elle se moquait un peu de moi, mais je n'en étais pas plus
malheureux ; au contraire ! Elle riait de moi, donc elle s'occupait de
moi, et pour le moment je n'en demandais pas davantage.

Au reste, notre conversation ne se prolongea pas, car un nouveau galop se fit entendre dans la forêt, et je vis bientôt paraître le
jeune Charlot, qui, à peine sorti du lac Érié, était remonté sur sa
bête, je veux dire sur son élan, et, sans écouter personne, s'était
lancé de nouveau dans la forêt pour chercher sa sœur. Tout ce qu'on
avait pu obtenir de lui, c'est qu'il mettrait une sorte de bride ou de
licol dans la bouche de son élan, et qu'il ne dépasserait pas la clairière où s'était livré notre fameux combat. Pour plus de sûreté, son
frère Montluc le Rouge et les deux fils du vieux Carréguy le suivirent
de toute leur vitesse en glissant sur la neige avec leurs raquettes.

Montluc vit notre élan pris et enchaîné dans l'arbre ; il nous félicita de notre adresse. Il approuva la résolution de sa sœur qui ne m'avait pas permis de tuer le pauvre animal. Charlot promit de les apprivoiser tous les deux, celui de sa sœur et le sien, à condition qu'on lui permit de les transporter dans l'île des Castors qui n'était qu'à une demi-lieue de la Tour-Montluc, et nous reprîmes enfin le chemin du lac Érié et de l'embouchure de la petite rivière dont les bords nous servaient de campement.

Pour prix de mon courage et de mon adresse, j'eus l'honneur et le bonheur de marcher à côté de Mlle de Montluc, ce qui valait mieux pour moi que d'avoir conquis une province dans le pays des Turcs. C'était du moins ma pensée, et vous la partagerez, monsieur le curé, quand vous aurez vu cette demoiselle charmante qui, pour la beauté, la grâce, l'esprit et le charme, n'a peut-être pas son égale dans ce vaste univers.

Malheureusement, au milieu de tant de belles qualités qui feraient envie à vingt reines régnantes et à quarante princesses héréditaires, elle a un petit défaut, si l'on peut appeler défaut ou vice ce qui n'est peut-être qu'un charme de plus. C'est du reste le défaut de sa race. En deux mots, elle aime à commander, et c'est pour cela, monsieur le curé, que je suis ici contre mon inclination, je vous assure, bien que votre hospitalité généreuse et cordiale m'ait tout de suite touché le cœur. Oui, ce n'est point par ma faute que j'ai repassé l'océan Atlantique avec Montluc le Rouge ; c'est parce qu'elle a ordonné, et que je n'ai pas pu faire moins qu'obéir... Et cependant il s'agissait de la quitter... Mais quoi ! elle l'a voulu. Que sa volonté soit faite et non la mienne ! Voyez-vous, après le plaisir de commander à ceux qu'on n'aime pas, il n'en est pas de plus grand que d'obéir à ceux qu'on aime.

C'était un officier anglais.

CHAPITRE XVIII

Une pêche miraculeuse suivie d'une visite inquiétante.

C'est ainsi, continua le comte de Kildare, que se termina cette chasse inattendue où nous avions eu successivement toutes les émotions.

Dans l'intervalle, la nuit était venue et la pêche allait commencer dans la rivière. Cette fois, et pour plus de sûreté, comme l'eau était très-profonde, il fut résolu qu'on ne laisserait plus les téméraires s'engager au hasard et courir le risque de se noyer. Les téméraires, c'étaient Charlot et Mlle de Montluc. Leur frère fut chargé de les surveiller, car partout il est naturellement le chef de toutes les troupes, étant né pour diriger et commander comme d'autres naissent pour suivre et obéir. Moi, plus modeste, j'eus la permission de me tenir à côté d'eux.

On alluma des torches dont la flamme se réfléchissait sur la rivière. Les étoiles brillaient dans le ciel, la soirée était très-froide et une bise glaciale commençait à souffler sur le lac Érié.

Pendant que nos Canadiens agitaient leurs torches sur l'eau, on voyait un mouvement étrange et pareil à celui des carpes d'un étang qui se précipitent pour dévorer un morceau de pain qu'on leur jette. C'est la lumière qui attirait tous les gros poissons et surtout les saumons. Ceux-là venaient en troupes, prompts et voraces comme des loups-cerviers ou comme des requins d'eau douce, hardis et vaillants comme des tigres, agiles comme des chevreuils ou des cerfs, sans foi comme des turcs païens, en un mot, la terreur de tous leurs voisins.

Leur seule qualité, mais celle-là, au dire des Canadiens, compense mille défauts, c'est d'avoir la chair la plus exquise et la plus délicate qu'on puisse trouver sur les arêtes d'un poisson et peut-être aussi sur les os d'un quadrupède ; d'où il suit que si tous les êtres créés excitent leur appétit, eux, à leur tour, excitent l'appétit de tous les êtres créés. C'est une compensation de la nature.

Comme on s'attendait à les voir se rassembler autour d'un énorme appât que le vieux Carréguy avait jeté dans la rivière, on avait tendu deux filets d'avance, d'une rive à l'autre, mais en les laissant au fond de l'eau pour ne pas les inquiéter. L'un des deux filets gardait l'embouchure, de peur qu'ils ne pussent s'échapper dans le lac. L'autre, placé à trois cents pas plus haut, devait couper la retraite vers le haut de la rivière.

Ces précautions prises, et Carréguy avec ses fils éclairant la rivière et le grand morceau de viande fraîche qui servait d'appât, nous vîmes les saumons s'avancer.

Un d'abord, jeune et curieux, sans doute un éclaireur de la troupe qui venait voir cet objet nouveau et se proposait d'en faire son rapport à sa famille. Il tourna tout autour, regarda, flaira, donna un coup de dent pour connaître le goût de cette viande, et, content de sa découverte, alla communiquer ses réflexions à ses parents et à ses amis que, nous vîmes bientôt se réunir, s'assembler, se consulter, délibérer.

Il fut décidé, je pense, que deux ou trois des plus âgés, son père sans doute, son oncle et son cousin, viendraient vérifier les observations du jeune saumon et savoir si ce souper inattendu qu'on leur offrait ne cachait pas un piége, si cette illumination bizarre des torches devait éclairer une fête ou un massacre.

Ils s'approchèrent, avancèrent, reculèrent, virèrent à droite, virèrent à gauche, se regardèrent indécis, puis, battant l'eau avec leurs queues et prenant enfin une résolution ferme, allèrent avertir le reste de la tribu que l'occasion était bonne pour faire un bon repas, qu'on serait bien sot de n'en pas profiter, quoiqu'on ne pût pas deviner d'où venait cette aubaine... Et pour preuve, ayant donné cet avis à leurs parents et à leurs amis, ils se hâtèrent de revenir, ramenant avec eux toute la tribu.

Mais, comme dit le grand Corneille,

> Nous nous levons alors, et tous en même temps
> Poussons contre le ciel mille cris éclatants...

En d'autres termes, nous levâmes les filets et, les uns remontant la rivière, les autres la descendant, nous acculâmes plus de trois cents saumons dans une anse où l'on avait d'avance décidé que se ferait la pêche.

Que vous dirai-je encore, monsieur le curé? que cette pêche fut miraculeuse, et qu'après celle de Notre-Seigneur Jésus-Christ dans le lac de Génézareth on ne vit jamais rien de pareil sous la voûte des cieux; que chacun s'y distingua à son tour, Montluc le Rouge d'abord, qui saisit par la queue le plus gros saumon de la bande et le jeta au fond de la grande barque; le vieux Carréguy ensuite, qui dans sa jeunesse avait dû être pêcheur de saumons comme saint Pierre était pêcheur d'âmes; moi après, qui avais déjà pêché très-souvent dans nos belles rivières d'Irlande; puis Charlot et les deux demoiselles qui firent merveille à leur tour.

Si vous demandez comment, je vous étonnerai peut-être, et pourtant rien n'est plus vrai : Mlles Athénaïs et Lucy chassaient le saumon à coups de carabine, aussi bien que Charlot. Tous tiraient le saumon au vol.

Vous n'avez jamais vu ces magnifiques bêtes hors de l'eau?... Quand elles remontent une rivière et veulent franchir une écluse ou un barrage, elles s'arrêtent comme de braves chevaux pleins d'ardeur, font trente ou quarante pas en arrière, prennent leur élan et sautent par-dessus la barrière. C'est le moment plus rapide que l'éclair qu'il faut choisir pour tirer, et c'est ce que Charlot appelait tirer au vol.

Vingt-cinq ou trente furent blessés, et pris pendant qu'ils voulaient sauter par-dessus le filet. La balle leur avait brisé les reins et les faisait retomber dans la rivière entre les deux filets ; il ne restait plus qu'à les prendre à la main en se gardant de leurs coups de queue. Les autres, assommés à coups d'aviron, percés d'un trident ou faits prisonniers et entassés dans un petit espace, furent mis à bord des canots, et, comme la brise devenait de plus en plus forte et froide, le vieux Carréguy nous cria qu'il était temps de partir, qu'il fallait craindre une tempête avant la fin de la nuit ou peut-être une forte gelée, et que, dans les deux cas, le retour à l'île de la Tour-Montluc deviendrait très-difficile.

Alors partons vite, me dit Montluc, car le vieux connaît ce lac comme s'il l'avait fait, et quand il dit qu'il y aura tempête, tu peux croire, ami Kildare, qu'il y aura ouragan, car il ne s'effraye pas pour peu de chose... Allons, Phœbus, montez dans la barque et vite ! A moins que vous ne préfériez venir à la nage... Mais vous vous êtes fatigué, mon bon chien !... Allons, monte, et vite ! »

Ici Charlot et sa sœur réclamèrent.

« Et nos élans ? » dit Charlot.

Montluc leva les épaules, mais consentit pourtant à emmener les deux nobles bêtes, qui ne se firent pas trop prier, du reste, et suivirent de bonne grâce l'une son nouveau maître, Charlot, et l'autre sa nouvelle maîtresse, Athénaïs.

Toutes choses ainsi réglées à la satisfaction générale, nous revînmes à la rame et à la voile vers l'île de la Tour-Montluc, où nous comptions, moi surtout, jouir d'un repos bien mérité. Mais ce repos ne devait guère durer, comme vous verrez tout à l'heure, monsieur le curé.

Le lendemain, dès cinq heures du matin, Montluc, qui couchait dans une chambre à côté de la mienne, et que j'avais entendu pendant toute la nuit entrer, sortir, donner des ordres, s'agiter dans tous les sens, vint m'éveiller lui-même et me dit :

« Je pars, mon bateau est prêt. Si tu veux m'accompagner, lève-toi. »

Je me levai en effet, et je le suivis. Toute la maison était déjà sur pied. Montluc embrassa sa mère, sa sœur et Lucy. Il serra la main à tous les autres.

La mère et Lucy étaient un peu pâles. Mlle de Montluc, plus vaillante, était émue aussi, mais non de crainte. Charlot voulait le suivre.

Le Père Fleury, qui venait de célébrer la messe en son honneur et pour le succès de son voyage, lui disait :

« Mon enfant, Dieu est avec toi, mais ne te hasarde pas sans nécessité ! Songe que la colonie tout entière a besoin de ton bras ! »

En même temps il lui donna sa bénédiction, et nous partîmes ensemble dans le même bateau, rempli d'armes, d'argent et de provisions de toute espèce.

Un bateau plus petit me suivait et devait me ramener, car je ne quittais que pour quelques heures l'île heureuse de la Tour-Montluc.

Trois Canadiens et trois Algonquins devaient le suivre jusqu'à Québec. Le vieux Carréguy et Buffalo menaient seuls ma barque légère et la faisaient courir sur le lac avec la vitesse d'un cygne.

Alors Montluc me fit asseoir au fond de son bateau, à l'arrière, et me donna ses instructions de tout genre, assurant qu'il serait de retour dans trois semaines au plus tard, et qu'il me confiait ce qu'il avait de plus cher au monde : sa mère, sa sœur et Lucy.

Je fis tous les serments possibles et les plus sincères, comme vous pouvez croire, de me faire tuer pour les défendre ; à quoi il répondit en riant :

« C'est très-beau de se faire tuer pour ses amis, mais il vaut mieux vivre et combattre pour eux... Aimer ardemment la vie et mépriser de haut la mort, voilà ce que nous devrions tous faire... Je compte que tu ne seras pas tué et que tu égorgeras des tas d'ennemis. Pour récompense, je t'invite à mon mariage, qui se fera aussitôt que je serai de retour.

— Miss Lucy te l'a dit?

— Ce matin même, devant ma mère. D'ailleurs, qui pourrait s'y opposer? Mon père et ma mère le veulent. Lucy m'aime, et, quant à moi, j'irais la chercher au milieu de cent mille épées!... »

Il réfléchit un instant et reprit :

« Cependant je ne pars pas aujourd'hui avec ma confiance ordinaire. Je suis presque triste, et sans savoir pourquoi. Ce n'est pas mon habitude, car la tristesse est sœur du découragement et de la lâcheté. Il me semble pourtant qu'un malheur me menace ou plutôt la menace.

— Quel malheur?

— Est-ce que je sais?... Et, chose singulière, le vieux Buffalo, qui est un grand sorcier, qui l'était du moins avant que le Père Fleury l'eût converti à notre sainte religion, est un peu troublé comme moi. »

J'essayai de rire de ce pressentiment.

Mais Montluc ne riait pas.

Il fit signe au vieux sauvage qui nous suivait dans la barque de monter dans notre bateau, et lui demanda :

« Buffalo, répète à mon ami M. de Kildare ce que tu m'as dit ce matin. »

Le sauvage se recueillit, trempa sa main droite dans l'eau du lac Érié, esquissa des signes bizarres aux quatre coins de l'horizon, prononça quelques paroles mystérieuses, invocation au grand Manitou, et répondit :

« Montluc le Rouge, grand chef.

— Je le sais.

— Chef invincible.

— Après ?

— Menacé d'un grand malheur.

— De mort peut-être ? demanda Montluc.

— Pas de mort, dit Buffalo, secouant la tête. Malheur pire. Fille au visage pâle.

— Eh bien ! achève.

— ... Sera cause de choses terribles.

— Quelle est la fille au visage pâle ? Il n'y en a que deux dans la maison de mon père : ma sœur et Lucy. Est-ce ma sœur ?

— Oh non ! s'écria Buffalo.

— Lucy, alors ? »

Le vieux sorcier fit signe que oui.

« Tu vois, Kildare ! me dit Montluc. Tu vois, ou plutôt tu entends !...

— Ce vieux sauvage est fou, répondis-je tout bas.

— Visage pâle, dit Buffalo qui avait l'oreille plus fine qu'un Européen. Grande noblesse. Petite sagesse. Tête légère. Langue indiscrète. »

Je crois qu'il en aurait dit bien davantage de moi, pour se venger de mon incrédulité, si Montluc ne lui avait fait signe de s'arrêter.

« Cher ami, ajouta-t-il, ce qui m'inquiète, moi qui ne me trouble jamais, c'est que j'ai dormi à peine une heure cette nuit, et que pendant ce temps j'ai eu des rêves effrayants. J'arrivais tout à coup d'un lointain voyage... La maison de mon père avait disparu. Mon père lui-même était je ne sais où, dans le pays des ombres... Ma mère, ma sœur l'avaient suivi, et Lucy, enlevée par des brigands,

« Montluc le Rouge, grand chef, » dit Buffalo. (Page 214.)

me tendait les bras dans le lointain. Je voulais courir sur eux, et j'étais immobile malgré tous mes efforts. Ils fuyaient toujours...

— Bah ! un rêve !... Tu auras dormi sur le côté gauche !

— Peut-être, mais ces avis de Buffalo qui a le même pressentiment que moi !... Vraiment, si j'avais pu m'en dispenser, je ne serais pas parti ce matin. J'aurais attendu le retour de mon père... Toi du moins, Kildare, veille sur toute ma famille pendant l'absence de mon père, et défie-toi des ruses des Anglais et des sauvages qui sont à leur solde. »

Ayant dit ces choses, il m'embrassa et continua sa route pendant que de mon côté je revenais à l'île de la Tour-Montluc.

Les dix jours qui suivirent peuvent compter parmi les plus heureux de ma vie.

» La pêche, la chasse, les promenades sur le lac, la joie de voir tous les jours tous mes amis, et en particulier Mlle de Montluc, l'hospitalité cordiale et généreuse de cette noble famille qui, dès le premier jour, était presque devenue la mienne, l'espérance que je commençais à concevoir de ne la quitter jamais, la joie que j'avais d'être placé là comme une sentinelle en faction pour sa défense : tout cela me plongeait dans le bonheur jusqu'au cou.

Le Père Fleury qui paraissait, en l'absence du vieux Montluc et de son fils, diriger toute la colonie, m'encourageait lui-même dans des projets que je n'avouais pas encore, mais qu'il n'était que trop facile de deviner.

Un jour, comme nous étions assis ensemble dans une barque, car je faisais tous les soirs ma tournée sur le lac Érié, autour de l'île de la Tour-Montluc et de trois ou quatre petites îles qui sont à une ou deux lieues de distance, il m'interrompit au milieu d'un éloge que je faisais de Mlle Athénaïs et me dit :

« Mylord, vous avez raison, Mlle de Montluc est digne de son père de sa mère et de son frère, et vous trouveriez difficilement sa pareille en Europe ou en Amérique ; mais, ajouta-t-il en souriant, elle a un grand défaut... »

Je me récriai avec indignation :

« Un défaut, elle !

— Oui, oui, un grand défaut, mylord, ou, si vous préférez, un vice !

— Impossible ! Elle n'est que trop parfaite !

— Un vice, mylord, et le plus terrible qui puisse exister ; celui

qui a perdu Satan et qui l'a précipité dans les abîmes de l'enfer...
l'orgueil ! »

Ici je commençai à m'inquiéter.

Le Père Fleury ajouta :

« Et c'est un orgueil que rien ne peut déraciner, car il est héré-
ditaire. Sa mère, Mme de Montluc, que vous voyez ici respectée de
tous comme la reine des Français et des sauvages, était toute pareille
à Athénaïs quand elle avait son âge. Elle avait l'orgueil de la fille de
Samuel Champlain, le fondateur de la colonie, et de la petite-fille
du grand chef des Ériés, qui furent peut-être les premiers habitants
du Canada. Nos princesses du sang royal de France, qui est pourtant
le plus noble de l'univers après celui des impératrices de Chine,
n'auraient rien obtenu d'elle, si ce n'est un salut d'égale à égale. Et
encore... »

Comme je riais, il ajouta :

« Je lui disais souvent, quand elle était jeune fille, qu'elle ne trouverait jamais le héros qu'elle avait rêvé, car elle rêvait un héros
pour mari, et qu'à cause de cela elle vivrait et mourrait fille. Et, ma
foi, cela pouvait bien arriver, quoique les femmes manquent au
Canada plutôt que les maris.

— Ça pouvait arriver, mais ça n'est pas arrivé.

— Ah ! reprit le Père Fleury, c'est que la divine Providence,
qui fait toujours bien tout ce qu'elle fait et qui avait ses vues sur
elle, envoya au Canada M. de Montluc, qui, dès le premier jour,
conquit à ce point le cœur et l'admiration des Français et des sauvages, qu'elle vit bien qu'il était impossible de lui résister, et qu'elle
l'épousa. »

Je demandai encore, mais plutôt par oisiveté et pour le plaisir
de parler que par curiosité :

« Elle ne s'en est pas repentie, je suppose ?

— Repentie ! dit le Père Fleury. Mylord de Kildare, jamais
femme ne fut plus fière de son mari que celle-ci ! Non ! jamais !
jamais ! jamais femme n'aima son mari comme elle l'aime ! Il est
pour elle l'image de Dieu sur la terre ! Elle n'a qu'une âme avec lui,
qu'un cœur, qu'une pensée ! Elle a mis en lui sa joie et son orgueil
en même temps que sa tendresse. Quand elle était jeune, elle le suivait partout, à la chasse et même à la guerre. »

J'abrége le discours du Père Fleury, qui ne se lassait jamais de
faire l'éloge de Mme de Montluc, et j'arrive à sa conclusion, qui fut

que Mlle Athénaïs, n'étant pas moins fière que sa mère (et peut-être même l'étant davantage, car elle joignait l'orgueil des Montluc à celui des Champlain et des Ériés), n'épouserait jamais qu'un homme qui pour l'obtenir aurait fait les exploits les plus prodigieux.

Là-dessus vous croyez peut-être, monsieur le curé, que Donald O'Brian, comte de Kildare, se découragea et perdit l'espérance d'obtenir sa main? Vous vous tromperiez en ce cas. Bien loin d'en être découragé, je ne sentis plus qu'un vif désir de lui faire voir qu'un O'Brian d'Irlande, qui compte parmi ses aïeux le roi Fingal, était capable de tout. Je me fis à moi-même le serment de la mériter ou de périr.

Et vous verrez tout à l'heure qu'il ne s'en est fallu de guère que j'aie fait à la fois l'un et l'autre. Montluc le Rouge, qui était de l'affaire, pourra vous dire ce qu'il en pense.

Vous jugez que les paroles du Père Fleury, qui lisait dans mon âme comme dans un livre ouvert, mais qui n'en faisait pas semblant, m'avaient jeté dans une réflexion profonde et silencieuse.

Pendant qu'il récitait son bréviaire en regardant les étoiles, et que notre barque, poussée par un vent favorable, nous ramenait presque sans effort à la Tour-Montluc, je vis tout à coup s'éclairer le sommet de la plus haute tour qui dominait le lac, toute pareille à un phare. Divers signaux se succédaient comme des avertissements de se hâter et, sans annoncer un danger pressant, indiquaient que quelque chose de bizarre venait de se passer.

A cent pas du rivage, le vieux Buffalo, toujours en sentinelle, nous cria :

« Yankees! Yankees! »

C'est le nom des Anglais, tel que les sauvages le prononcent.

Je fus donc très-étonné et je demandai avec mon porte-voix :

« Amis ou ennemis? »

Buffalo ne répondit rien à cette question. Alors je commençai à m'inquiéter sérieusement; je pris mon fusil d'avance tout chargé à balle et je m'approchai du rivage où la première figure que j'aperçus fut celle d'un officier anglais en grand uniforme qui me dit en bon français :

« Nous sommes amis, mylord comte de Kildare. »

Et comme il vit que je craignais un piége, il ajouta :

« Vous pouvez m'en croire. Je suis sir Richard Carroll, gouverneur du Massachusetts. Il y a trève entre nous en attendant la paix

définitive, et je suis venu pour rendre visite à M. le baron de Montluc,
à Mme la baronne, et pour faire connaissance avec ma cousine germaine miss Lucy Carroll. »

Ce discours, qui m'apprenait beaucoup de choses en peu de
mots, dont l'une, la plus singulière quoique la plus facile à comprendre, était que miss Lucy, la fiancée de Montluc le Rouge, avait
pour oncle le propre gouverneur de la province anglaise du Massachusetts, redoubla l'étonnement où la conversation du Père Fleury
m'avait jeté.

Je débarquai avec le Père Fleury; je laissai à deux sauvages
algonquins qui faisaient la manœuvre de la barque le soin de
l'amarrer, et j'allai serrer la main de l'hôte inconnu, sir·Richard
Carroll, qui venait d'arriver et même de s'installer en mon absence
dans le château de la Tour-Montluc.

Mais, comme je montrais à l'Anglais le chemin du château, le
vieux Buffalo me saisit vivement la main et me dit :

« Défiez-vous. Trahison. »

Je me retournai vivement pour l'interroger ; mais il avait
disparu.

Cet homme a rôdé toute la soirée.

CHAPITRE XIX

M. de Kildare a une importante conversation avec sir Richard Carroll.

J'avais confiance, reprit M. de Kildare, dans l'instinct de Buffalo qui ressemble à du génie, et Montluc le Rouge m'avait toujours dit que le vieux sauvage était à demi sorcier. Je regardai donc avec attention sir Richard Carroll, l'hôte inattendu de la Tour-Montluc.

C'était un grand et fort gentleman, rouge de teint comme une brique à cause du rosbif saignant et du whisky dont il fait une grande consommation en même temps qu'il vit au grand air. Ses cheveux noirs étaient abondants, ses membres étaient robustes, ses yeux étaient gris, hardis et durs. Au fond il avait l'air respectable, c'est-à-dire comme on l'entend en Angleterre, l'air riche et bien portant. On voyait du premier coup qu'il n'empruntait ni ne prêtait jamais d'argent à ses amis, mais qu'il était prêt à leur donner ou prêter toutes sortes d'autres choses plus précieuses que l'argent et l'or, quoique généralement moins estimées du public : je veux dire de sages conseils et des exhortations à la vertu.

En deux mots, le respectable gentleman (un baronnet, s'il vous plaît, ce qui est en pays anglais le premier degré de la noblesse), le gentleman, dis-je, avait la mine d'un homme riche, fort, puissant et un peu ladre. Ce sont, comme vous le savez, des choses souvent réunies, la richesse et la ladrerie surtout, qui même ne se séparent presque jamais et semblent s'appuyer l'une sur l'autre comme deux sœurs bien-aimées.

Sir Richard Carroll, tel que je vous l'ai dépeint, se mit donc à marcher près de moi et à m'expliquer les motifs de son voyage.

Écoutez bien, monsieur le curé, j'ose espérer que ce récit vous intéressera. Je ne veux pas y changer un mot.

« C'est à mylord Donald O'Brian comte de Kildare que j'ai l'honneur de parler ? » demanda-t-il d'abord.

Je répondis :

« A lui-même, monsieur. »

Puis, par réflexion :

« ... Mais vous deviez le savoir, puisque vous m'avez salué tout à l'heure par mon nom ? »

Il reprit gravement :

« Mylord, on ne prend jamais trop de précautions. »

Je regardai sir Carroll, et à la lueur des torches qui nous éclairaient et que portaient des Canadiens et des gens de sa suite, je reconnus que la figure de ce gentleman était en harmonie avec ses paroles. Évidemment, il aurait eu peur de compromettre ses affaires et ses projets en les expliquant au hasard et au premier venu.

Je lui demandai :

« Avant tout, monsieur, pouvez-vous me dire ce qui vous amène dans ce pays et dans cette île, et comment il se fait que l'on ne vous ait pas reçu à coups de fusil ? »

Il me regarda en riant, comme ce gentleman sait rire, c'est-à-dire d'un air à porter le diable en terre, et répliqua :

« Mylord, on a tiré, et même un de mes domestiques a reçu une balle dont il est mort. Mais alors nous avons, sans riposter, arboré le pavillon parlementaire, et M. Carréguy, un vieux gentleman à cheveux blancs, qui paraît commander en votre absence, a fait suspendre le feu, nous a fait signe d'approcher, s'est assuré que nous

Sir Richard Carroll se mit à m'expliquer les motifs de son voyage. (Page 222.)

venions apporter la paix et la concorde, nous a demandé nos armes
que nous avons données volontairement pour dissiper ses inquié-
tudes, et nous a priés d'attendre votre retour pour nous faire entrer
au château et nous présenter à Mme de Montluc. »

Je reconnus à ce signe la prudence du vieux Carréguy et je
demandai :

« Mais, monsieur Carroll, gouverneur du Massachusetts, qui peut
vous engager à venir chez nous en temps de guerre en costume
d'ami, au risque de recevoir des coups de fusil pareils à celui qu'a
reçu votre domestique ? »

Il répondit :

« Ma conscience ! »

Là-dessus je pensai qu'il avait le cerveau un peu fêlé et je crois
qu'il en vit quelque chose dans mes yeux, car il ajouta :

« Oui, ma conscience !... Mais d'abord, mylord de Kildare, il
faut que vous sachiez que j'ai proposé et fait accepter à M. de Frontenac, gouverneur de Québec et de la Nouvelle-France, une trève
de huit jours pour le haut Canada, depuis Montréal jusqu'à l'extré-
mité ouest du lac Supérieur.

— Singulier ! »

Et le mot du vieux Buffalo me revint à l'esprit :

« Trahison ! »

Sir Carroll reprit :

« Voici l'affaire qui m'amène. D'abord la guerre est à peu de
chose près terminée entre le roi de France et le roi d'Angleterre.
Les dernières nouvelles que j'ai reçues d'Europe m'en donnent la
certitude. On va employer l'hiver à négocier. On conclura la paix au
printemps. Il serait donc insensé de nous battre ici dans la neige et
la glace, pendant que nos souverains, Guillaume III et Louis XIV,
l'un à Londres, l'autre à Versailles, les pieds sur les chenets, discu-
teraient tranquillement comme des procureurs pour savoir si telle
province, qui ne rapporte rien excepté des coups de fusil, appartient
à l'un ou à l'autre. Puisqu'on va plaider en Europe au lieu de se
battre, posons les armes ! Qu'en dites-vous ? »

J'avouai qu'il avait l'air d'un homme raisonnable et que son
raisonnement était celui d'un homme sensé ... Mais tout cela ne
m'expliquait pas...

Il m'interrompit :

« Pourquoi je suis venu ici chez M. le baron de Montluc plutôt qu'ailleurs? Ah! voici mon intérêt ou, si vous préférez, celui de ma conscience. »

Et comme je paraissais étonné qu'il eût confiance en moi sans me connaître, il ajouta :

« Je vous connais, mylord de Kildare, et j'aurai bientôt besoin de vous; écoutez seulement mon histoire. Vous y avez vous-même plus d'intérêt que vous ne croyez. »

Sir Richard Carroll s'arrêta un instant et me demanda ensuite :

« Ne connaissez-vous pas mon nom ? »

Je réfléchis à mon tour, et alors un vague souvenir me revint des choses oubliées depuis longtemps.

« Vous êtes sir Richard Carroll, de Carroll-Castle, en Irlande, n'est-ce pas ? »

Il répondit :

« C'est cela même.

— Votre grand-père était catholique et propriétaire d'une moitié du comté de Kircudbright ?

— Oui.

— Votre père était son fils cadet ?

— Très-exact.

— Au temps d'Olivier Cromwell, votre grand-père eut la tête coupée pour avoir combattu en faveur de notre sainte religion catholique ?

— Oui. Olivier Cromwell était impitoyable et n'épargnait aucun de ses ennemis. »

Ici j'hésitai un peu, par politesse, mais sir Richard Carroll me pria de continuer.

« Alors votre père, voyant qu'on allait confisquer les immenses propriétés de la famille, se hâta de se convertir au protestantisme, se fit mettre en possession par Cromwell de Carroll-Castle et de toute la fortune paternelle, et les Stuarts, qui sont revenus plus tard, n'ont jamais pensé à rendre justice au frère aîné de votre père. »

Sir Richard Carroll me regarda fixement et me dit de son air impassible :

« Mylord de Kildare, vous avez raison. Comment connaissez-vous tous ces détails ?

—De la manière la plus simple, mais je ne sais si je dois en temps de trêve...

(Et en effet c'était assez difficile à dire; mais le baronnet, sans s'émouvoir, me fit signe de parler librement.)

... J'ai cent fois entendu désigner votre père sous l'un de ces deux noms : Carroll le Traître ou Carroll l'Apostat. »

Quoique ce fût une pilule amère, difficile à avaler, plus difficile à digérer, sir Carroll fit signe que j'avais raison et que c'est bien ainsi qu'on parlait de son père dans le comté de Kircudbright. Il ajouta seulement, sans doute pour justifier la mémoire du vieux baronnet :

« Il est vrai, mylord, que des bruits fâcheux coururent sur mon père au moment de sa conversion. Il est vrai que ses ennemis racontèrent qu'il avait cédé au désir de garder l'immense fortune de son père et d'en dépouiller son frère aîné, légitime héritier. Eh bien! mylord, si même ce bruit eût été vrai au lieu d'être un odieux mensonge, ne trouvez-vous pas qu'il valait mieux, par une conversion feinte ou sincère, maintenir dans la famille des propriétés immenses que de les laisser aux mains des avides soldats de Cromwell ? »

Il fit une pause et reprit :

« Qu'en pensez-vous, mylord? »

Je répondis simplement :

« Il fallait garder Carroll-Castle et tirer sur les soldats de Cromwell. »

Alors sir Richard Carroll reprit :

« Mon père fit mieux. Quand les domaines de son père eurent été confisqués, il se convertit, fut presbytérien et se les fit restituer, pendant que son frère aîné, toujours fidèle aux Stuarts qui ne s'en souciaient guère, était obligé de fuir en France d'abord, puis au Massachusetts, où il a péri en 1680, dans une invasion de sauvages et de Canadiens qui le prirent pour un hérétique anglais et le massacrèrent avec toute sa famille, excepté une petite fille de deux ans, ma cousine germaine, miss Lucy, qui fut recueillie par le baron de Montluc.

— Comment! Miss Lucy est votre cousine ?

— Elle l'est.

— Qui vous l'a dit?

— Mon père, celui que vous avez entendu nommer Carroll le Traître, Carroll l'Apostat, et qui n'avait jamais oublié son frère.

» Mais mon oncle, proscrit en Angleterre et en Irlande, obligé de fuir au Massachusetts et de travailler de ses mains pour vivre, indigné d'ailleurs de ce qu'il croyait être la trahison de son frère, se garda bien de donner signe de vie.

» Caché dans les forêts d'Amérique, occupé à bâtir sa maison de bois, son *log-house*, et à le garantir de l'attaque des sauvages (vous voyez qu'il n'y réussit pas toujours), certain d'ailleurs que les Stuarts ne lui rendraient jamais justice, il s'occupait à peine de ce qui se passait en Angleterre ou en Irlande.

» Pendant ce temps, mon père fut baronnet, suivant la loi anglaise et le décret d'Olivier Cromwell, et après tout, les lois et les décrets de l'usurpateur valaient ceux des rois légitimes. Moi-même, un peu plus tard, grâce à la faveur du roi Guillaume, j'ai été fait gouverneur du Massachusetts et, par un hasard extraordinaire, mais dont le détail serait trop long, j'ai appris que miss Lucy était ma cousine, la propre fille de sir Henry Carroll, mon oncle, et son unique héritière. »

Et comme je le regardais d'un air étonné, cherchant la conclusion de cette histoire, il reprit :

« C'est pour obéir à la dernière volonté de mon père et à ma propre conscience que je suis venu ici. »

Je demandai :

« Que voulez-vous faire ?

— Me faire reconnaître de ma cousine, d'abord. Pour le reste, je verrai suivant les circonstances. »

Je repris :

« Vous voulez restituer, sans doute ? »

Il me regarda d'un air singulier et répliqua :

« Je ne veux pas restituer !

— Oh ! oh !

— Je n'ai rien à restituer !

— Et alors !

— Alors... alors... les décrets d'Olivier Cromwell sont immuables comme ceux de la divine Providence, et les biens que ce grand homme a donnés à mon père ne pourraient pas lui être retirés ou arrachés sans qu'on fût forcé de violer toutes les lois divines et humaines...., mais...

— Mais ?...

— Mais il y a peut-être moyen de rendre à miss Lucy les biens dont un décret rigoureux, je l'avoue, l'a dépouillée au profit de mon père et au mien.

— Et quel moyen ? »

Je feignais de ne rien soupçonner. Au fond, je devinais sa réponse.

Il me dit d'un air hautain et dogmatique :

« Mylord, avez-vous lu la Bible ?

— Rarement, sir Carroll.

— Savez-vous qu'il est dit quelque part, dans la Genèse, je crois, qu'entre le mari et la femme tout doit être en commun ?

— J'ignorais, sir Carroll. Mais quand même cela serait écrit dans la Genèse, qu'entendez-vous par là ? Que voulez-vous dire ?

— Je veux dire que miss Lucy n'est pas mariée, que je ne suis pas marié non plus...

— Et qu'un bon mariage peut confondre les droits des deux branches de la famille Carroll, n'est-ce pas ?

— Parfaitement deviné ! Est-ce que vous voyez quelque obstacle ? »

» Alors je pensai à mon ami Montluc le Rouge occupé à Québec pour le salut de la colonie et qui m'avait confié la défense de sa famille et de ses intérêts.

Je dis à sir Richard Carroll :

« Monsieur, votre projet est excellent et sage. Restituer et garder en même temps le bien d'autrui est une œuvre admirable, ou pour mieux dire le chef-d'œuvre de la politique. C'est accorder la justice avec l'intérêt. Aussi je suis certain que miss Lucy serait enchantée de votre projet si... »

Je fis une pause. Il demanda :

« Si... ?

— Si elle n'était pas déjà fiancée à mon ami M. le vicomte Louis de Montluc. »

A cette nouvelle, sir Richard Carroll s'écria :

« A Montluc le Rouge ?

— Oui, monsieur.

— A ce sauvage ?

— A lui-même.

— A ce Peau-Rouge ! A ce cannibale ! »

Il en aurait dit bien davantage contre son rival, mais je vis Charlot qui se précipitait vers moi en courant et je lui fis signe de se taire s'il ne voulait pas s'exposer à quelque dangereuse querelle, car l'enfant n'était pas d'humeur à laisser insulter son frère en son absence, et il y avait assez de Canadiens et de sauvages dans l'île qui n'auraient pas mieux demandé que de scalper Son Excellence sir Richard Carroll, le gouverneur du Massachusetts.

Au reste, le baronnet comprit le sens de mon signe et garda le silence.

« Sir Richard Carroll, je connais votre histoire. »

CHAPITRE XX

Mésaventure de sir Richard Carroll.

Charlot, en arrivant, me secoua fortement la main à la mode d'Amérique, et me dit :

« Ah! Donald! Il est arrivé bien du nouveau en votre absence! Nous avons reçu un ami que nous ne connaissions pas et qui est le cousin de Lucy. »

Puis, apercevant sir Carroll qui se tenait un peu à l'écart et le reconnaissant, il ajouta :

« Eh! le voilà! sir Carroll, avancez donc. On croirait que vous vous cachez! Vous êtes trop timide! On vous attend là-haut pour souper. Avez-vous fait bonne chasse et bonne pêche, Donald? »

Je lui montrai quelques canards sauvages que j'avais tués sur le lac et qu'un Algonquin portait sur son dos.

L'enfant reprit :

« Sir Carroll nous apporte une bonne nouvelle. La trêve est

conclue ; la paix le sera bientôt. Mon père et mon frère vont revenir
et Lucy se mariera avant quinze jours. Elle fait la modeste, Lucy ;
mais au fond ça lui fait beaucoup de plaisir, et à ma mère aussi, et
à moi aussi, et à ma sœur Athénaïs aussi. Nous danserons pendant
trois semaines. J'ai déjà invité plus de trois cents Algonquins avec
leurs Algonquines, et je compte que nous aurons des Iroquois, des
Hurons... Si c'est nécessaire, j'irai jusqu'au fond de l'Amérique
du Sud chercher des Patagons. »

Nous en étions là des projets de Charlot lorsque nous arrivâmes
devant le château de la Tour-Montluc qui est situé, je crois vous
l'avoir dit, d'un côté sur une haute falaise de granit perpendiculaire qui domine le lac Érié, et qui, de l'autre, domine la plaine en
pente douce sur un espace d'un quart de lieue.

Le pont-levis s'abaissa pour nous recevoir, comme en temps de
guerre, et sir Carroll en fit la remarque tout haut.

Alors le vieux Carréguy, qui était là, l'épée à la main, le pistolet à la ceinture, pour nous recevoir, répliqua sans être interrogé :

« Monsieur l'Anglais, tant que M. le baron de Montluc ou son
fils ne sera pas dans l'île, tant que M. le comte de Kildare sera à la
chasse ou à la pêche, moi qui tiens leur place ici, je ne laisserai
entrer personne sans lui demander son nom, ses armes et son passe-
port... Et si quelqu'un n'est pas content... »

Sir Carroll, voyant que le vieux Basque allait se fâcher, répondit :

« Je suis très-content.

— Allons ! tant mieux ! répliqua Carréguy, parce que si c'était
le contraire, ça serait encore la même chose. Il faudrait en passer
par là. »

Le vieux Basque, évidemment, n'était pas plus satisfait que
Buffalo de la visite de l'Anglais. Il s'attendait à quelque trahison.

Pour calmer sa mauvaise humeur, je fis signe à sir Carroll
d'entrer sans moi, et tirant Carréguy à part, je lui dis :

« Qu'est-ce qui s'est passé ce soir ?

— Presque rien. Nous avons tué un Anglais, voilà tout.

— Mais vous avez l'air de mauvaise humeur, Carréguay ?

— Ah ! voilà ! ce n'est pas pour l'Anglais que nous avons tué.
Pourquoi venait-il sans permission chez nous en temps de guerre ?

— Eh bien ?

— C'est pour celui que nous avons reçu.

— Alors, il ne fallait pas le recevoir !

— C'est vrai, mylord. Mais comme il se présentait avec un drapeau de parlementaire et faisait signe de toutes ses forces qu'il venait en ami, nous n'avons pas pu nous en empêcher. Il criait :
« Grande nouvelle ! la paix ! la paix ! » et ne ripostait pas à mon coup
de fusil. Alors Mme de Montluc, qui est bonne comme le bon pain, a
dit :

« Ne tirez pas, Carréguy ! »

» J'ai répondu :

« Mais, madame, en l'absence de M. de Kildare, c'est moi qui
répond de vous, et que dirait M. le baron s'il apprenait qu'en temps
de guerre les Anglais ont pu visiter son île ? »

» Elle a répliqué :

« Carréguy, ce n'est pas à vous de répondre, c'est à moi. »

» Vous savez, monsieur de Kildare, Mme la baronne a une autorité... Enfin, j'ai obtenu d'envoyer deux de mes fils à la rencontre
de l'Anglais, qui leur a montré ses passeports. C'est bien inutile. Les
pauvres garçons n'ont pas eu le temps d'apprendre à lire, non plus
que moi.

» L'aîné, pourtant, qui n'est pas bête, je m'en vante, a demandé
les papiers de l'Anglais, et les a gardés dans sa poche pour les montrer à Mme de Montluc, qui est une savante et qui a dit que sir Carroll
était bien en règle, qu'il y avait trève ; que M. le comte de Frontenac, gouverneur de Québec, avait consenti, qu'il avait mis son nom
sur le papier et aussi sa griffe ; enfin, toutes les herbes de la Saint-
Jean. Alors j'ai laissé entrer l'Anglais avec sa suite et ses domestiques. Mais j'ai pris leurs carabines et leurs pistolets par précaution, car on ne sait pas ce qui peut arriver.

— Quelle raison avez-vous de vous défier, Carréguy, puisque
leurs papiers sont en règle ?

— Ah ! voilà !... Ils sont plus de vingt et leurs figures ne me
reviennent pas... Une surtout !

— Laquelle ?

— Regardez, mylord ! »

A ce moment venait vers nous un homme à mine basse qui portait une longue perruque et qui marchait d'un air distrait, tournant
la tête tantôt à droite, tantôt à gauche, comme s'il avait compté les
pierres des murs ou estimé le prix que valait le château de la Tour-
Montluc pour l'acheter.

En le voyant, je fus très-étonné. Je l'avais vu quelque part, mais je ne savais pas où. Cependant je croyais le reconnaître.

Lui-même, quand il vit que je le regardais avec attention et que Carréguy le désignait du doigt, me reconnut sans doute et nous tourna le dos.

Je demandai au vieux Basque :

« Quel est celui-là ?

— C'est le majordome de sir Carroll, — à ce qu'ils racontent du moins tous les deux, car, pour moi, je ne me fie ni au gouverneur » ni au majordome. Celui-ci surtout a une figure à claques. »

Ce mot et la perruque m'ouvrirent les yeux. Je me souvins. C'était l'allemand Kronmark, que notre ami Pied-de-Cerf, l'Algonquin, avait si joliment scalpé dans le fort de Catarocouy.

Je dis alors à Carréguy :

« Veille sur celui-là, c'est un espion. »

Le vieux Basque demanda :

« Vous en êtes sûr, mylord ?

— Très-sûr. »

Et je lui racontai l'histoire de Kronmark.

Carréguy réfléchit une minute et dit :

« Si c'est un espion, il n'y a plus qu'une chose à faire.

— Laquelle ?

— Le jeter à l'eau avec une pierre au cou. »

C'était bien mon avis. Cependant, si Carroll était venu sur la foi des traités, c'était bien dur de noyer son majordome comme un chien galeux.

Je retins donc le courage de Carréguy et je me contentai de l'exhorter à faire bonne garde.

« Oh ! pour ça, mylord !... moi et Buffalo, nous ne dormons chacun que d'un œil ; si l'Allemand, le Kronmark, le gueux, veut nous faire un mauvais tour, je l'enverrai en enfer dans l'espace d'une minute. »

Et il l'aurait fait comme il le disait, le vieux Basque, car il avait l'esprit prompt et la main plus prompte encore malgré son âge ; et quant aux scrupules, il en avait certainement, mais non à l'égard des espions et des traîtres, comme il le disait lui-même.

L'ayant averti de faire bonne garde, j'entrai dans la grande salle du château où le souper était préparé.

Mme de Montluc et Mlle Athénaïs nous attendaient avec miss Lucy.

L'Anglais Carroll leur tenait compagnie. Charlot s'agitait, ayant à toute heure beaucoup d'appétit, comme disait son père, et principalement ce jour-là et à cette heure-là, car l'arrivée des Anglais et les petits événements de la soirée avaient retardé le souper.

Ce qui le retarda encore davantage, ce fut l'absence du Père Fleury, qui, venu en même temps que moi, mais par un autre chemin, ne se pressait pas de quitter sa chambre.

On alla le chercher plusieurs fois. Il ne répondit rien, sinon qu'il allait descendre et qu'il cherchait quelque chose.

Comme personne, à l'exception du vieux baron de Montluc, n'était plus respecté dans la maison et dans tout le Canada, on l'attendit patiemment, car le vieux jésuite devait avoir des raisons inconnues mais puissantes de ne pas se hâter davantage, d'autant mieux (et j'en ai fait la remarque plus tard) qu'il avait évité en débarquant de rencontrer sir Carroll.

Cependant il descendit de sa chambre, mais le dernier de tous, et tenant à la main une sorte de sac ou de dossier qui laissait apercevoir des papiers dont on avait peine à deviner l'espèce et la nature.

Mme de Montluc alla au-devant de lui avec sa grâce et sa majesté ordinaires et lui présenta sir Carroll.

Celui-ci salua respectueusement le Père Fleury, et lui dit qu'il était trop heureux de faire connaissance avec un homme dont la réputation de science et de sainteté était faite depuis si longtemps dans la Nouvelle-France et jusque dans les colonies anglaises.

Le vieux jésuite le regarda de ses yeux doux et pénétrants, quoique à demi voilés par l'âge et répliqua :

« Moi aussi, j'ai l'honneur de connaître à peu près Votre Excellence, sir Carroll, car dans ma jeunesse j'ai connu très-intimement sir Edward Carroll, de Carroll-Castle, en Irlande, votre grand-père. C'était un zélé catholique, monsieur, et un martyr qui a versé son sang pour la foi de ses ancêtres. »

Sir Carroll se mordit les lèvres en entendant ce compliment.

Cependant on se mit à table.

On garda le silence pendant la première partie du souper, car d'abord presque tous les convives avaient bon appétit, et de plus on attendait avec curiosité que sir Carroll expliquât le motif de son singulier voyage.

Au fond, tout le monde était gêné. La défiance du vieux Buffalo et du Père Fleury m'avait gagné moi-même. Quoique la trêve conclue m'eût été prouvée par un papier et des signatures authentiques, je commençais à craindre quelque piége.

Enfin on se leva de table, on s'assit sur le balcon qui dominait la falaise et le lac Érié, et Son Excellence le gouverneur du Massachusetts n'ayant plus pour l'écouter que la famille de Montluc, le Père Fleury et moi, raconta ce qu'il m'avait déjà dit, et ajouta qu'il venait chercher miss Lucy pour la ramener à Boston, lui rendre l'héritage de son père, et, s'il plaisait à la demoiselle, l'épouser.

Bien entendu, l'un n'allait pas sans l'autre, car, ainsi qu'il eut la précaution de le répéter plusieurs fois, si sa conscience l'obligeait à restituer, son intérêt l'invitait à garder, et il gardait le juste milieu entre son devoir et son intérêt.

Mme de Montluc et Mlle Athénaïs ne disaient rien. Miss Lucy écoutait attentivement.

A la fin, elle rompit le silence et demanda :

« Sir Richard Carroll, vous êtes mon cousin ?

— Oui, miss Lucy.

— Et vous ne restituerez qu'en m'épousant, c'est-à-dire en gardant tout ?... »

L'Anglais parut embarrassé.

« Votre silence est une réponse, dit-elle. Gardez tout, je reste ici. »

A ces mots Athénaïs l'embrassa en s'écriant :

« Ne t'inquiète pas. Mon frère te rendra cent fois davantage. »

Le Père Fleury éleva la voix et ajouta :

« Sir Richard Carroll, je connais votre histoire aussi bien que vous-même. Ce n'est pas pour restituer, même à demi, les biens de miss Lucy que vous êtes venu : c'est parce que vous savez qu'un oncle, indigné de la voir dépouillée de tout par des lois abominables, lui a légué d'immenses propriétés dans le comté de Kent, en Angleterre, et qu'elle n'en doit entrer en possession que le jour de son mariage. Ce n'est pas la fortune dont vous jouissez déjà qui vous attire ici, c'est l'autre, celle que vous ne pouvez pas enlever à Lucy, excepté en l'épousant. »

Cette révélation inattendue fit rougir l'Anglais.

« Comment le savez-vous ? » demanda-t-il.

Le Père Fleury se mit à rire et répondit :

Miss Lucy, vous vous repentirez de cette parole ! (Page 239.)

« Est-ce que nous ne savons pas tout, nous autres jésuites? Est-ce que ce n'est pas notre métier et notre privilége sur cette terre?

— Puisque vous savez tout, répliqua sir Carroll, je n'ai plus qu'à vous faire mes adieux... Lucy, vous voyez ce que je vous offre : une fortune immense composée de deux héritages. Je suis gouverneur du Massachusetts, ce qui est une vice-royauté en Amérique.

— Monsieur, dit miss Lucy en le reconduisant avec nous tous jusqu'au bateau qui l'avait amené, l'ai bien l'honneur de vous saluer... S'il vous plaît de me rendre la fortune de mon père, je l'accepterai avec joie. S'il ne vous plaît pas, je chargerai M. de Montluc, mon futur mari, de la reprendre. »

Alors sir Richard Carroll fit signe à ses bateliers de ramer, et dit :

« Miss Lucy, vous vous repentirez de cette parole! »

Tout le monde lui cria :

« Bon voyage! »

Au moment où le bateau prenait le large, je vis avec étonnement à l'arrière une figure étrange, le menton et presque le nez enveloppés d'une cravate de laine rouge, le front et les yeux couverts d'une perruque épaisse et semblable à celle des paillasses de la foire. Sur cet ensemble était posé un chapeau qui tenait le milieu entre celui d'un officier et celui d'un laquais.

Il me sembla que j'avais vu cette figure quelque part. Mais où?

Tout à coup le vieux Buffalo me toucha le coude et dit :

« Trahison! trahison! »

Et notre ami Pied-de-Cerf, l'Algonquin qui était à côté de lui, ajouta :

« Monsieur de Kildare, n'avez-vous pas reconnu l'homme à la perruque?

— Je l'ai bien reconnu moi! C'est Kronmark!

— Quel Kronmark?

— Cet espion allemand que j'ai scalpé au fort Catarocouy? »

Je me souvins alors.

» Buffalo reprit :

« Cet homme a rôdé toute la soirée. Questionneur, le visage pâle, mauvais signe. Qui ne questionne jamais, attend qu'on lui dise tout.

— Mais qu'est-ce qu'il a demandé, Buffalo?

— Où était trésor?

— Quel trésor ?

— Trésor de Montluc, pris sur Espagnols il y a quarante ans par le *Grand-Ours-Noir*. Caché ici ou ailleurs, personne ne sait, excepté le vieux Montluc et son fils et moi, vieux Buffalo ! Quand serons morts tous trois, trésor perdu pour tout le monde. »

Quant au Père Fleury, il n'ajouta rien, si ce n'est :

« Soyez vigilant, monsieur de Kildare. Je sens qu'un grand danger nous menace tous. Peut-être avez-vous eu tort de laisser partir sir Carroll. »

D'un saut Montluc passa d'un vaisseau sur l'autre.

CHAPITRE XXI

Comment M. de Kildare et Montluc le Rouge s'acquittèrent de leur mission.
M. le curé de Grincl accepte la succession du Père Fleury.

Deux jours après une grave nouvelle arriva dans l'île de la Tour-Montluc. Cette nouvelle, ou plutôt cette lettre était envoyée par mon ami Montluc le Rouge. La voici :

« Québec.

» Mon cher Donald, aiguisez votre épée, ceignez vos reins et préparez-vous à partir avec moi pour l'Europe. Vous demanderez sans doute par quel moyen, car le Saint-Laurent est gelé depuis deux jours, et l'on pourrait aller d'ici à l'île de Terre-Neuve à pied si d'énormes montagnes de glace, toujours mobiles, et dont le seul poids écraserait comme un œuf les plus grands vaisseaux de guerre, ne rendaient le passage impossible.

» Il n'importe. Il faut passer à tout prix. M. de Frontenac, le gouverneur, me l'a demandé, en ajoutant que, si je refusais, la Nouvelle-France, attaquée de tous côtés par les Anglais et les sauvages, rui-née, sans vivres et sans argent, allait périr.

» C'est vrai. Aussi je n'hésite pas.

» Mais il me faut un compagnon, un officier du roi, car un sau-vage canadien tel que moi, fils d'ailleurs d'un ancien rebelle, serait mal vu de Louis XIV. Je le savais d'avance, et M. de Frontenac ne me l'a pas caché. Il m'a laissé le choix de mon compagnon. J'ai pensé à vous, Donald. Nous avons vingt chances de périr contre une d'arriver au but; mais j'ai vu dans la baie d'Hudson ce que vous étiez capable de faire; je l'ai raconté à M. de Frontenac qui m'a répliqué : C'est l'homme qu'il me faut ! D'ailleurs Irlandais et Français ont été cousins germains de tout temps, et depuis dix ans sont frères... Mais vous engagez-vous pour lui ?...

» Je me suis engagé et j'espère, mon cher Kildare, que vous ne me désavouerez pas.

» Dans trois jours je serai à la Tour-Montluc. Nous partirons le lendemain, car le temps presse, et les Anglais, réconciliés avec les Iroquois et les autres sauvages, pourraient envahir la Nouvelle-France pendant l'hiver. Et alors nos braves Canadiens périraient accablés sous le nombre.

» A vous de cœur, Kildare.

» Montluc le Rouge. »

Il arriva cinq jours après à la Tour-Montluc, ayant fait un détour de vingt lieues pour consulter et revoir son père qui revenait de son côté, ayant fait l'échange des prisonniers et ramenant cent quarante-trois Canadiens en échange des cinq cents Anglais ou Alle-mands qu'il venait de rendre aux Anglais.

Dès leur arrivée, l'on tint conseil. Toute la famille de Montluc y fut admise, y compris le Père Fleury, le vieux Buffalo et moi.

Ce conseil dura trois jours, dont les deux premiers furent consa-crés aux intérêts publics, et le troisième à mes intérêts particuliers.

En d'autres termes, monsieur le curé, il fut décidé, outre plu-sieurs choses qui sont le secret de M. de Frontenac, de MM. de Montluc, du roi Louis XIV, et que pour cette raison je ne révélerai jamais, — il fut décidé, dis-je, que si Mᴵˡᵉ Athénaïs de Montluc n'avait pas trop de regret à changer son nom contre celui de com-tesse de Kildare, nous serions mariés à mon retour en même temps

que miss Lucy et mon ami Montluc le Rouge. Mlle Athénaïs eut la
bonté de ne pas dire non. Mme de Montluc, sa mère, consentit avec
plaisir (à ce qu'elle disait du moins). M. de Montluc le père dit
que ma conduite en Irlande et dans l'attaque du fort de la baie
d'Hudson lui donnaient l'opinion que ce mariage serait également
honorable pour la France et pour l'Irlande. Montluc le Rouge
déclara qu'il me regardait comme un frère. Carréguy et ses fils
assurèrent qu'ils n'avaient jamais vu un mylord qui fût plus *bon
enfant* que moi. Le Père Fleury n'ajouta qu'un mot : « Partez, mais
revenez vite si vous voulez que je vous donne la bénédiction
nuptiale. »

Et franchement, à quatre-vingt-dix ans, quelque robuste et sobre
qu'on soit encore, on peut se défier de l'avenir.

Je n'entreprendrai pas de vous dire les adieux touchants qui nous
furent faits le lendemain par tout le monde, hommes et femmes,
quand nous prîmes la route du Mississipi, Montluc le Rouge et moi,
accompagnés de dix Canadiens seulement. Qu'il vous suffise de
savoir que nous paraissions emporter avec nous tous les cœurs de
la colonie.

Un autre jour je vous raconterai nos aventures sur ce grand
fleuve encore si peu connu et qui est fait de cinquante rivières
navigables, dont la moindre a la largeur et la profondeur de la
Seine à Paris. Imaginez une vallée de six cents lieues au moins,
presque plate, qui s'égoutte tout entière dans un canal. C'est la
Louisiane, un pays qui a quatre cents lieues du nord au sud, sept
cents de l'est à l'ouest, qui renferme à peu près deux cent cinquante
à trois cent mille sauvages, des prairies immenses sur la rive droite
du fleuve, des forêts profondes sur la rive gauche et autant de gibier
à elle seule que tout le reste du globe. Si je pouvais appeler là tous
mes pauvres Irlandais et les joindre aux Français qui tiennent
déjà l'Amérique par le fleuve Saint-Laurent au Nord, et par les
bouches du Mississipi au Sud, avant deux cents ans les Celtes de
Paris et de Dublin seraient les maîtres de la terre et le roi de France
serait le roi des rois.

C'est ce que le vieux M. de Montluc et le Père Fleury m'expliquèrent et me chargèrent de répéter aux ministres de Versailles ; mais
le vent ne soufflait pas de ce côté. M. de Pontchartrain, robin plein
de morgue, et Mme de Maintenon, femme d'intrigue, mais non femme
d'esprit, n'y comprirent rien. On avait le projet de conquérir quel-

que petite ville en Flandre ou sur le Rhin, et l'on faisait tuer pour cela trois cent mille hommes au lieu d'en faire vivre douze ou quinze cent mille sur le Mississipi, qui deviendraient eux-mêmes les pères de la nation la plus puissante de l'univers !

Ici mylord de Kildare s'interrompit pour me demander : « Qu'en pensez-vous, monsieur le curé ? »

A quoi je répondis avec la modestie de mon état : « Mylord, je pense d'abord que vous avez raison, mais je ne peux pas vous le garantir, car je ne m'occupe jamais de politique. »

Ce qui fit rire M. de Kildare et fit dire à Beaupoil, plus hardi que moi :

« Monsieur mylord, je pense, sauf votre respect, que Sa Majesté n'a pas le sens commun ! »

Sur cet arrêt un peu leste, M. de Kildare se mit à rire et continua son récit.

De toutes nos aventures, je ne vous raconterai qu'une seule, monsieur le curé, parce qu'elle vous expliquera comment nous sommes venus en France n'ayant ni brick, ni vaisseau de guerre, ni frégate, ni argent, ni même vaisseau de commerce à notre service, ayant, au contraire, une grande flotte anglaise et hollandaise pour nous barrer le passage.

Des haches, des carabines, de la poudre, des balles, des pistolets et des épées, avec quelques lignes de pêche, c'était tout notre bagage et aussi, excepté trois ou quatre barils de biscuit et de saumon fumé, nos seuls moyens de subsistance.

C'est ainsi, et avec un équipage de dix hommes, non compris Montluc le Rouge et moi, que nous arrivâmes à l'embouchure du Mississipi, ce qu'il nous fut aisé de reconnaître, car les eaux de l'océan Atlantique, surtout là-bas, sont d'un vert d'émeraude, et les eaux du fleuve ont la couleur gris clair du café au lait.

Le Mississipi est d'ailleurs si large en temps d'inondation que d'une rive on ne peut pas voir l'autre.

Arrivés là, c'est-à-dire à l'embouchure, nous tînmes conseil, car il était difficile de se hasarder à passer d'Amérique en France et de faire deux mille sept cents lieues sur un petit bateau qui n'allait qu'à la voile et à la rame sur les rivières, mais que la première lame de l'Atlantique, par un grand vent, devait remplir et noyer d'un coup avec tout l'équipage.

Montluc le Rouge tint donc conseil, ou plutôt il nous dit :

« Nous n'avons pas de temps à perdre. Nous sommes au 15 janvier. Il faut que j'arrive en France dans deux mois et que nous revenions à Québec vers le 20 mai. Donc il faut partir. »

On aurait cru, à l'entendre, qu'il s'agissait de monter sur un bac et de traverser une rivière large de six pas et profonde de six pieds.

Je lui demandai : « Irons-nous sur cette barque ? »

A quoi il répliqua sans s'étonner : « Oui, si c'est nécessaire... »

Et tous ses Canadiens, qui le connaissaient capable de tout, applaudirent.

Il ajouta : « Mais ce n'est pas nécessaire ! Nous aurons bientôt un vaisseau superbe, excellent, bien gréé, bien mâté et qui ne nous aura rien coûté que la peine de le prendre. »

Cela fit beaucoup rire tout l'équipage.

Il faut vous dire, monsieur le curé, que la mer des Antilles appartient presque tout entière aux Anglais et aux Espagnols, ennemis du roi de France, et que si l'on excepte deux ou trois petites îles qui sont aux Français, et qui ne tiennent pas plus de place sur cette mer que deux ou trois mouettes sur un grand lac et perdues parmi beaucoup d'autres, les officiers et les soldats de Sa Majesté n'ont pas un pouce de terrain où poser le drapeau de la France.

Cependant, comme mon ami Montluc le Rouge paraissait sûr de son fait, je n'hésitai pas à le suivre.

Tout d'abord, au moyen de quelques boucaniers de Saint-Domingue qui erraient çà et là sur la côte comme des loups qui cherchent une proie, car ils attendaient au coin de quelque île les galions chargés d'or de l'Espagne dont le passage ne devait pas tarder, il sut que la grande flotte des Anglais, des Hollandais et des Espagnols croisait à cinquante lieues de là et faisait quelques prises sur les marchands français, mais surtout qu'elle attendait les galions espagnols pour les escorter jusqu'à Cadix.

A cette nouvelle Montluc le Rouge me dit :

« Kildare, ne suis-je pas bien malheureux ?

— Comment !

— Je voudrais, comme mon père, enlever le galion sous le nez de la flotte ennemie, mais si j'essaye, j'arriverai trop tard en France, ce qui causera l'abandon et la perte de la colonie, ou (malheur bien pire encore !) je n'arriverai pas du tout...

— Eh bien ?

— Eh bien, j'y renonce ; mais il nous faut une compensation. »

Et nous l'eûmes en effet.

Deux jours plus tard, nous rencontrâmes un bon gros vaisseau marchand hollandais qui s'avançait lentement sur la mer comme un riche et gros bourgeois qui revient du marché tout chargé de provisions.

Les pauvres gens n'ayant aucune défiance et se croyant protégés par leur flotte de guerre furent pris la nuit à l'abordage. Comme ils n'avaient pas d'armes, nous ne leur fîmes aucun mal, excepté de les mettre à terre sur la côte de Louisiane, en les avertissant de se garder des sauvages qui massacraient tous les étrangers. On leur donna aussi trois fusils, quelques munitions et des vivres pour quinze jours.

Après ce premier coup de main, nous allâmes donner tout exprès, et après avoir arboré le drapeau français, dans une frégate leste et coquette comme une jolie fille, mais armée de quarante gros canons, et qui, nous voyant venir, courut sur nous et du premier bond nous rattrapa.

La frégate (nous le savions déjà par le rapport des boucaniers de Saint-Domingue, et c'est pour cela que Montluc avait jeté les yeux sur elle) s'appelait la *Mouette* et volait comme un oiseau sur la mer. Aussi servait-elle d'éclaireur à la grande flotte anglo-hollandaise.

Le premier soin du capitaine de la *Mouette*, qui était anglais, fut de nous tirer un coup de canon chargé à boulet qui cassa la soupière du bord au moment même où le maître-coq (le cuisinier) venait de verser la soupe. Vous dire que nous supportâmes ce malheur en silence serait mentir à l'Éternel, car le maître-coq était un bon gros Hollandais qui ne connaissait en fait de cuisine (il nous l'avoua lui-même quand nous le prîmes à notre service) que deux choses : la soupe à la tortue et la choucroute; aussi nous en donnait-il à tous les repas depuis deux jours.

Mais comme la soupe à la tortue est bien plus difficile à préparer que la choucroute, la fureur du maître-coq serait difficile à peindre. Quant à la rage des Canadiens, qui avaient vécu quinze jours de saumon fumé, rien ne pourrait l'exprimer.

Montluc nous dit : « Ceux qui dîneront auront un meilleur dîner ce soir; mais il faut dîner. Que chacun s'apprête sans bruit. »

Puis d'un air tranquille il commanda la manœuvre qui était d'obéir à l'ordre de l'Anglais et de ranger notre gros vaisseau marchand bord à bord avec la frégate. Tout cela, sans répondre un mot au capitaine de la *Mouette*, qui dut le croire résigné à son sort et se réjouit d'une si bonne prise et si facile.

Mais à peine une vingtaine de matelots anglais bien armés eurent mis le pied sur notre bord, croyant n'avoir qu'à prendre possession du vaisseau marchand, lorsque Montluc, qui jusque-là gardait une contenance accablée et presque désespérée, s'écria :

« En avant! »

Et d'un saut passa d'un vaisseau sur l'autre, ce qui était facile, car les deux coques se touchaient. Nous le suivîmes tous, la hache d'abordage dans une main, le pistolet à deux coups dans l'autre, et, en moins d'une minute, grâce à la surprise des Anglais, nous abattîmes une trentaine d'hommes. Dans le combat corps à corps, nos Canadiens n'ont pas d'égaux. On voyait leur hache tomber sur les têtes avec une promptitude épouvantable. Les cervelles écrasées éclaboussaient nos habits. Les balles des pistolets faisaient merveille.

Par bonheur, l'équipage anglais, quoique dix fois plus nombreux que nous, n'était pas sur ses gardes. Croyant n'avoir affaire qu'à des marchands paisibles, le capitaine de la *Mouette* n'avait pris aucune précaution et ce fut la cause principale de notre victoire.

Cela et autre chose.

Pendant qu'un peu remis de sa surprise le capitaine anglais ralliait ses hommes et se défendait vaillamment, le hasard voulut que Montluc entendît, au milieu de l'affreux tumulte et des coups de carabine et de pistolet, des cris singuliers qui partaient de l'entre-pont :

« Au secours! au secours ! »

Il me dit : « Kildare, continue, ne t'occupe pas de moi. Je soupçonne quelque chose. J'entends qu'on parle français en bas. »

Et, faisant signe à un autre Canadien, il descendit la hache à la main dans l'entre-pont, abattit à ses pieds deux factionnaires, enfonça la porte et trouva trente prisonniers français qui criaient à tue-tête pour se faire entendre de nous.

Il ne leur dit qu'un mot : « Venez ! »

Heureusement, il n'était pas nécessaire d'en dire davantage.

Ces braves gens le suivirent à la course, s'armant de tout ce qu'ils trouvaient sous la main, haches, piques, anspects, épées, portes brisées, et, Montluc en tête, arrivèrent bien à propos pour nous secourir, car nous commencions à plier sous le nombre, et les

Canadiens eux-mêmes, ne voyant plus leur chef, le croyaient mort et perdaient l'espérance de vaincre.

Mais, quand il reparut avec une troupe nouvelle et pleine d'ardeur, la face du combat changea. Le capitaine de la *Mouette* et ses officiers furent tués avec plus de cinquante hommes de l'équipage. Le reste se rendit et alla prendre dans l'entre-pont la place des prisonniers français que nous avions délivrés.

Parmi ces derniers, un surtout avait donné l'exemple : c'était Gandar, le capitaine marseillais.

Quand nous fûmes maîtres de la *Mouette*, Montluc, qui l'avait remarqué dans le combat, lui demanda son nom : « Té, dit l'autre, je suis Gandar, l'ancien propriétaire de la *Mouette*. Et toi?

— Moi! je suis Montluc le Rouge... Qu'est-ce que tu faisais là?...

— Dans cet entre-pont? dit le Marseillais. Dans cette cave? dans ce souterrain? c'est ce que tu veux dire, n'est-ce pas? Eh bien, voilà! Je me promène sur la mer depuis dix ans pour mon intérêt et pour celui du roi de France. Je tue ses ennemis et je lui donne de l'argent pour ça, quoiqu'il ait plus d'argent que moi et quatre cent mille hommes, outre moi, pour tuer ses ennemis. Mais je suis généreux, c'est mon caractère. On ne se refait pas à mon âge de cinquante ans, n'est-ce pas? En deux mots, je suis corsaire, et j'ai des lettres de Sa Majesté pour courir sus à tous ceux qui ne veulent pas convenir que le Roi Très-Chrétien est le plus grand roi de la terre... Voilà dix ans, comme je te l'ai dit, que je fais ce métier qui rapporte gros et qui fait la fortune de mon *pichoun*, un garçon que je veux te montrer quelque jour quand tu viendras à Marseille, et dont la mère, ma pauvre chère défunte, était, en son vivant, reine d'une des îles qu'on voit là-bas sur l'Océan, entre Java et la Chine... J'ai déjà gagné plus de neuf millions, dont j'ai donné le cinquième au roi pour faire le grand seigneur à Versailles et la moitié à mon équipage pour l'encourager à bien faire. Et voilà!

— Mais tu t'es laissé prendre? dit Montluc.

— Ah! qu'est-ce que tu veux?... On n'est pas toujours heureux. Je croisais par ici le mois dernier, cherchant quelque marchand sur la mer, comme un chasseur qui cherche le gibier... Alors, tout d'un coup, un brouillard est venu, qui a duré trois jours. A la fin du troisième, je me suis trouvé, sans le savoir, au milieu de la grande flotte des Anglais et des Hollandais, — un contre cinquante. Les lâches! ils se sont mis cinquante contre un et m'ont pris. Et voilà!

Et tu m'as délivré! Et tu m'as l'air d'un bon enfant! Et, quand tu
viendras à Marseille, je te recevrai mieux que le roi et je te mon-
trerai le *pichoun*. Si tu n'es pas content, tu m'étonneras. Et maintenant entre nous deux, c'est à la vie! à la mort! »

Voilà comment nous fîmes connaissance de notre ami Gandar.

Grâce à lui, à son équipage retrouvé, à sa frégate qui va plus
vite que le vent, nous arrivâmes en cinq semaines au Havre, sans
avoir fait aucune mauvaise rencontre.

« Où faut-il vous attendre? demanda Gandar.

— A Bayonne, » répondit Montluc.

Gandar reprit la mer. Nous sommes allés, Montluc et moi, à
Versailles, où M. de Pontchartrain, ministre de la marine, ne daigna
pas nous recevoir; mais Montluc le Rouge, sans s'étonner, tira de
sa poche une poignée de doublons d'Espagne, les donna à l'huissier
de l'antichambre du roi, entra avec moi dans le salon d'attente et,
voyant passer Louis XIV, qui est un petit vieux de mine majes-
tueuse, s'avança et lui dit : « Sire... »

Le petit vieux le regarda d'un air étonné.

« Sire, continua mon ami Montluc, qui n'est pas pour rien le fils
du vieux baron Annibal, nous avons fait, M. le comte de Kildare et
moi, trois mille lieues en pays ennemi et parmi les flottes anglaises
pour voir Votre Majesté et pour lui donner des nouvelles du Canada.

— Ah! dit le roi, qui devint attentif. Eh bien?...

— Eh bien, sire, M. de Pontchartrain nous a fermé sa porte,
comme si nous étions venus lui demander l'aumône. »

Sa Majesté fronça le sourcil.

« Qui êtes-vous, monsieur?

— Sire, je suis le fils du baron Annibal de Montluc, qui a combattu cinquante ans pour Votre Majesté et que le cardinal Mazarin fit
condamner à mort pour s'emparer de ses biens. Ma mère est la fille
de Samuel Champlain, qui vous a donné un royaume, la Nouvelle-
France, six fois plus grand que celui-ci, et la petite-fille du grand
chef des sauvages Ériés. Moi, je suis Montluc le Rouge, et si Votre
Majesté n'a pas entendu parler de moi, ses ennemis me connaissent
et m'ont vu souvent l'épée à la main. »

Le roi se tourna vers un huissier et dit :

« Appelez M. de Pontchartrain. Vous, monsieur, suivez-moi. »
Puis il me demanda mon nom et parut se souvenir de moi.

« Votre père, monsieur le comte de Kildare, était un brave gentilhomme qui se fit tuer à la bataille de la Boyne pour le service du roi Jacques. Vous-même vous avez été blessé à mon service à Stein-kerque. Je suis content de vous voir. »

Pour Montluc il n'eut pas le moindre compliment. Le roi, qui est rancunier, se souvenait que le père avait été rebelle et retrouvait dans le fils tout l'orgueil du père.

Cependant, après l'arrivée de Pontchartrain et la lecture des dépêches de M. de Frontenac, son front majestueux se dérida. M. de Frontenac avait fait un tel éloge de Montluc et de ses exploits que le roi nous congédia, en disant :

« Monsieur de Montluc, en faveur de vos services, je veux bien oublier les fautes passées de votre père... »

A ces mots Montluc se leva indigné.

« Sire, mon père et moi nous ne regrettons rien, si ce n'est d'avoir perdu les bonnes grâces de Votre Majesté, et nous ne demandons rien, si ce n'est la faveur de nous faire tuer en combattant les ennemis de la France, et de vous garder, au prix de notre sang, une province qui pourra devenir un jour le plus grand empire de l'univers. Mon ami, M. de Kildare, prendra les ordres de Votre Majesté et emmènera les troupes que vous daignerez envoyer à Québec. Pour moi, je pars. C'est trop que de subir en un jour l'insolence d'un ministre et la grâce d'un roi. »

Ayant ainsi parlé, il sortit.

Je ne le suivis pas. Je sentis qu'il fallait raccommoder nos affaires. J'entendais déjà Pontchartrain suggérer à demi-voix d'envoyer ce rebelle à la Bastille. Alors je pris la parole à mon tour et je dis :

« Sire, pardonnez à la vivacité de M. de Montluc. Son père est pour lui, comme pour la moitié des Canadiens, le défenseur et le vrai rempart de la Nouvelle-France. Vingt fois il a presque seul soutenu la colonie, en prodiguant son argent et son sang. »

Enfin je plaidai sa cause avec toute l'éloquence de l'amitié. Le roi le fit rappeler et lui dit gracieusement :

« Monsieur le sauvage, fils d'un rebelle, je ne vous pardonne pas, je vous tends la main, et je rends à votre père tous les biens qu'on a confisqués sur lui il y a quarante ans. Dites-lui que j'apprécie vos services et les siens. Je sais qu'en tout temps, et même lorsqu'il était en froid avec M. le cardinal Mazarin, il a vaillamment défendu, l'épée à la main, l'honneur et les droits de la couronne de France. Dites-lui que je lui rends mon amitié. Pour preuve, je vous donne à vous-même l'ordre du Saint-Esprit, qui n'est donné qu'aux plus illustres et aux plus braves gentilshommes de mon royaume. M. de Pontchartrain va faire équiper six vaisseaux chargés de troupes pour le Canada. M. de Kildare, en arrivant, prendra le commandement du régiment de Royal-Irlandais, vacant depuis la mort du brave M. de Sasfield. Monsieur de Kildare, je vous en fais colonel et je me charge de payer le prix du régiment. »

Comme je lui baisais la main pour le remercier et prendre congé, il ajouta :

« Monsieur de Kildare, si vous préférez demeurer en France… »

Je refusai… Il parut étonné et se fit expliquer les motifs de mon refus, dont le principal était mon mariage avec Mlle de Montluc.

Sa Majesté daigna sourire et regretta de ne pas pouvoir signer mon contrat de mariage.

Puis, comme mon ami Montluc s'inclinait respectueusement pour sortir en même temps que moi, le roi daigna lui dire :

« Êtes-vous content, monsieur le sauvage, monsieur Montluc le Rouge ? »

A quoi il répliqua :

« Sire, je n'attendais pas moins de votre justice et de votre bonté.

— Et, ajouta le roi, qui nous accompagna jusqu'à la porte de son cabinet, en vue de toute la cour, je veux vous réconcilier avec M. de Pontchartrain.

— Sire, répliqua Montluc, je vous remercie. Ce n'est pas nécessaire. M. de Pontchartrain sera mon ami tant qu'il servira bien Votre Majesté. »

Pontchartrain fit la grimace, mais le roi sourit en disant :

« Sauvage ! »

Le soir même nous partîmes avec ses instructions, signées de sa main, et nous voilà.

Comme M. de Kildare achevait son récit, Montluc le Rouge rentra au presbytère avec Phœbus.

« Il faut partir, dit-il, j'ai vu le chemin. Il n'est pas bon, mais nous en avons de pires en Canada. »

Je voulus en vain le retenir. Il ajouta : « Mon cher curé, vous m'avez donné une si bonne et si cordiale hospitalité, vous, Marion et Beaupoil, que je vous emmène en Canada, si vous voulez, tous les trois. Nous avons besoin d'un bon curé, qui nous console de la perte prochaine du Père Fleury. Voulez-vous venir ? »

A mon grand étonnement, cette proposition parut plaire à tout le monde. Beaupoil ayant perdu sa mère n'avait plus rien à regretter et cherchait les aventures. Marion suivait Beaupoil comme son ombre, tout en maugréant contre lui cent fois le jour. Moi, je rêvais des exploits du Père Fleury et de la conversion des idolâtres. J'enviais la mort si glorieuse de saint Ignace d'Antioche et de tant d'autres saints ; enfin je ne haïssais pas les aventures et je brûlais de voir des pays nouveaux.

C'est pourquoi, neuf jours plus tard (dans l'intervalle Montluc le Rouge et M. de Kildare étaient allés reprendre possession du vieux château des Montluc autrefois confisqué, maintenant restitué) j'arrivai à Bayonne, où M. de Montluc arrivait de son côté.

Mais comme il arrivait, il reçut à la fois deux terribles nouvelles. L'une, c'est que M. de Pontchartrain n'avait pas d'argent pour l'expédition projetée.

Montluc leva les épaules avec mépris.

L'autre était un article d'un journal anglais, *l'Observer*, ainsi conçu :

« Nous apprenons qu'à l'ouest du Canada les troupes de Sa Majesté Britannique, commandées par sir Carroll, gouverneur du Massachusetts, viennent de remporter une grande victoire. Elles ont surpris et emporté d'assaut, avec l'aide des sauvages, le château de la Tour-Montluc dans le lac Érié.

» Toute la garnison française a péri. On a fait un butin immense. Excepté quelques femmes, tout a été massacré par les sauvages, dont sir Carroll n'a pas pu, de peur de se les aliéner, contenir la sauvagerie.

» Les troupes de Sa Majesté Britannique se sont couvertes de gloire. On s'est battu corps à corps et nous avons fait quelques pertes. »

A cette lecture que M. de Kildare faisait tout haut, je vis le visage de M. de Montluc s'assombrir et frémir comme la mer sous la tempête. Il prit le journal des mains de son ami, relut la nouvelle et, sans dire un mot, courut chez son ami Gandar qui nous attendait dans le port avec la *Mouette :* « Tiens, lis ! »

Puis, lorsque Gandar eut fini de lire, Montluc ajouta : « Pontchartrain, malgré la promesse du roi, n'envoie ni hommes ni argent !

— Eh bien, dit Gandar, ne suis-je pas là, moi ? Té ! c'est dans le malheur qu'on connaît les amis. Tu m'as rattrapé avec la *Mouette*

Je ne vous pardonne pas, je vous tends la main. (Page 251.)

et quinze cent mille piastres fortes des mains des Anglais ! Eh bien,
mes piastres sont à toi. Tu me les rendras quand tu pourras. Jamais
si tu veux ! ça m'est égal. »

Montluc l'embrassa et lui dit : « J'y comptais. Fais tes préparatifs. »

En même temps, il fit publier à Bayonne qu'il prenait à son
service avec cent piastres fortes, c'est-à-dire cinq cents francs,
payables d'avance aux matelots et aux soldats ou à leurs familles,
sans compter la solde ordinaire, tout homme de cœur qui connaissait la mer ou qui avait servi dans l'armée de Sa Majesté.

A ce bruit, quinze cents Basques se présentèrent. En trois jours,
il équipa trois petits vaisseaux de guerre, mal armés peut-être,
mais légers comme des oiseaux et montés par des équipages dont
chaque homme avait passé au moins trois ans sur la mer.

Le quatrième jour, nous partîmes, Marion, Beaupoil et moi,
sur la *Mouette*, qui tenait la tête de l'escadre, et nous cinglâmes vers
le Canada.

Certes, sachant quels étaient mes compagnons, je m'attendais
à d'étranges aventures ; mais ce qui nous arriva, et ce que je raconterai peut-être un jour, surpassa terriblement mon attente et celle
de Beaupoil. »

TABLE DES MATIÈRES

FIN DE LA TABLE DES MATIÈRES.

PARIS. — IMPRIMERIE DE E. MARTINET, RUE MIGNON, 2

NOUVELLE COLLECTION

A L'USAGE DE LA JEUNESSE

FORMAT IN-8

à 5 francs le volume broché

CARTONNÉ EN PERCALINE A BISEAUX, TRANCHES DORÉES, 8 FRANCS.

ABSOLLANT (ALFRED) : *Montluc le Rouge.*
1re partie. 1 vol., illustré de gravures dessinées
sur bois par SAHIB.

BAKER (SIR SAMUEL WHITE) : *L'Enfant du
naufrage.* 3e édition. 1 beau vol. in-8 raisin,
traduit de l'anglais par Mme FERNAND, et illustré de 11 gravures sur bois.

COLOMB (Mme) : *Le Violoneux de la Sapi-
nière.* 2e édition. 1 vol. in-8 raisin, illustré
de 85 gravures dessinées sur bois, par
A. MARIE.
— *La fille de Carilès.* 2e édition. 1 vol. in-8
raisin, illustré de 101 gravures sur bois dessinées par A. MARIE.
Ouvrage couronné par l'Académie française.
— *Deux Mères.* 2e édition. 1 vol. in-8 raisin,
illustré de 133 gravures dessinées sur bois par
A. MARIE.
— *Le Lo theur de Françoise.* 1 vol. in-8 raisin, illustré de 112 gravures dessinées sur bois
par A. MARIE.
— *Chloris et Jeanneton.* 1 vol., illustré de
105 vignettes par Sahib.

CORTAMBERT (R.) : *Voyage pittoresque à
travers le monde.* 1 vol. illustré de 81 gravures sur bois.

DELAPALME : *Le Livre de mes petits-en-
fants.* 1 vol. in-8 jésus, [...] chacune des
pages duquel M. GIACOMELLI a dessiné un
riche encadrement.

DESLYS (CHS.) : *Courage et dévouement,
histoire de trois jeunes filles* (la petite Mère,
— la Montenégrine, — l'Irlandaise). 1 vol.,
illustré de 31 gravures dessinées sur bois par
F. LIX et GILBERT.

ERWIN (Mme EMMA D') : *Heur et Malheur.*
1 vol., illustré de gravures dessinées sur bois
par H. CASTELLI.

FATH (G.) : *Le Paris des enfants.* 2e édition.
1 vol. in-8 raisin, illustré de 60 vignettes,
par l'auteur.

FLEURIOT (Mlle ZÉNAÏDE) : *M. Nostrada-
mus.* 1 vol. in-8 raisin, illustré de 36 gravures dessinées sur bois par A. MARIE.
— *La Petite Duchesse.* 1 vol. in-8 raisin illustré de 60 gravures dessinées sur bois par
A. MARIE.

GIRARDIN (J.) : *Les braves gens.* 3e édition. 1 vol. in-8 raisin illustré de 115 gravures sur bois, par E. BAYARD.
Ouvrage couronné par l'Académie française.
— *Nous autres.* 2e édition. 1 vol. in-8 raisin,
illustré de 128 gravures sur bois par E. BAYARD.
— *Fausse route* (Souvenirs d'un poltron. — La
première faute. — Aveux d'un égoïste). 2e édition. 1 vol. illustré de 65 gravures dessinées sur bois par H. CASTELLI, A. MARIE et
SAHIB.

— *La toute petite.* 1 vol. in-8 raisin, illustré de
128 gravures dessinées sur bois par E. BAYARD.
— *L'oncle Placide.* 1 vol. in-8 raisin, illustré de
130 gravures dessinées sur bois par A. MARIE.
— *Le neveu de l'oncle Placide.* 1re partie
A la recherche de l'héritier. 1 vol., illustré
de gravures dessinées sur bois par A. MARIE.

GUMPERT (Mme TH. DE) : *Le monde des
enfants,* contes moraux, traduits de l'allemand
avec l'autorisation de l'auteur, par M. MA-
LAURE. 2e édition. 1 vol. in-8 raisin, illustré de 125 vignettes par JUNDT.

KINGSTON (W.-H.-G.) : *Une croisière autour du monde.* Ouvrage imité de l'anglais avec
l'autorisation de l'auteur, par J. GIRARDIN.
LAUNAY. 1 vol. in-8 raisin illustré de [...] gravures sur bois.

HAYES (Dr J.-J.) : *Perdu dans les [...]
5e édition. 1 vol. in-8 raisin, traduit de
l'anglais par L. RENARD, et illustré de gravures sur bois, par CHÉRON, etc.

HENTY (G.-A.) : *Les jeunes [...]
3e édition. 1 vol. in-8 raisin [...]
glais par Mme L. ROUSSEAU [...]
20 gravures par JANET-LANGE.

SAINTINE (X.-B.) : *La Mythol[...]
règnes,* [...] et contes d'un [...]
sur l'histoire naturelle. 3e édition. 1 vol. [...]
raisin illustré de 160 vignettes par FROMENT
et FAGUET.
— *La Mythologie du Rhin et les Contes [...]
la Mer.* Grande édition. 1 vol. in-8 raisin, illustré de vignettes par GUSTAVE DORÉ.

STANLEY (H.) : *La Terre de [...]
1 vol. in-8 raisin, traduit de l'anglais avec
l'autorisation de l'auteur par LÉVRIER et
illustré de 21 vignettes par P. PHILIPPO-
TEAUX.

TOM BROWN, scènes de la vie de collège
en Angleterre. Ouvrage imité de l'anglais
avec l'autorisation de l'auteur par J. GIRAR-
DIN. 2e édition. 1 vol. in-8 raisin, illustré de
110 gravures dessinées sur bois par GODEFROY
DURAND.

WITT née GUIZOT (Mme de) : *Une Sœur.*
3e édition. 1 vol. in-8 raisin illustré de 65 gravures dessinées sur bois, par E. BAYARD.
— *Scènes historiques* contenant : Odette la
Suivante (1361-1417), l'Enfance de Pascal
(1631-1647), Fouquet (1661-1662), Derrier
les haies (1793-1794). 2e édition. 1 vol. in-8
raisin, illustré de 18 gravures sur bois, par
E. BAYARD.
— *Légendes et récits pour la jeunesse.* 1 vol-
lume in-8 raisin illustré de 16 gravures dessinées sur bois par PHILIPPOTEAUX.

PARIS. — IMPRIMERIE DE E. MARTINET, RUE MIGNON, 2.

www.ingramcontent.com/pod-product-compliance
Lightning Source LLC
Chambersburg PA
CBHW071828020726
47502CB00004B/1277